中国少数民族
文学之星丛书

U0877692

我不知道我是谁

阿舍 著

作家出版社

编委会名单

以民族的情意，打造文学的星辰

——“中国少数民族文学之星”丛书总序

邱华栋　彭学明

“中国少数民族文学之星”丛书是中国作家协会少数民族文学发展工程的一个新项目，于2018年开始实施，由中国作家协会创作联络部具体组织落实。出版“中国少数民族文学之星”丛书的目的，是重点培养少数民族文学中青年作家，打造少数民族文学精品，为那些已经在少数民族文学界和全国文学界成绩斐然、广有影响的少数民族中青年作家再助一力，再送一程，从而把少数民族文学最优秀的中青年作家集结在一起，以最整齐的队伍、最有力的步伐、最亮丽的身影，走向文学的新高地，迈向文学的高峰，让少数民族文学的星空星光灿烂，少数民族文学的长河奔流不息。以文学的初心，繁荣民族的事业；以民族的情意，打造文学的星辰。

入选“中国少数民族文学之星”丛书的作家，必须是年龄在50岁以下的、在少数民族文学界和全国文学界广有影响的少数民族作家。不管是否出版过文学书籍，只要其作品经过本人申请申报、各团体会员单位推荐报送、专家评审论证和中国作协书记处审批而入选的，中国作协将在出版前为其召开改稿会，请专家为其作品望闻问切，以修改作品存在的不足，减少作品出版后无法弥补的遗憾。待其作品修改好后，由中国作协统一安排出版，并进行广泛的宣传推广。

中国是一个多民族的大家庭。每一个民族都沐浴着党的民族政策的光辉、感受着党的民族政策的温暖，都在党的民族政策关怀下，蓬勃发展，欣欣向荣。在这个伟大的新时代，我们正创造着中华民族的新辉煌。每一个民族的发展与巨变，每一个民族的气象与品质，都给我们提供了生生不息的创作源泉。我们每一个民族作家，都应该以一种民族自豪感，去拥抱我们的民族；以一种民族责任感，为我们的民族奉献。用崇高的文学理想，去书写民族的幸福与荣光、讴歌民族的伟大与高尚；以文学的民族情怀，去观照民族的人心与人生、传递民族的精神与力量。

我们期待每一位少数民族作家，都能够到火热的生活中去，到广大的人民中去，立心，扎根，有为，为初心千回百转，为文学千锤百炼，写出拿得出、立得住、走得远、留得下的文学精品。不负时代。不负民族。不负使命。

2019 年 5 月 18 日

目 录

第三辑　时间的底片

在母语的故乡里团聚

——《我不知道我是谁》序

张　柠

读阿舍的散文《我不知道我是谁》，读得我心绪不宁。她敏锐、细腻而执拗的笔触，搅动了沉睡在我内心深处的许多疑问："我是谁？""来自哪里？""去向何方？"这些看似平常的形而下之问，实际是终极的追问，带着浓郁的形而上色彩。由此，我再也无法只把阿舍的散文，当作一般意义上的童年记忆，或者思乡情绪。我注意到，她的散文之中，有一种远远高于一般书写的价值，这种价值，与其说是美学的，不如说是精神学的、灵魂学的，其所包含的"美"，超越了一般意义上的艺术形式和文学修辞。那些带着本质的追问指向了高远的天际，苍茫的过去和悠远的未来，也指向了个人的内心深处，乃至血脉之中。读着读着，我仿佛听到了许多嘈杂的声响，不同血缘的碰撞，不同民族的争辩，不同信仰的对话，从遥远的南疆，穿越河西走廊，扑向东来。

整部散文集，只有一个主人公，也就是叙事者，一位女子——"我"。她出生在新疆生产建设兵团农二师三十二团，那是一个汉语的世界。她只会说汉语，尽管她有着维吾尔族的血缘，但却不会说维吾尔语。她的维吾尔族母亲跟她也只说汉语，因此，她以为她的母语就是汉语。直到有一天，她突然听到母亲与维吾尔族同胞说着维吾尔语，那种特殊的声带振动的方式、舌头颤动的方式、嘴唇发音的方式，使她感到陌生而新奇。她想不明白，为什么母亲不说维吾尔语而是汉语。当她在高考前将身份改成“维吾尔族”的时候，她突然产生了一种焦虑感，她害怕“差异性”，她渴望“同质性”，她怕她所居住的城市将她排斥在外。可是，当她以维吾尔族身份进入大学的时候，恰恰相反，她又渴望“差异性”，但同学们却要将她视为相同的类别，说“你不是维吾尔族，你说汉语，你就是汉族”，她被归入了“同质性”。这种身份的错位，使叙述者“我”焦虑不安，心神不宁。

更有甚者，祖籍湖南的父亲突然宣布，自己不是汉族，而是侗族，并拿出了政府刚刚颁发的身份证明。四分之一汉族，四分之一维吾尔族，二分之一侗族，族别由汉族改成了维吾尔族，父亲又试图让她改回侗族。大学毕业之后，她嫁给了一位回族男人。于是，她越发地不知道自己是谁，她的儿子的血缘也更为复杂。这种含混带来的焦虑，左右着她的情绪、情感、观念，乃至思想。无论是小学、中学时期还是大学时代，还是离开学校走向社会和婚姻，她不停地追问：我是谁？我的血管里流淌的是什么血？她一直被这些问题折磨着。只有一点十分清楚，她从小就说汉语，她用汉语思维。

因此，直到有一天，她开始写作，用汉语写作，用母语写作，她突然找到了逃离身份之战的途径，同时也寻找到了一种整合身份碎裂的方法：“我要去往一个能够将我整合为一的地方。在那里，那些四分五裂的身份可以像水中的月亮，被石子击碎而后恢复完整与平静；能像得到治疗的伤口日渐愈合；能像一部词典，收拢那些漂泊不息的词语。写作生涯就这么开始了。”

一种语言的词汇的意义、使用方法、排列顺序、结构形式，这样一种完整的力量，拯救了她，将一种杂乱无章的身份感，整合成为一种完美的统一体。于是，这个“她”重新找到了一种完整的自我及其观念：

“作为人的我们，不管拥有任何血缘，不管属于何种人种，本性之中便含有突生变异的双重性或者多重性。许多时候，我们自信地将此称为人的可能性，并以拓宽自身的可能性而着迷骄傲，因为它显现了人的丰富性和伟大的创造力。”

“这种多重性便是人的同一性了。因为，即使身为一个维吾尔族人、侗族人、汉族人、穆斯林，我也会跟他们中的任何一个人不一样，因为人生来就是独异的，因为在差异性的深层结构中，正是同一性造就了理想、梦、欲望、罪与恶、善与美——在人类心中的标尺与远景。而人的多重性便是同一性的一个显现，人正是在自身的多重性里，构成生而为人的同一性的某一个层面。”

读到这里，我内心有一种释然和安心。我为这个叙事者“我”，或者“她”，或者阿舍，感到欣慰。在“写作”中，在“母语”中，竟然也能安顿我们的心，我们的精神，我们的灵魂。不同的身份、信仰和声音，能在母语中团聚。

读到这里，我一扫第一次读阿舍自选散文集的印象，一个从新疆走出来的“汉族女孩”的童年回忆，对戈壁滩生活的回忆和眷恋。这时候我才发现，当眷恋没有根基的时候，眷恋也仅仅成为眷恋而已。当眷恋的另一头牵扯着血脉和灵魂的时候，眷恋已经不仅仅是眷恋了。这样，《小石桥记》《1989年的火车》《火之吻》《一日之界》《风吹过》，全部都被《我不知道我是谁》激活了，仿佛被神灵吹入了仙气一般地复活了。

我曾经建议，这本散文集的名字叫《出疆记》，或者叫《系在戈壁滩上的魂》或者《塔里木河上的精灵》，而阿舍坚持要用《我不知道我是谁》做标题。现在看来，她是对的，我那种标题的取法实在平庸。

最后当然是祝福，祝福阿舍的写作之路顺利，祝福写作真的能够成为拯救。

2019年7月2日写于西直门寓所

第一辑

生命的丝线

我不知道我是谁

一

很长一段时期，我不知道自己到底是谁。

二〇一四年深冬的一个傍晚，一个文学座谈会终于进入尾声。窗外，夜幕漆黑寒星闪动，与会者倦意满面，一整天的交流让情感、概念、偏见、善良和期待交织在一起，那些形形色色的言辞化为体态不一的精灵，低回于天花板下。我因为感冒而沉甸甸的大脑像灌了铅水。到了最后归结部分，突然，一段关于我为什么是我的话语罩住我的耳廓，扯紧我身体里最敏感的一束神经。发言者分析了我为什么是我的原因：既因我的母系血缘，也因我的父系文化。虽为即兴，但剖解到位，推导合理。彼时彼刻，我的"理性之躯"领会着发言者的准确，也为其真切心存感激。但同时，我的"感性的身体"却紧绷成一根沁出冷汗的皮绳，霎时闪回戈壁童年，怔在与此相似的一幕幕图景面前。

不能置疑发言者的好心，这只是我——一个未为"自己是谁"准备好的人——本能而简单的生理反应。那一瞬间，时间哗地裂开一条口子，我看见其间纯白的光芒在同一时刻蓄积并坠落，它徐徐落成一条白茫茫的长路，再缓缓移向我的脚下。

显然，时机已到。它如此明了，又如此自然。它似乎在等待这个让我身体“紧绷成一根沁出冷汗的皮绳”的时刻，让我因为深陷其中而生出一种极度的烦恼，生出极力摆脱这种生理反应的渴望。这是一种什么样的烦恼与渴望呢？是你眼睁睁看着别人指认“你是谁或者不是谁”，而你却不知道自己是谁或者不是谁的尴尬和焦灼。

必须结束这种尴尬和焦灼，必须把自己从身体的仓皇失措中解救出来，必须要在别人指认你之前，首先认出你自己。我对自己说。

二

时间要退回到我的祖辈一代。

母亲的户籍册页民族一栏里，填写着“维吾尔族”。无论过去，还是现在，母亲都有着一望而知的容貌特征。她浓郁而鲜明的形体——头发、眉毛、眼睛及至体形——来自她的母亲，使她不发一声，便彰显着自身的生物和文化基因。但她从中学起便大声而自然地说着汉语，在学校、在办公室、在家里、在食堂、在与邻居的寒暄中。这是因为母亲另有一半汉族血统。

母亲的父亲，亦即我的姥爷，是一位参加过东北抗日义勇军的山东籍汉族男人。一九三二年十二月至一九三三年一月，在与日军激战不敌之后，吉林东部地区先后有四万余名抗日义勇军及家属泣别祖国，退入苏联境内。我的姥爷便是其中一员。退入苏联后，这批抗日义勇军被解除武装，集中在伊尔库斯克和多木斯克等地。因给养日益艰难，苏联政府与南京国民政府在最快时间内达成协议，分三种办法将这批包括抗日将领、抗日战士、抗日人员家属在内的抗日难民护送回国。我的姥爷被分配在绕道哈萨克斯坦经新疆塔城回国这批队伍里，最迟至一九三三年十月，经苏联巴克图卡边卡进入新疆，此后经盛世才宪警学校培训，入政南疆柯坪县警察局，先任督察，后为代理局长，此生再未离开新疆。安定之后，我的姥爷与当地一位维吾尔女子，生下他在新疆唯一的女儿——我的母亲。

母亲拒绝回忆。对于我的姥爷，她的正面评价只限于“英挺高大，相貌堂堂，能讲一口流利的维吾尔语”。剩下的，都是经由一些无意闲聊，片言只语地漏出来。当然，还有我稀薄的记忆。过去仿佛深渊，母亲拒绝回望，所以姥爷——这位山东男人在于我，无论相貌，抑或性格，总是一堆东拼西凑的碎片。我的姥爷完全接纳了维吾尔人的生活方式。他与维吾尔女人育有后代；他使用维吾尔人的语言；他拿着小刀，以维吾尔人刀刃朝内削刮骨头的方法吃肉；他不吃猪肉，抽莫合烟，喝浓酽的砖茶；他几乎不提他在山东的亲人，他到死也没有与他们再相见，即使那里还有他的妻子和大女儿。母亲说，她唯一的好日子是在柯坪县，那时候她刚刚记事，家境富裕。记忆中她常由警卫看护，骑着我姥爷的高头大马上街玩耍。现在来看，也许就是这段享受荣华的经历，让我母亲及至年老体衰的今天都挥不去性格中那一缕顽固的耀武扬威。可惜好景不长，在母亲曲折模糊的记忆里，穷困一直伴随着她，并留下难以忘怀的痛苦。但她还是勉强上完了初中，是在说汉语的汉族学校。

汉语与维吾尔语皆为母亲的母语，她完成了对它们的共同继承。在与母亲交流时，我的姥爷几乎不用汉语，即使在她嫁人生子之后，他因病被我父亲从库车接来我家之后，仍然在一些私密而细腻的时刻情不自禁与她使用维吾尔语进行交流。

姥爷顽固地用维吾尔语与已用汉语行世的母亲交流。他一再强化母亲有别于他的文化和生物基因，这件事在我心中一直是个谜。为什么我的汉族姥爷如此迷恋维吾尔语？为什么他要强化他与维吾尔族之间的关系？他揪住维吾尔语这根突触丰富的文化经络，是想表达他与维吾尔人的亲近，还是在戳指母亲与维吾尔传统文化的疏远？或者，他要以维吾尔语为脐带，来显现他们父女意味深远的血缘关系；再或者，只是为了纪念他九死一生非同寻常的命运？

无论我的姥爷如何将母亲推向她的维吾尔血统，我都认为，当他们父女在用维吾尔语交谈的时候，支撑这些谈话的，是一种混入了中原汉族的文化心理和思维习惯，而其间的比例分成，大概连他们二人都说不清楚。那些时刻，我的姥爷是不自知的，我的母亲同样无知无觉，但两种文化一定在交汇融合，又日益层压于母亲的意识深处，最终将她带向自身的选择：她将留下什么，抛弃什么，然后形成她自己。

是时代而非我的姥爷将母亲带向她的命运，这也是那个年代大部分人的命运格式。最初，生活在维吾尔传统中的母亲浑然不觉自己还有另外一半汉族血统。到了学龄期，母亲一家从柯坪来到库车，我的姥爷染浸大烟，又身无所长，生活越发困顿艰辛，用光积蓄，变卖首饰，直到衣食无落居无宁日，母亲身在其中，深尝一个残破的维吾尔族家庭在那个变乱时代所携带的苦楚。母亲没说自己什么时候开始学说汉语，一条稍许清晰的界限立于她离开库车前往焉耆上中学之际。

那是一所汉语学校，母亲与维吾尔族传统渐渐疏远，最为突出的变异应该始于此处。环境永远是基因生变的培养液，人亦如其他物种，在生物和文化两个层面常以变异取胜化解困阻曲折。只是，母亲在学校经历了什么？什么事或者哪个人使她萌生了第一缕稀释维吾尔传统的念头？或者，因为人的从众心理，又因为一个贫穷女孩的孤单和恐惧，她宁愿选择作为人群的大多数——也是她的另一半——的汉族血统？所有这些，母亲拒绝说出，但偶尔会突然愤怒地提到别人动辄让她“跳个舞”。真是奇怪！母亲由衷地喜爱维吾尔音乐与舞蹈，但凡旋律飘来，她都喜上眉梢神色灿然，但凡见到维吾尔女子的绰约舞姿，她都抖肩动脖跃跃欲试，却在做出偏离维吾尔传统的文化选择时，以别人让她跳舞为自辩。母亲不肯细说，我当然不能强究。追查旁人的记忆或者隐衷，无论出于什么目的，都带着一丝野蛮和无情，更何况是我的母亲。母女连心，我多少能够体会到她性格里天生的自尊和骄傲，这些自尊与骄傲既是她的荣耀也是她的羞愧。

三

一九五六年一月，近万名河南籍青壮年即将进疆，新疆生产建设兵团农二师决定在库尔勒垦区和焉耆垦区之外增加一个塔里木垦区，以安置这批受就业和粮食压力离开家乡来到新疆垦荒的内地人。

塔里木垦区位于古丝绸之路的中道、塔里木河下游两岸古尉犁和古渠犁国一带，《汉书·西域传》记载当时的尉犁城“地广，饶水草，田美”。清《西域水道记》也记载：“塔里木河，河水汪洋东逝，两岸旷邈弥望。”但是二百年后，当时间来到一九五六年，尉犁地区已经因为河水改道而导致田地干涸、家园废弃。因此，那些前往荒原寻找可开垦荒地的勘探人员只发现了极少数生活在“残墙折缝”中的农牧民。

一九五六年六月，兵团二师在勘探结束后，将塔里木垦区规划出七个新农场，分布于今库尔勒—若羌公路沿线，面积近六万公顷。我的出生地，位于乌鲁克镇的农二师三十二团，便是其一。

乌鲁克，维吾尔语，大海子的意思。望文生义，可知这里曾经水大相接湖波荡漾。不知当年最早抵达这里的垦荒者，望着这片已被盐碱干旱毁成荒漠的沙漠小镇，心中是否和多年之后的我一样，面对这个名字如汩汩水声的地方频生怀古之情。时光汤汤，人或者物，我们谁都难知自己的未来将往何处去。

农场选址尽量远离民族聚居区。“1990年，全团……汉族5884人，维吾尔族17人，回族256人，蒙古族2人，其他民族5人。”[①]清晰的数据显现着我的生长环境：一个维吾尔人只占极少数的沙漠小镇。

“文革”初期，我的父母从二百公里外的农二师师机关——驻地库尔勒市，下放至乌鲁克镇的农二师三十二团劳动。从城市来到农场，其间所意味的不只是每日超出体能的劳作，以及紧缺的食粮，还有丧失维吾尔族文化特征的生活环境。虽然之前母亲的生活圈子以汉族人居多，但是库尔勒城内的维吾尔人仍然进出于她的日常生活。她在师机关的同事中有维吾尔人；她去集市上买维吾尔人的小白杏；下班路上，维吾尔族男人赶着马车从她身旁经过；到了古尔邦节，维吾尔人欢天喜地地聚集在广场上，他们打着手鼓跳起欢快美妙的舞蹈。来到农场，二百多平方公里的荒原上，仅有的十几个维吾尔人散落在十四个自然村里，族群、语言、氛围——维吾尔文化所依赖的生长环境消失殆尽。对于这十几位维吾尔人，我猜母亲听说过他们，但她并不清楚他们是谁，住在哪里，更没有寻找过他们。近三十年后，临近退休之际，我的母亲才重返库尔勒市。

这是很多内地人难以相信的事。他们从各种途径获得的关于新疆的印象是：哪里都能看见长辫子大眼睛的维吾尔族姑娘，哪里都能听到手鼓和热瓦甫的热烈节奏，随处可见飘着礼赞声的圆顶清真寺，以及做完礼拜回家的维吾尔族男人。所以，当我说——在我十八岁之前，我不了解除我母亲之外的任何维吾尔人，许多人大概都难以理解。

与生俱来的一些事物在流失，虽然面不改色，但母亲肯定有所

① 农二师史志编纂委员会编：《农二师志》，新疆人民出版社。

察觉。她只是不说，或者因为生活的劳累让她无暇他顾，或因无人倾听，或者因为她想随遇而安，或者仅仅因为她对这件事不以为意。到了我对此有所意识的时候，她已经不再愿意跟我谈论这件事情的复杂内涵了。

母亲接受了这个崭新而荒凉的生息地，接受了维吾尔传统文化从她身体里无可挽回地流失的现实。她只会说不会写，她拒绝在人前表演舞蹈，她从来不是穆斯林，这跟她成为中共党员没有关系，即使后来我的父亲去世、痛苦经久不息地缠绕着她，使她一度试图接近宗教，她也没有考虑过伊斯兰教。她退离了这片疆域，缓慢又不彻底，然后进入血缘的另一半——汉族传统，最终在那里栽植起她的人生与未来，却也是同样的不彻底。

现在看来，这种交会融合产生的最本质的后果是：汉族与维吾尔族，对于双方而言，我母亲都是一个他者。她哪一个都是，哪一个又都不是。她是一个新的第三者，一个异类，处于他们之间，又超出了他们。

四

更大的变异延续在我身上。当我来到这个世界，我的母亲大声说着浸透着新疆本土腔调的汉语，我的父亲缓缓讲着带有湖南湘西口音的汉语，维吾尔语已经像一条消失的河流隐没在我的成长中，潜入我生息的沙漠绿洲，成为一条名副其实的地下暗河，它汩汩流动着，细小而曲折地寻找着或许终将消逝的河道。

公元一九七一年仲秋的一个上午，我的母亲挺着她就要临盆的大肚子，与我扁担般枯瘦的父亲站在新疆军区生产建设兵团农二师三十二团团部一处家属院的空地上。彼时，秋阳辉煌，蓝天高爽，周遭远远近近的芦苇、大白杨和垂柳正以它们淡金色的宁静吐露着戈壁滩的生机。此情此景给人安宁，我的父亲母亲却忧心忡忡，全不在意、留意。他们眉头紧蹙，目生烦忧，一再打量扔在身后的那堆零碎杂乱的简陋家当，为眼前突现的麻烦而忐忑不安。

这一日，下放连队劳动的父亲母亲一同调到团部工作。这片家属区前前后后只有四五排土坯平房，十几户人家已经住得满满当当，为了安置我的父母，团部领导要求其中一排平房的两户人家各自腾出一间房屋，连并而起，充作我父母的新居。这些建于二十世纪五六十年代的营房，早已随着第一代军垦战士和全国进疆知青的孩子们的诞生而变得拥挤和紧缺。所以，那两户被要求腾出房间的人家，无法不一边磨磨蹭蹭摔摔打打，一边将满腹牢骚甩在我父母亲的脸上。

母亲一再强调了这是团部安排，但见对方有意拖延，很快也恼了。母亲个头矮小，却素来强硬，那一日她虽然身怀六甲，却依旧遇强则强。他们——我们家未来的邻居，肯定被当了多年师机关机要员，此前又领导着一个种田“铁娘子班”的母亲的口舌之利给触动了，又见她一副毫无惧意的神情，即便脸越来越黑，手下却是渐渐利索起来。

就在母亲为他们的安身之处与人据理力争的时候，我的父亲，一位从哈尔滨市成高子镇和平制糖厂辗转进入新疆的湘西男子，却在一旁忙着追赶那些从鸡笼里惊飞而出的老母鸡。在一片鸡毛腾飞鸡鸣咯咯的凌乱中，我的父亲东扑西扑，左闪右跳，抓住一只再去摁倒另一只，幸亏从小在湘西翻山越岭练就一副好腿脚，总算在没有惹出一番嘲笑前把它们重新塞回已经破烂的柳条筐里。那些母鸡是为了迎接我的到来而专门饲养的，它们已经被我母亲喂得膏肥脂厚，在经历了一个早晨牛车和拖拉机轮番不休的颠簸之后，此刻又在我母亲愤愤之声的刺激下，再也忍耐不住，便咯咯嗒嗒地添起乱来。当然，这一切只是那一天出其不意的一点小麻烦，它们很快被抹平。到了黄昏，我的父母在他们简陋温暖的小屋安顿下来。二十多天之后，我出生了。

最初的不快似乎并没有影响我父母的邻里关系，至少，在我最早的记忆里，院子里的大人们大多平静友好，我经常被母亲带到某户人家打牌玩乐，也常常一个人因为寻找小伙伴而在邻居家进进出出。我们的邻居——湖南人、四川人、河北人、江苏人、湖北人、山东人、上海人、北京人，更多的是河南人——都是来自内地的汉族人，包括我的父亲。

只有我的母亲不同，因为母亲的不同，所以，我和妹妹也与别人不同。但是，除了民族称谓，我们不知道自己如何跟周围的汉族人区别开来。因为我和妹妹说的语言，吃的食物，学习的课本，穿的衣服，心里的渴望……都跟周围的汉族人没有两样。

我们的户籍承袭着父亲的汉族身份，但周围人都知道我和妹妹是半个维吾尔人。他们习惯于先用维吾尔血统将我们区别开来，给我们扣上这只没有实质内容的空壳，然后再否认这只空壳，“她们哪是维吾尔人，她们啥都跟我们一样”，这种十分奇怪的心理一直到许多年后才被我理解。

他们说得没错。母亲以她的容貌、性格、语言显现自己的维吾尔人身份，父亲以他的南方体质显现他的汉族人特征，只有我和妹妹，我们左右都不是。我们不会说维吾尔语，不知道他们怎么布置家居，不跳他们的舞蹈，不了解他们除不食猪肉以外的生活习惯。我们被父亲南方人的体貌和气质稀释得就跟汉族人一样，却被周围人认为不是汉族人。我们的血统距离父母双方的源头越来越远，被新加入进来的血统混合得哪一个都不是、都不像。我们既不是这一个，也不是那一个，我们似乎不能成为我们新的自己，我们必须借助父母之中的一个民族族别来让别人评论我们。世界就是要为我们命名，我们不能什么也不是。但实际上，我们什么都不是。

关于“你是谁”的问题，童年的我还迷迷瞪瞪，但是已经感应到自己与群体的差异性，已经有一种由之而来的自觉存在下来。它像一根金属天线，亮晶晶伸直臂杆，在戈壁大漠的半空里，遥感和接收着来自周遭世界的所有与此相关的生命电波。

日常生活里，我从母亲那里接收到的有关维吾尔人的信息十分微弱。母亲给我的印象是，她更忧心于我的顽皮，却不认为民族血缘或者文化传统这件事有必要像警告我学好功课、不要爬房上树、不要一个人去大渠玩水这些事情一样，有必要对我耳提面命。

记忆零碎，它们一片片被我从时光中艰难找回。

我记得姥爷驼着背趴在床上咳血，记得他从不慈祥地对我说过一句话，所以更不会教我认清我的多民族血缘；我记得母亲为我糟糕的珠算成绩向我的汉族数学老师登门致歉，却不记得她教我说过一句维吾尔语；我记得母亲请人给我织毛衣做棉裤，却不记得我的四季衣裙里有一件维吾尔族传统服饰；我记得母亲睡觉醒来，总会在张口打出第一个哈欠的同时唤一声“胡达啊”（胡达即真主），却不记得她稍许详细地告知我“胡达”的意义，以及为什么她会呼唤“胡达”；我记得母亲从小教我削果皮一定要将刀刃朝内，给我示范如何“动脖子”，却不记得她像故事里的老祖母一样，为我讲述她从哪里来、我从哪里来……似乎有比民族血缘更为紧迫的问题需要母亲面对：工作、收入、晚饭、节日、劳动、入党申请、疲惫、疾病、夫妻关系、鸡瘟……种种不如意，以及微小的快乐，它们都使这件事趋于黯淡幽微，趋于消失为零。

戈壁滩上的春风吹绿了塔里木河两岸的胡杨林，浩浩荡荡的塔河水经过一个冬天的断流又流进了水渠两旁的棉花地，鱼群如期到来，梨花按时开放，但是自母亲流向我的维吾尔族血统，当抵达我，已经流失殆尽。

许多年后，我试图通过回忆来勘探这一脉血统的流失成因。当记忆零碎又持续地显现时，我尽量使自己细致、理性，在把她想象为一条大河的同时，一并兼顾着水流的大小曲折，河上的航船，岸边的沙土，以及在流动过程中的人为消减和天然损耗。但我的口吻听起来大概太像指责了，所以惹得母亲满心不快。母亲认为我要向她清算和索要，而她反感一切与此相关的企图。所以母亲开始抗议我的记忆，拒绝我的探问。她瞪大眼睛气冲冲地说：你忘了你姥爷整天背着你给你讲故事，你忘了我教你用维吾尔语数数，你忘了你的舌头像根木棍根本发不出一个像样的卷舌音……

记忆仿佛生命最初的冲动，一经启动，便不肯停歇。这一次，我的记忆带我回到某年秋日的一个傍晚，那时我有九岁了。

天刚刚黑下来，家里来了两位客人，一对年轻健康的维吾尔族夫妇。他们的到来没有丝毫预兆。我正在里屋做作业，外屋突然传来一连串欢快又陌生的问候声，那声音听起来像是翻着筋斗的音符，有力、卷曲、悠扬。我惊跳着跑出来，立刻傻眼了。家里从来没有出现过维吾尔人，母亲竟然在用维吾尔语说话。年轻的叔叔边说边笑，黑色唇髭使他显得十分强壮，笑声使他显得特别友好。他坐在沙发上，面朝母亲，身体前倾，一连串地说着什么，每段话都用一串笑声结尾。对面的母亲一边点头，一边轻松应答，时不时也被感染得笑起来。此时父亲站在桌旁，只是殷勤激动地望着来客，半个字都插不上嘴。他们后来似乎谈到我，因为年轻的叔叔看见我后，明显针对我问了母亲一句什么话，母亲便回头看了一眼呆立在过道上的我，随口用维吾尔语回复一句，而后惹来年轻叔叔一阵爽朗大笑。这对维吾尔夫妇的到来和离去都十分突然，没等我从惊讶中醒过神来，他们就要告辞了。出门前，年轻的叔叔将放在脚边的一篮葡萄提起交给父亲，然后右手抚胸面向母亲施礼。

他们离开许久，我还能听见年轻叔叔回荡在我家檐梁间的笑声。他们是我家仅此而止的维吾尔族客人。后来我上了中学，家里来过两个维吾尔族男人，他们不是客人，他们来我家买走了那只跟着爸爸上班下班黑白相间的新疆细毛羊。

在年轻的维吾尔族夫妇之前，我从不知道我生活的团场还有他们存在；从没听过妈妈这么流利自信地说着维吾尔语；从不知道除了春节，还有一个叫作古尔邦节的维吾尔人的节日，这是那对维吾尔族夫妇拜访母亲的原因。

一开始就丧失了本能的亲近，一开始就演示了已经形成的距离。维吾尔人、维吾尔语、维吾尔节日……当这些流淌在我血液里的文化基因逼真地出现在我眼前时，贯通于我的，却只有惊讶与陌生。而母亲与父亲，却早已达成默契，不管我心中有多少疑问，不管我需不需要知道这件事情的前因与后果，他们沉默地站在了一起，站在了我的惊讶与困惑之前，挡住我的视线，一言不发。

让他们为此斟酌权衡吧！让他们带我进入人世和人群，让他们在有意与无意里抹淡我身上的概念、符号与限制，放任我在戈壁滩上的脚步与身影吧！说到底，我该说什么样的语言，该过什么样的节日，是以一个维吾尔人的方式还是以一个汉族女孩的习惯长大，它们中的哪一方，能够保证我有一个更加平坦光明的未来？能够承诺我的人生幸福？能够帮我建立立身处世的意志与理性？其时其景，父亲和母亲一定没有答案，一定有所质疑，所以他们沉默忽略。而我，我在那天黄昏的诧异平息之后，在太阳重新从沙丘之间跃上蓝天之后，便将这件事扔向潜意识的冰山之下。那个年龄的孩子，刚刚挣脱了父母的臂弯，刚刚被允许闯进世界里撒野，在他们焕发奇光的眼眸中，外部世界宛如乐园，每一块石头都是城堡，每一片叶子都是航船，每一只蜻蜓都是一部童话，世间万物如老鹰、小鸡、泥巴、桑葚子、风、夜晚、鳞光闪闪的鱼、沙漠……无不魔术般赐予他们无限欢乐。他们需要尖叫着奔向前方，他们无暇低头和回头，这是那些开始衰老的人和思想高深的人喜欢纠缠的事。他们只是好奇和快乐，他们还无从理解生命底部的那些事物，即便心有困惑，也顾不上思索。他们来不及思索，还不会思索，他们把困惑要么甩开，要么埋在身体里的一个暗黑之地，好像沤积肥料，不使它见光不给它透气，唯独假以时日，任其漫长发酵。我是他们中的一员。这样说既非开脱自身，也非为父母说项，生命偶然形成，事物奇幻转化，是与非相互缠绕，蒲公英被风卷起时无从知晓自己的未来，种子落进泥土，即便造物主降下启示，也不会提前显现最终的结果，所有的遗传与变异，均渗入每一日的生生不息中。

五

母亲是维吾尔人，我便是“二转子”，是汉族的父亲与维吾尔族的母亲结合生下的“二转子”。“二转子”，这个新疆本地用以称呼多民族混血人的称谓落在我身上的时候，至少在那时使我尤其单一地区别于身旁的大多数人。

中学时代，一些公众场合，人群中一直会有那么一两位，会在我毫无准备，也无所意识的时候，以民族的特殊性，以平地惊雷的方式，戳认出我与旁人的不同。他们有的是邻居，有的是同学或者学校老师，有的是父母的同事。那时我不理解他们说话的语气，也看不明白他们脸上的表情，也许其中什么也没有。但此言一旦入耳，多半令我陷入痴呆无措之中，只能怔怔接受周围人同时投向我的目光。这种被猝然扼制的气流窜在人群当中，接受众人审视的图景，在相当长的一段时间里，成为我认识自身的第一堵栅墙，令我一再跌入一个异样的体验：头顶掠过一道闪电之后，整个人霎时冰冻。

现在来想，那时我每每被这种指认吓住的原因，多半在于深恐被大多数人排除在外，畏惧被孤立或者被遗弃。这是年长以后我在读过一些心理学书籍后才明白的事，才了解集体对于孩童的意味：他们将集体视为世界，以此判断世界对他们的亲近与疏远、接纳与拒绝。也许当年那些惯于指出我的人没有目的或者恶意，也许他们只是随口说着一个事实，但这种使我突然置身于众目睽睽之下的言行，不管用意何在，至少在我离开团场之前，成为了我记忆版图内的一块黑色硬核，并且必须要等到多年以后，凭借一种特殊的化合剂，才能渐次析出其间的成分，破译它的生长和变异密码。而当时那个被“霎时冰冻”住的我，只可能无师自通地感受到了什么：融于大众才是安全的，与多数人保持一致才会有伙伴与快乐。

这和一九六二年踏上印度土地的V.S.奈保尔在孟买火车站触发的情绪完全相反：

> 在美国，印度人是与众不同的；在埃及，印度人显得更加独特。如今在孟买，每走进一间商店或餐馆，我总会期待一种独特的、与众不同的反应和接待，但每回大失所望。感觉上，就好像被人剥夺了一部分自我似的……在印度，我是个没脸的人……在印度，我渴望重振我的独特性，但我不晓得如何着手。

奈保尔渴求独特和差异。他为自己的脸埋没于孟买大街上的无数张印度人的脸而感到失落。他当时多大了？三十岁，一个成熟并有些自负的男人。这么想完全合理。

这么想完全符合此刻年过四十的我——拒绝跟任何人雷同，拒绝被人划入圈子，被贴上标签，被混同；世界可以忽略我，但不可以混同我。

当然，这也符合人的文明，唯个体的觉醒和进步，人才会有存在的意义与价值。所以，越来越多的人感受到了被抹去个体差异性之后的懊恼，越来越多的人拒绝为同一性的海潮吞没，进而宣示自身，进而强化并夸饰自己的独特性、差异性，进而在显现差异性的过分表达中忽视了人与人的同一性、夸大了人与人的区别，进而在强调差异性的言行中透露出了令人不安的攻击性。

但不管怎样，那时候，那个惯于被“霎时冰冻”的我还只是一个孩子，还远远没有意识到“自我”“独特”以及“差异”的重要性。我的觉醒是那么迟缓，一直要延迟到我的孩子的到来。而在此之前，那些着意强调我的差异性的人，他们在我眼中，像极了那些令人怀疑的宣道者与审判者，他们的每一句话、每一个眼神和手势都带着无中生有的道德优越感，带着一些企图为我引路的傲慢和自以为是。

当“二转子”这个称谓落在我身上的时候，我不知道如何解决它在听觉上带给我的不适。父亲母亲不曾告诉我该如何回应：是接纳它，平静地告知并展现我的差异性，还是抵触和刺穿它所含带的一切轻蔑与分别心，抑或彻底消除它，让它像时间一样一去不返。那时候是二十世纪七八十年代，也许他们心中还有更难平复的苦恼，也许他们与我处境相同忧惧相似。所以，尽管我一天比一天更像一个汉族女孩，他们依然不提此事，不做回应，任由这个称谓随着我的成长，如戈壁滩上的芦苇，在炽风流沙里，摇荡于我的年少岁月。

父母的缄默与忽略种下了焦虑的种子。时光流淌，后来我离开团场，我无师自通地学会了他们的策略：不提此事，不做回应，任由它跨过我青春的草地，尾随于我的远行、恋爱和理想，直至在我孩子的眠床一侧淤积为一片冰蓝深邃的湖水。这样导致的结果是：许多年过去之后，我仍然没有为自己的差异性而准备妥当，仍旧不知道如何塑就自己的立场与态度，更不敢大胆为此放声。暗地里，我只是长久地困惑着：为什么有这么多人，这么多男男女女，这么多老人和孩子，这么多张大大小小颜色不一的嘴巴，一再要强调我与旁人的差异性？为什么他们比我更迫切于我的差异性？为什么他们喜欢对我指指画画？

万物生长，昼夜不息，连同戈壁滩的流沙，连同所有人内心的须根，连同我的差异性。

六

十四岁，我上初三，夏日里的一天，父亲接到湖南老家的一封来信。写信者记不清了，但是信里附有一张证实我又增加了另一种血统和身份的“文件”。

文件很像那种张贴在街头的告示，黄纸，红色打印字，盖着公章。后来我查证资料，证实了自己的记忆。一本《湖南侗族百年》的书里这样写道：

> （二十世纪）八十年代又相继成立了芷江侗族自治县、靖州苗族侗族自治县。经各级党委和政府认真深入调查，并经湖南省人民政府批准，芷江、会同、靖州、绥宁等县又恢复认定了一批侗族人口。[①]

① 湖南省政协文史委员会编：《湖南侗族百年》，岳麓书社 1998 年 12 月第一版。

我记得父亲举着文件，像是要把每个字敲进墙里似的说了两遍：我是侗族噢！我不是汉族，我们村里乡里姓杨的都是侗族了。接着，转过脑袋，以一副出大事的表情对我和妹妹说，你们俩要把民族改掉，改成侗族。

一旁静立的母亲立刻绷起脸说，要改也得改成维吾尔族。

这时候，我和妹妹的民族身份问题，终于真正进入父亲母亲认真思考和选择的阶段。而在我这里，事情复杂起来，原本我与周围人还有一半同一性，此时又剔除一份，只剩下姥爷那边四分之一汉族血缘。单边的差异性延伸至双亲，独特性由此加倍，但我仍然不知道自己想成为什么。一个我一无所知的民族身份在我出生时掉下来，绑在我身上，许多年过去了，似乎嫌我和妹妹顶着这一只空壳还不够，于是又来了一只。

一再被赋予，一再被加入，生命莫名其妙地一再被添加着未知。我能做什么呢？两只空壳，两团未知。那时的我当然不是后来的我，当然想不到去填满它们，补充它们，探知它们。我一片茫然。无所谓。把它们交回到父母手中。

身份意识的第二次觉醒更加让我无以应对。顶着一只维吾尔人的空壳，我已经习惯被当作一个汉族女孩，习惯了说汉语，穿汉族人的流行服装，用汉族人的思维处理自己与世界、与他人的关系。然而新的血统事实显示：无论我多么像一个汉族人，我距离汉族人的血缘却越来越远。

父母亲似乎为此商议了好几天。母亲的意愿一日强似一日，父亲一边沉默地听，一边手脚不停地侍弄他的菜园和满院子的葡萄藤。父亲在想什么呢？他做了半辈子汉族人，现在突然被指认为侗族人，不管那封信里提供的族群普查数据多么严肃确凿，但他与侗族人有哪些存在的关系呢？他在为母亲的强势感到不快，还是试图从记忆与意识的深处，抽取与那张“文件”或者“证明”相关的族源和文化信息?

那些科学数据——他头骨和腿骨的弧度，他的染色体微卫星位点——和现在的他有什么关系呢?他可曾依据过这些科学数据吃吃喝喝出出进进，可曾知道自己的祖先被称为“南蛮”“百越”“荆蛮”“武陵蛮”，以及“僚”和“洞苗”?可曾知道自小相伴的干栏屋、糍粑、米酒、酸鱼其实都来自侗族祖先的遗留?作为古代越人的后代，在生物遗传的深层，他还留有什么特征?基因的返祖现象是否哪怕只有短短一瞬重回他的梦境，让他进入这个水稻民族的集体记忆与经验?或者，他能够说出祖辈不意间口口相传于他潜意识中的一粒原始音素，记起一段不知年月的大歌旋律与创世神话?在湘西密密层层的大山脚下，在干栏木房廊檐相接的村落里，在简陋却热闹的乡间集市里，他一定曾经见过那些用绒绳结辫盘头、身穿左衽无领衣的侗族女孩，还有那些青布包头下打绑腿的侗族男人，那时候，他是否直觉到自己与他们的相似性?是否在见到他们的同时，心中升起过一缕族源上的本能亲近?

父亲一定不会想这么多。他只有小学文化，他木讷、老实、忠厚、懦弱，他拙于与人相处，怯于为自己辩护，更对自己的历史一无所知。许多时候，因为习惯于替他人着想，他没有立场，也少有担当。他出身贫寒，母亲早年改嫁，后来经历过饥荒，遭遇过“文革”，外部世界的混乱加剧了他个人命运的卑微飘摇。和中国大多数百姓一样，他的一生只能顾及眼前的存在，因而人生没有目标，更谈不上理想。他不喜欢了解自己，或者想都不想这个问题；他熟知宋代杨家将三代人的故事，却表现出对自己的历史与文化没有丝毫兴趣。他和我的母亲，以及大多数中国百姓想的一样，认为了解自己的历史与文化远远不如当下每一天的稳定与殷实重要，不如每顿有酒有肉、出入平安顺遂、死时体面入葬实在。所以，面对母亲决定将我和妹妹改为维吾尔族的坚决态度，父亲没有抗议，或者，至少他和母亲没有让我看到他的抗议。

母亲将我的民族由汉族改为维吾尔族，除了性格里的傲慢与自尊，还有另一层实用策略：维吾尔族在新疆考大学加分，而侗族无此特殊照顾。仅凭这一点，父亲反对她的任何一条理由都无立锥之地。中国如此之大，边疆如此偏远，谁不想方设法垫高儿女人生的起点呢！并且，我们都清楚，在内心深处，父亲比母亲更巴望着我们为他光宗耀祖。

做出决定之后，那年暑假，母亲带着我前往尉犁县人民政府，为修改民族一事上下奔波。与团场不同，尉犁县县城处处可见维吾尔人的身影，夏天仍穿毡靴的维吾尔族老奶奶，倒骑驴的维吾尔族老爷爷，商场前蒙头乞讨的维吾尔族女人，在雕着花纹的摇篮里睡觉的婴儿……我第一次置身于如此众多的维吾尔人中间，体会到维吾尔人会聚之地的风情与气息，默默觉察到——自己将成为他们中的一个。但是我没有稍多耐心去观察他们，更无法走近他们。母亲隔在我与他们之间，我对维吾尔人的亲近感只停留在母亲一人身上，维吾尔人对当时的我而言，只是母亲一个个体，而非一个整体。更何况，那个年龄的我，行走在炽热晃眼的县城街道上，更关心的是街上流行的裙子样式，喇叭里传出的流行音乐，更急于让母亲给我买一份鲜奶冰淇淋、酸辣凉粉和炒拉条。但母亲气冲冲的，脸上淌着抹不尽的汗水，根本没有心情带我逛逛县城的自由市场和大商场，大概因为父亲不露面协助她出来办事而心生怨愤。所以，那个暑假的县城之行，除了母亲找到她的中学同学，与人好言相求的一幕，我不记得更多与维吾尔人相关的画面了。

这次县城之行，按理，能使维吾尔人的世界与我的感官机能发生碰撞，产生一些特别的印象，哪怕是肤浅的，进而引发我对自己民族身份的第三次觉醒，但是它草率地就结束了，在我年少空洞的生命岁月，在那年夏天白花花的天空下，像一条挣破渔网的鱼，身体一晃，尾巴一甩，便消失了。

七

“维吾尔族”，白纸黑字，户籍本上的这四个字，成了一道真正的分界线。从此这个名称不再是一只空壳，它变重了，变得有所指，有实惠的利益——高考加分。母亲高兴地松了口气，她骄傲地想，她站在所有人面前，名正言顺为她女儿的人生垫高了三十分。所有的人都明白怎么回事，我是想占民族考生的便宜，我根本不是什么真正的维吾尔人。母亲才不管别人怎么说，更不管什么文化和传统，不管我会不会说维吾尔语，会不会跳维吾尔族舞蹈，跟眼前的好处相比，跟实实在在的分数相比，跟离开农场的希望相比，跟人生可能由此被赋予的美好前景相比，那些事情根本不重要！

我的母亲啊！但愿一切都在她的掌握中，但愿她与造物主冥冥相通，早就算定我会回来把这只由血缘构成的外壳，缓慢地融化，直至完全融入生命。

高中学习沉闷无趣，我和所有期求离开农场的孩子一样，决心一拼到底，为自己的命运而战。我的学习成绩在高二时爬到中上，渐渐成了颇有希望的一列。除此之外，我还得为自尊而战。母亲千辛万苦为我垫高的这三十分，比身为维吾尔人却名不副实带给我更多自视与自疚。一些刺耳的声音传过来：三十分的优遇和照顾，从另一个角度看，是宣告你不如别人，是量出了你与别人的差距，是在鄙视你。当时的我并不知道这种理解合不合理，只是在听到这种说法之后，就信以为真了，于是带着少年的负气，咬牙发奋。

一九八九年，那是我在农场的最后一个夏天。没有比那一年更热、更宁静、更令人窒息的夏天了。我记得我和大家坐在课堂里一起流汗，汗珠浸透衬衣的前胸和后背，浸湿头发和脖子，又滴在习题纸上。我的同桌，一位从另一个农场转学过来的汉族女孩，皮肤黝黑，生了一脸豆大的疥疮。她不停地用手绢擦着脸上的汗珠，稍不小心就碰破一粒，黄白色的脓液跟着溢出，然后是血。她用卫生纸轻轻擦净，然后继续低头做习题。什么都打不破这种宁静和窒息。我回头再看班级里更多的同学，同样埋着头，同样眉头紧蹙冥思苦想，同样沉闷压抑，同样汗湿满面。这时我意识到，在我脚下，那被母亲垫高的三十分，将带给我令万人羡慕的莫大幸运！因为就在我回头看过去的一刻，班里五十多位同学突然几何倍增长，眨眼间如山如海，无穷无尽排出戈壁，排到地平线外。那一刻，我还想不到未来的就业竞争与生存压力，我只是感到心虚，面对眼前——这堵密不透风的人墙，我根本没有勇气说我一定能够冲出去，而这仅仅是我所生活的这片戈壁滩。

那三十分要比自尊心实在多了。

当年，学校中榜三人，我是其一。那三十分帮了我。

家里大摆酒宴。我记得父亲从邻居家借来一张方桌，与家里那张拼在一起，摆在外屋中央。凳子也不够，又从隔壁借来长条凳。要请的人太多了，校长、任课老师、同学、邻居，两张桌子根本坐不下，夹菜伸不出胳膊，筷子给碰在地上。家里吵翻天，大人们说什么我全忘了，只记得父亲当大厨，在厨房和宴席之间奔忙不已。母亲坐在屋里端茶待客，不停有人向她道贺，她或者回敬一声，或者用她的女中音爽朗一笑。父亲给我和同学们单独在里屋摆了一桌饭菜，我沉浸在喜悦中，顾不得同学们在祝福我时心中滚动的失落感。我们是一群低地里的蝴蝶，被大漠和戈壁围困，我们整天幻想的，都是飞出这片荒远之地，落在内地——某个人口众多的繁华之地，说异乡人的语言，吃异乡人的食物，住进异乡人的房屋，迎接异乡人对我们的改造，从未来到命运，从人生到灵魂。我们美丽而肤浅，我们只想改造和蜕变，只想远离这个对人生和未来毫无意义的出生地，我们把梦想和幸福寄托在某个不知道的远方，因而每一个人的离去都会给另外的人带来撞击。我当然理解，那是一种被世界遗弃的恐慌，微小、带刺、入骨入髓。我记得那天我特意剪了头发，穿了一件新买的蓝白条蝙蝠衫。饭菜撤走后，大家围成一圈，有人提议跳舞，并且特别要求我来跳。那时说跳舞，指的是摇摆舞、太空舞、抽筋舞，即使大家都知道我已经成为维吾尔人，也无人想起民族舞蹈，因为他们知道我不是，因为他们和我一样，从小到大，多数都没有见过真正的维吾尔人，更不了解维吾尔人的生活和习惯。音乐从录音机里飘出来，是当时流行的一首名为“巴西狂热”的乐曲，大家都看着我，我站在屋子中间，面红耳赤，跳了一段摇摆舞。没有人加入我，大家好像很尴尬，我蓦地停了下来，觉得莫名的羞愧，就好像自己是个小丑。

一些事情无法说清，它们被层层包裹，要用一些子弹和利刃般的语言，才能破开。

一九八九年十月，我离开农场，这片赋予我地域和民族身份的出生地，随着火车开动的轰隆声离我而去。火车一声长鸣驶离库尔勒市，出生地从此一步步向后退去，直至在未来的时光里凝固为一个硬核，然后嗖的一下，又腾空落入我体内，由一个环绕我的外壳，变为我的生命特征，与我合体，再也无法分开。从此，母亲不再挡在我的面前，充当这个生命特征的传递者，从此我得自己来验证和显现我是维吾尔人，尽管我身心空虚，没有任何实在可以拿来验证和显现。

八

我来到银川，一座新建不久的民族学院，一个汉族人不再是绝对多数的新环境。没有绝对多数的环绕，每个充满差异性的个体样态就成为自然与日常，就不再是少数和异数。于我而言，这是个新鲜的体验，我不再被从群体中单独区别开来，不再是少数，不再被强调差异性和独特性。那些贯穿我成长，从一个绝对多数的群体抛向我的“她是维吾尔人”“她才不是维吾尔人”“她跟我们一样”“她不是我们”的外部声嚣终于停止了。这里，每个人都是他自己，每个人都独特，每个人都自然存在，都可以不受外界干扰地成为自己。开学第一周，每天晚饭后，我穿着一件新买的紫白条相间的薄毛衫，在食堂与宿舍的空地间与同学打羽毛球。蒙古族、锡伯族、哈萨克族、维吾尔族、回族、满族、东乡族、俄罗斯族……他们一个接一个从我身旁经过，前一个走过一位蒙古族学子，下一个会是哪个民族？我根本猜不到，也不用去猜，因为哪一个都自然，都独特，都重要同时又不重要。

这是有别于农场戈壁滩的一个新世界，快乐又绚烂。我望着他们，就像来到一幕幕自然的奇观之前，他们脚步匆匆，笑声朗朗，突然就会用一句我听不懂的语言抚热我的耳廓，突然就会用一张异常俊美的容颜将我撞得目瞪口呆。我的眼睛看不够，心里秘密地欢喜和激动。

学校正西方就是青黛色的贺兰山。那几日，每天清晨都会从山上飘来一片细雨，校园里地面微湿，空气甜润，我大口大口地呼吸，然后像饱览山川美景一般打量着各个民族的男孩与女孩。有时候，比如早晨去锅炉房打水，中午在食堂排队买饭，突然间，我就会被某个新颖的面孔吸引住。这些吸引无关美丑，无关男女，就因为他们沉浸在自己的独特性中的那种神态。我一眼就盯上了这样一类人。

这种被一个陌生人的面孔吸引的感觉真是令人兴奋，就像小时候父亲带着我在雨后的林带里找蘑菇，走啊走，直到林带尽头，柳条筐里仍然可怜巴巴扔着一两朵，正要泄气返回之时，却眼睛一亮，就在脚边的树根处看见了密密麻麻挤在一起的一大簇。但我生怕自己对他们的窥视惊动了他们，生怕破坏他们的自然状态。他们多完整啊！那个长着一头鬈发和一双蓝眼睛的古丽，那个脸上长满雀斑哼着牧歌的小个子藏族男孩，那个又高又壮对谁都笑眯眯的蒙古族学长……他们在自己的生命里，蓬勃生长，自然呈现，全身上下，每一种神态、每一根线条都举世无双，都是独特的他（她）自己。他们不用因为一再被提醒“你是谁”而对自己产生怀疑，不用因为“你是什么”而特别地显现自己，他们像一株株长在河谷和山岗上的植物，互相都是唯一的，互相又都是共同的。

我终于被忽略和淹没了，在这个充满最多数的差异性的共同体内。

开心是显而易见的，因为从此可以消失在群体内，不受外部世界的指点，可以默默地寻找那条路，好证实和显现自己——这个一直在不停地混入另一种血液的变异途中，异化得谁都不是的我自己。

那时的我哪里知道，这条变异之途通向何方。

开学没几天，宿舍里来了一位胖乎乎的学姐，双眼皮，头发微黄，自来卷儿，普通话一口湖南腔。“我跟你一样，我也不会说维吾尔语，不仅我不会说，我们家没一个会说。”她是翦伯赞的外孙女，湖南人。

一个月后，同系的一位学姐，介绍我认识她的男朋友，一个叫艾合买江来自新疆阿克苏地区的兵团男孩。“我也不怎么会说维吾尔语，我爸爸是维吾尔族，妈妈是上海人。”他的脸是维吾尔人，他说话的腔调带着浓郁的新疆地方口音。他快乐而简单，对于自己不会说维吾尔语、没有食物禁忌、丧失维吾尔文化传统，似乎全不在意。他的态度与我母亲何其相似！

一种为差异性带来的眼花缭乱的惊喜平息后，校园，这个多民族共同体开始向我呈现它本就存在的内部机制。这与万物竞长的自然界一样，物以类聚，各行其是。我这张缺失维吾尔人特征的脸和我不会说维吾尔语的事实，只能使我与有相似境遇的人来而往之。即使在差异性成为最多数的共同体内，人还是本能地寻找自己的同类。人是天生的群居物种，群体的品质无论大小高低，个体对它的直感与需要，仍使它貌如树荫与沃土。

虽然没有明确地结成团伙，但我能够感到，学校里像我这样的人不在少数，各个民族都有。这多少令我感到安慰，我不再像在戈壁滩上的农场里只是少数，像我这样“谁都不是”的人是一个群体。渴望落身群体的心理一直跟随于我，它使我对此尤其敏感，我打量他们，等同于凝视自己。

我们是谁？我们是一群“二转子”“四不像”“中间人”“鸟人”“异形”“变种”“退化者”，我们被自己的生命特征悬置在半空中；我们谁都不是，谁都不愿意承认我们；多数时间，我们连从上一代继承下来的空洞外壳都不完整，更别提内在与实质；我们令人遗憾地失去血缘和文化特征，蜷缩在一个个无所依托的空壳里，不知如何选择……但是，我们被造物主通过父母和时代创造了出来，那么，我们一定有我们自身的必要性吧？

我问自己，虽无解答，但执着于民族身份的这份敏感，赋予了我审视周身事物的习惯。

多数人都接受了自己的缺失，并且要让这种缺失变得更加彻底。那个胖乎乎的学姐说：“没了就没了，我就在没有中做自己；我没错，任何人都没有错；这就是历史，人就是通过变种变过来的。”我羡慕她的态度，至少决绝，不犹豫，也不烦恼。她和艾合买江一样，不在乎自己是什么，不是什么。

大学二年级，宿舍里多了一位女孩，来自新疆若羌，母亲藏族，父亲汉族，说话带着农场孩子特有的口音。她生就一双大眼，长方脸，唇线棱起，一看便知倔强执拗。她行色匆匆，每天早出晚归，总是捧着一摞书，拼命学英语。她住在上铺，似乎有意与所有人保持适当距离，但是偶尔会高兴地给我们唱首歌儿。虽然以藏族身份考入大学，她同样不在意自己跟藏族几乎没什么关系，她对藏族的文化和传统也没什么好奇，她感兴趣的是英语，她认为英语比任何一门民族语言，甚至比汉语都重要。

宿舍窗外的迎春花又开了，槐树枝头挂满了洁白的槐花，我开始学习维吾尔语。我的老师是一位低我一级的维吾尔族男孩，他是那个藏族女孩带到宿舍来的。他真是造物主的佳作。一头金发又柔软又蓬松，发梢在白皙的耳根下打着卷儿；淡褐色的眼睫毛仿佛一片椰树林，掩映着一双碧蓝的眼眸；没有比他的嘴唇更像一片花瓣的，他的唇色唯有婴儿可比；他会弹吉他，歌喉动听如情诗。但是造物主没有把他造得十全十美，他骨骼纤秀个子矮小，让看见他的人都为他扼腕叹息。他跟随藏族女孩来到我们宿舍，身上背着吉他，次数多了，我们就让他唱歌。他唱的都是维吾尔族歌曲，我听不懂歌词，却感到歌词的每一个音节都美妙无比。于是我说，赛里木，你教我说维吾尔语吧。

他就像一个漂亮的小锡兵，善良又温顺，我们说什么他都说好。

课堂就在宿舍里，每周一节。星期天的上午，我们开始洗衣服的时候，小锡兵甩着他的一头金发便站在了我们门前。他坐在我们中间，教我一句维吾尔语，再跟别人闲聊一句。“赛里木，你们家有多少头羊？”“我们家的羊数也数不清，那拉提草原上的羊全是我家的。”“那拉提草原有多大？”“比天都大。”宿舍里飞起一片欢笑。我准备了一个笔记本，把每堂课学过的单词和句子都记下来，上一行是汉语，下一行是维吾尔语发音音标。学习过程原始笨拙，但是很快乐。学习效果说不上好，许多句子学过又忘记，来来回回，但几个月过后，一些日常用语能听也能说了。

赛里木漫不经心地教，我漫不经心地学，他不是好老师，我不是好学生。但之前与此后，我再从未如此靠近“维吾尔”三字。学习维吾尔语，校园里没有人强迫我，甚至也无人鼓励，但我不时被维吾尔语触动，就像音乐，总有将我掷回某段时光的神性。或许正因为不懂，使得好奇心滋生出我对她的敏感。她的音节像波浪，一道连着一道，势不可当地从远处赶来，再一层层强劲地退回到天际；她听起来柔韧又深邃，似乎有一种强大的吞吐力量，吸卷着事物，再翻滚出意义，层出不穷。还有更关键的，我十分介意自己拥有“维吾尔人”的身份，却“不会说维吾尔语”和“不是维吾尔人”的事实。那时，我当然理解不了我的“不是”其实就是我自己的“是”，正是因为一次次由“不是”向“是”的遥望，才使我由自身走向了他人与外部世界。

校园里的那些维吾尔族姑娘，她们边走边说，不经意间，那些波浪般的音节就让路过的我听见了。那些时刻，我会侧过脸屏住呼吸，让听觉的王国跟随那些句子越走越远。一切就发生在短暂的数秒之内，如此安静，又如此迫切，就好像旋转旋扭突然找到了消失的电波。有时，在楼道里的水房，先我而到的两个维吾尔族姑娘碰到一起，她们边洗碗边就聊开了，声音像带着露珠的纤藤，蜿蜒伸至我的耳廓。这是最难得的机会，我心安理得等在她们身后，任由那一粒粒晶润的音节变成一条条细小的波纹，从我的唇间和指尖流过去。

除了赛里木，校园里再没有第二个真正的维吾尔人与我交往，而这个温顺善良的小锡兵也突然消失了。我猜是因为一个传言中止了这个学习过程。

一天晚上，藏族姑娘在登上她的上铺前，突然带着奇怪的笑容问我，都说你和赛里木谈恋爱，是真的吗？我正对着镜子琢磨刘海是不是应该剪短一些，听到藏族姑娘的问话，一只手握着梳子，愣住了。可爱的小锡兵突然成了怪物。怎样才能说明自己呢？大学两年多了，我还没有谈过恋爱，心中对白马王子的想象又虚荣又摇摆，拿不准是高大成熟好，还是温柔多情好。但绝不应该是小锡兵这样的，至少不应该长得如此可爱又貌美。赛里木啊！在我眼里，他更像一个婴儿，因为只有婴儿，我才敢那么大胆放肆地打量和欣赏。今天，我已经不记得自己当时具体说了什么，但坚决否认的态度一定使藏族姑娘领会了我们之间确无其事。那以后，小锡兵就不来我们宿舍了。

回顾这段往事，不免令我遥做假设。假如我和小锡兵谈了场恋爱，现在的我，也许已经如愿以偿，能够让波浪一般的维吾尔语，带我进入一个异于汉语世界的维吾尔文化，并借此向母亲炫耀，我从别人那里，推开了她没有为我打开的那扇门。推开这扇门的意义并非在于我有机会成为真正的维吾尔人，而是我拥有了出入连通两个语言世界的初级技术。我的血统告诉我我的一半来自那里，但是我从来没去过那里，除了满足好奇心，我或许还希望那个语言世界的人能够了解像我这样的维吾尔人的存在，不管他们承不承认，我们都存在着。在人的意义上，我们的存在和他们没有区别。而通过我，一个世界就多了一道被另一个世界了解、阅读和倾听的途径，也许这样，正好可以使我参与治疗两个世界或者更多人之间的隔膜与疏远。

这使我想到约瑟夫·布罗茨基，及他的一篇名为《一间半房间》的散文。文章写于一九八五年，彼时，布罗茨基正在美国一所大学任教，他坐在学校出租给他的一间公寓的厨房里，越来越清晰地看见了他的童年时代，一段与父母住在那套一间半房间里的生活，那是二十世纪四十年代的俄罗斯。写作这篇文章，说布罗茨基怀着痛恨与愤怒并无不妥，因为“没有任何国家像俄罗斯那样善于摧毁其国民的灵魂”。身为一位美籍俄罗斯犹太人，布罗茨基说他“随时准备用俄语读、写诗和信”，但回忆和讲述他的父母，他必须用英语。因为只有通过英语世界的阅读，他的父母所遭受的奴役才能得到释放，因为俄罗斯人不会愿意读到这些文字，因为至少是同一代人全都和他父母一样备受摧残；他认为，只有被俄罗斯以外的人阅读，他死去的父母的灵魂才能挣脱囚牢，得到救治。

语言可以使被囚禁的灵魂得到释放，语言可以使生命的感悟更强烈，尽管当时的我并不具备理解语言在社会学、人类学以及灵魂学上的意义的能力，但那段时间我还是下意识往那个方向走了一步。我简单地认为，学会一些维吾尔语，我就能在汉语和维吾尔语两个世界之间穿行，就能使我的“不像维吾尔人”稍稍变得那么“像”一些，就能让更多人接受我，认可我。我真诚地希望自己能够成为维吾尔语这棵大树上的一根新发的枝条，哪怕短细，却构成了她的存在。当然，果真如此的话，我们将互为彼此存在的依据。

但造物主并没有安排我去推开那扇门，没有让我从那棵大树的树干探出身来，他稍稍启开一根发丝般的缝隙又立刻合上了，只让我在树皮之下顶出一个小包又将我按了回去。我猜他是看出了我的懒惰和心不在焉，看出了我的好奇和下意识不过是一时兴起，不过是一两滴可有可无的灰色的年轻人的成长情结，看出我的须根根本没有用力扎向维吾尔语的土壤。

语言所具备的识别功能，既显现人的差异性，也消除差异性所导致的禁锢。大学校园里，汉语是一种“世界语”，她使我们通过共同的她，全部或者一部分地讲述着自己的差异性。之所以分出全部和一部分，是指像我这样的“蜕变者”只能是“全部地”使用汉语，而掌握自己民族语言的“完整人”，他们则从容地“一部分地”使用，或者尽可能少地使用。“完整人”能够最大限度地回到并显现他们的差异性，蜕变如我者，则因此几乎被抹去了个体的差异性。

真是奇怪！在戈壁滩上的农场，无论我怎么和旁人一样，旁人总是视我为“不一样”；来到校园，即使我努力表现出渴望回归“差异性”，但“差异性”始终将我排除在外。

似乎我决定不了自己是谁，似乎得由外部世界认为我是谁。这种感觉太糟糕了。而民族语言成为第一道无法翻越的山丘，是她首先在强调我“是”谁或者“不是”谁，我突然对她产生了微微的敌意。

我依然无法确定自己是谁。校园里似乎没有谁表现出对这个问题感兴趣，或者，因为我从没有试图说出这个疑难，所以它变成一棵向内生长的藤本植物，在我内心的密林里暗昧生长。而它也不出我所料。它真是太喜欢这个不见天日却又纵容它的环境了，所以它横七竖八地长起来，恣肆无惮，越当周遭寂静，根须拔节的咔吧声就越是吵闹。

原本我与校园里的维吾尔族同学就是两个世界，小锡兵消失以后，我下意识离他们更远了。初进校园时的莫名感动消失不见，那些不经意间飘过耳廓的波浪般的音节不再使我入迷。这时候我再看他们，校园里来来往往的维吾尔族学子，就如同内地人遥望新疆，一切认知重又因为时空之远而模糊不清，甚至滋生误解。此情此景，无论过去还是现在，都使我感到惋惜。虽然整件事的重大或者微小，不过是一个民族血统“蜕变者”的一己之事，但对此敏觉的人都能感受到，此事内部的牵扯远不止于一个个体。

这之后，与我往来密切的，都是一些从不使我追究“你是谁”的各民族同学，他们简单疏放的心怀让我感到，与其纠缠在“我是谁”这件事上，不如去看场电影谈次恋爱。偶尔，清真食堂已经没了饭菜，他们甚至会劝我：去汉灶吃吧，反正你又不是“正宗的”，无所谓！这种想法使我放松，既然我什么都不是，那么我谁都不是，我就是我自己吧！让民族、血统、身份、认同感这些暂且不带给我任何好处和坏处的玄虚之物躲到一边去吧！我才二十岁，青春不是用来为这种事情发愁的。我要让自己爱上一个令我一见倾心的男子，要去图书馆抢座位看小说，要把那本印着庞德、里尔克、阿赫玛托娃、博尔赫斯诗歌的口袋书《邻笛集》全部背会；要为教工食堂的夜宵省下白天的菜票，不管那道红烧鲤鱼让我的脸蛋像发面馒头一样迅速膨鼓起来；要练习汉字硬笔书法，为了让那些寄给远方同学的书信看起来十分美好……

九

冬日的银川寒冷干燥，但是一九九四年的冬天我沉浸在崭新人生的暖洋中。

街道两旁的槐树在零下十七摄氏度的寒风中抖瑟，我坐在自行车后座上，脑门被严寒浸得隐隐作痛，脚趾也僵硬疼痛，像被什么重物狠狠地夹在一个窄缝里。但这些我都顾不上，我和他，我们正赶往城南一家家具店，我的心激动而紧迫，一种要为自己承担和编织未来的骄傲让我全神贯注，让我将外部世界的一切干扰抛置身后。爱情把手中的拮据烧成了灰烬，我们的钱真是很少啊！但是我们花了半天时间，还是给我们仅有三十平方米的婚房买到了满意的家具。

还有什么能够里里外外地吞没一个人呢？除了生活。凡俗的温暖与喧嚣刮起一阵龙卷风，一把将我从校园扯进它巨大的掌心。那升至半空的弥天尘雾根本没有让我看清它的周围都有些什么人，什么事物，更不要说它内部的深浅与远近。而我大口吮吸着大风卷来的爱情浓香，以及成为一名报社记者的职业荣耀，人生初现的完整与幸运，使我几乎忘记曾被“你是谁”这件事困扰过。

日常的具象世界新颖庞杂，缺乏涉世经验的我像个热情的白痴，在一件件日常的事物之间往来奔跑：不能坐着看报纸让领导进进出出忙忙碌碌；已经过了实习期，领导为什么还不给我真正的采访任务；要学会跟同事东拉西扯——新华街上的麻辣烫店哪个味道更好，毛线的含毛量以及织一件毛衣得用多少毛线，那个名气最大的理发店剪一次头要多少钱；搂着他的腰去西塔市场吃刀削面，一定要加两勺油炸辣椒，然后计算怎么用剩下的二十块钱过完发薪前的最后一周；楼道里的小疯子一再把我的自行车扔下楼去，然后站在我的门口大声咒骂，我吓得不敢出门。她为什么老是骂我呢？也许她喜欢我的他，那么我就是她的情敌了；新刷的墙壁开始掉墙皮。功夫全白费。重新刷，要用砂纸把墙壁打磨干净。白墙灰像牛毛细雨，我们像从灰烬里爬出来的白灰鬼……我变成一块煤，被凡俗日常的生活刚刚点燃，一心要把自己燃着，燃成红润的火焰蓝色的火苗。

壮阔而具体的鸡毛蒜皮，我为它忘我地升温，但这仅仅是看似平常的表象。

那件事，“你是谁”——并没有放过我。它虽然被表象覆盖，虽然因此而退在了一个肉眼难见之处，却仍然发出连绵跫音。它从未不在，它只是蹲了下来，蹲在白昼的尽头，成为守在黄昏之后的夜晚，不动声色，却反复持久地以黑暗、静思、遥望、倾听以及梦境来拍击我的生命，以保证它肌体神经的生长，甚至悄然弥补着以往的空缺。它变换了以往——仅仅以语言和相貌——来辨识我的样式，以一种更无声、更有力，也更广阔的手段，一种完全渗入生活和生命的形式，由外而内地修造我。

时光的表面平淡无奇，都是一个普通人的当然和必然，至少我是这样。

一辆白色的桑塔纳轿车将我送进一个纯正的回族家庭。她使我与戈壁滩上那个——想与汉族人一样——的农场女孩区别开来，也使我与大学校园中那个——想与汉族人不一样——的中文系女生自此永别，她一开始就确信我是维吾尔人，毫不怀疑我是他们中的一员，仿佛我从来就是，仿佛他们信心百倍地早就在这里等着我。

一切都因为这种确信而有所不同。从此以后，我不能再纠缠于“是”与“不是”之间，从此我必须“是”。

这是母亲料想不到的。十年前的暑假，当她抬着一张汗津津的脸带着我奔波在尉犁县县政府内外，当她看着我户籍民族一栏由“汉族”改为“维吾尔族”时，一定无法想到，正是这次改动，将我推进了她有意避开而我却再也不能置身事外的携带着民族与宗教元素的日常生活中。之前仅仅是一只民族的空壳，从此又加入一份宗教修养。我的母亲啊！在再三斟酌了她的无所意识之后，我反而由衷地感知到她与造物者的冥冥相通。她从未刻意让我面对她力图回避的事物，反而使我越来越真切地遇上它们。

婚礼当天我就遇上了它们。尘世的婚姻不仅仅需要一张由当地政府颁发的结婚证，不只需要双方家族的允准与祝福，还需要神明——真主——的告诫、见证与赐福。不管后来有多少家庭并没有因为神明的参与而稳定和圆满，但就如同一个新生儿的诞生，一切生命的开端都带着神祇。上午十点，作为新人的我和他，我们肩并肩坐在房屋中央的大床边，家族长辈在我们四周围成一圈。一切都安排妥当，我被告知坐在这里等待一个名为“尼卡哈”[①]的宗教仪式，并将成为这个仪式的中

① 回族婚俗。阿拉伯语音译，原意为“结婚”“婚姻”。回族男女双方结婚之日，要请阿訇举行念“尼卡哈”的仪式。阿訇念完经文后，当众要问新人是否愿意婚嫁，新人答完“愿意”后，阿訇撒喜糖喜枣。此一仪式，称“尼卡哈”。

心。我不知道自己该做什么，一坐下来我就开始担心，他教过我的“清真言”[①]我说得还不流利，我不了解仪式的要求和过程，连“尼卡哈”这几个音节都听得模模糊糊。院子里的热闹丝毫没有影响屋内的安静与郑重，但我的心虚吵吵嚷嚷，像打闹的孩童在我身体里横冲直撞。我多么后悔没有为此而有所准备。我不曾对我的他强调过我的不懂，因为他从不介意我不懂，而家族长辈大概认为我一定自小谙熟于此。没等我一一记住围站在我周围的亲友长辈都是谁，门外已经传来一片轻捷又密集的脚步声，接着布帘一掀，一位头戴白帽银须微扬的慈祥老人由人引进。在门前停留的一瞬，老人笑盈盈看了一眼众人，而后径直走来，坐在我们身边。他就是众人一起等待的仪式的主持人——拜阿訇，也是我人生中见到的第一位阿訇。他肤色白皙，身材清瘦，面容慈爱，椭圆形玳瑁镜架之后，望着人的眼睛总是布满信任和喜悦，而一旦开口，每个字音都流动着循循善诱的亲切。拜阿訇由内而外符合一位宗教人士在我心目中的典范形象。也许那时我对人对物的认知还很肤浅，但他的形象与气质以直觉的方式在我心中幻化为“慈爱”的化身，从此无法替换。这便是之后二十年来，坊间一换再换的阿訇，一个比一个让我感到疏远陌生的原因。比起拜阿訇的慈祥面容，总有一种玻璃杯似的冰凉横亘在我和他们之间。拜阿訇给我留下的印象过于深刻，以至于后来当我开始文学创作并触及宗教，他首先被我写进了小说。拜阿訇一口银川话，我依稀记得那天他穿了一套深色服装，在教引我们诵念“清真言”之前，他站了起来，像讲故事一样告诉大家，我是一个来自新疆的维吾尔族姑娘，他是一个银川的回族小伙，两个人虽然民族不同，但都有一个相同的信仰，是真主让我们相遇而结成夫妻，从此我们两个要互相爱惜和体恤。之后，阿訇领着我们念了“清真言”，再之后，便是他诵念一段《古兰

---

① 清真言：指“万物非主，唯有真主。穆罕默德，主的使者”这句话。

经》。整个过程，我小心又慎重，怯生生地跟着念，磕磕绊绊地学着做，当仪式结束时，总算完成了人生的第一堂宗教课。

他们本来就确信我，这一次又有了拜阿訇的宣告，从此，我的身份无可置疑地确立在家族亲友心中。没有人问我“你们那里”是怎样过开斋节的，没有人在意我父亲不是回族或者穆斯林，也没有人问我为什么没有“经名”[①]或者“维吾尔族名字”。不管是疏忽或者有意疏忽，不管质疑有没有在他们心中升起过，他们都保持了一致的友好与缄默，而后宽容又坚定地确立了我的新身份——维吾尔族，穆斯林。

民族身份，从此不仅与语言有关，更牵扯了一层宗教的意义。这时的我，当然意识不到生命中这个新的成分，更无法了解这个新的添加所导致的生命变异。

我从不戴盖头，也不像维吾尔族姑娘一样系头巾，他们不问为什么，但在每一次宗教生活时，他们之中，一般是婆婆，会递过来一顶普通的白布帽子，后来随着帽子流行样式的改变，变成了各种颜色绣着丝线或者镶着蕾丝花边的薄纱帽；斋月到来前的“念夜”[②]，全家人一定是要到齐的，偶尔，厨房需要帮忙，不得不离开听经的座位，但如果到了接“都啊”[③]的时刻而无法分身，一向和缓的婆婆便会迅疾低唤一声——“接都啊”；生死婚嫁，儿女日常，婆婆关心和絮叨的都是这些。多数时间，说起某一位远邻或者近亲，她只称呼他们的经名。事实上，直到现在，我仍然记不清楚家族中会有多少位经名为“穆萨”的男子，会有多少位女性经名唤作“阿依莎”。但她讲述他们时就如同我和她一样分得

---

① 经名：回民在出生后的 1 个月内，除家里起的学名外，还要请阿訇用阿拉伯语给婴儿取一个教名，其名字多为伊斯兰教圣人的名字。

② 念夜：回族宗教仪式。回族苏菲派穆斯林每年在斋月前一个月的上半个月，即伊斯兰教历的 8 月 1 日到 8 月 15 日晚，每家每户都要请阿訇到家中过尔麦里念经。

③ 都啊：阿拉伯文的音译，意为“祈祷”。

清他们的年龄、姓氏、性别和命运……他们真是把我认作降落在他们内部的新生命，一经来到，便不言而喻成为他们中的一员，便顺理成章进入他们的文化与传统，绝不多言半字。没有一人打破这种缄默和认可，从始至终，至少我连一丝眼神都没有看到。确信，友好，宽豁，他们严谨守约，我因此必须一心一意沿着这条信任之河游向我的新身份。

日升月落，四时更替。在银川，由新一轮的亲人、朋友、同事、同道、泛泛之交及至陌生人构成了一个新的文化生态圈，缘于他们并不了解也不在意过去的我，缘于民族语言问题在这个回族自治区的首府显现得并不是那么迫切，我作为“维吾尔族，穆斯林”的身份，便轻松并确凿地建立起来，自此再无人置疑。又因为无人置疑，我才得以不受内心自疑，安稳地成为这个拥有新身份之后的我。

但我并不认真，也不彻底，我仅仅做到了一些基本而肤浅的守规。

当阅读宗教典籍，会有一些心领神会的启悟，却从未如醉如痴热忱持久；民族身份是否直接意味着宗教身份？维吾尔人必须是穆斯林吗？回族人必须是穆斯林吗？亲人和朋友们都认为理所应当，但是我犹犹豫豫，既没有胆量否认，也拿不出见识辩解，只能暗自怀疑这些约定俗成是否意味着正确与理性，并且越发意识到大众认知掺杂了过多的人为偏见；书中以及现实，不仅仅伊斯兰教，总有一些信众，拥有神秘的宗教体验。凭着尊重与好奇，我尝试了解并理解，但类似体验从未降临我，以致我因为无法求证而心灰意懒。就如同一个清醒的人无法重回梦境，不得不认为那都是虚妄之物。我的回族朋友里，有人会因旁人涂黑自己的信仰和同胞而哭泣，有人会因旁人妄言伊斯兰教而与多年挚友决裂，有人会像深爱自己的亲人和生命一样护卫自己的信仰，这些浓烈的情感无法在我心中凝聚，虽然我也会为旁人对穆斯林的诬言而感到不快。还有最常见的一些宗教疑问，譬如妇女如何向阿訇问候并致以敬意；譬如阿訇来家中诵经之后为什么不仔细为一众孩儿讲解这段经文的意涵；譬如独自礼拜时内心与举止的结合与对应；譬如当遭遇质疑和诽谤，教义如何指引，信众怎样应对……我总是没有持久的信心和热忱向身边的家人或者朋友提出疑问。时机总是被我以各种理由与疏懒一再推托。

造物主一贯如此，每赋予生命一项新内容，便同时制造了她的充实与匮乏。新加入的宗教身份也出现了问题：一种天然的亲近感和责任心的缺席，无论我怎样身在其中，都因为最初的空缺而难以弥补。最关键的仍然是——感情，犹如水与鱼，彼此缺乏相依相生的亲密无间。被我一度想要弥补的语言也是如此。

这时候我稍许有些明白：血脉确如河流，尤其在我，她一边向前，一边流失，一边又被补充着。她一直不让我彻底中断，却也不使我具备回归的完整意志和契机，从而彻底地弥补她，完成她。即使到了今天，我仍然觉得这件事十分蹊跷，她以这种方式修造我的神经和人生，以完全有别于我的亲人的方式，不断使我靠近她，又一再地使我后退到一个距离之外，仿佛“你是谁”带给我的生命印记不够重大也不够深刻，仿佛这样来回拖拽我才能使我铭刻不忘，才能让我在最后的选择到来时，再不犹疑，再不心虚。但是，那时候，她要把我变成“谁”呢？

十

一个天使降临了。是个早春的下午，四点半钟。我躺在手术台上，恍恍惚惚，麻药没有完全吞噬我的受体神经元。我感到自己像一只西瓜，在被切开之前，一只手将我在水龙头下淋了淋，而后用块湿答答的抹布，潦草地擦了两下。接着我掉了下去，像溺水的人栽进水底，突然离开了外面的世界。再恢复意识时，医生已经切开我的腹部，正从我的体内打捞他。而他仿佛一只吸盘，吸附在我的腹腔一侧，以至于医生的一只手像拔牙前测试牙根的力度一样在我腹内摇动他。晕眩变成了恐惧，我感到自己像一片晃动在波浪上的木板，眼前就是扑面而来的惊涛骇浪。一切如在梦中，幽暗，混沌，玄机重重。突然，他大哭着冲了出来，手舞足蹈，怒发冲冠。他嘹亮的哭声震颤了我的心肺，将正在麻药中沉浮的我一把淋醒。后来，护士把他交给了我们。他躺在我的怀里，眼睛都没睁开，就把他天使的微笑送给了我。他的笑那么突然，那么没有来由和神奇，仿佛经过那声惊天动地的哭声之后，他已经洞悉了这个世界，仿佛秘密的喜悦一阵阵地使他情不自禁。

我小心翼翼抱着他，看着他，听他的呼吸，观察他的皮肤，数他的头发，摸他的骨头，一边感叹生命——他的形成，他不多不少成为这个躺在我怀里的小人儿——神奇得等同于一个未知，一边想象他的未来——他喜欢的人和事物，他以哪种方式与世界相处，并由此显现自身——还为时过早因此也是未知。似乎能够确定的只有此刻——在我一路走来的变异途中，他是我这根链条上的一个新成员。但此时此刻我能为他确定什么呢？当他吸附在我的体内时，我不知道他吸纳了这根链条上的哪些元素，当他离开我，我也难知他在这条链条上将会发生怎样的变异。他动了起来，又踢又抓，似乎包着他的襁褓让他极不舒服，柔嫩的小下巴因为咧嘴大哭而变得又红又紫。他的哭声立刻在探视的亲友间搅起一阵喜悦的嘈杂，一时间，戴白帽子的奶奶、姨奶奶、二奶奶、舅奶奶、姑妈们忙叨叨走动起来，初春茸亮的阳光透过窗棂，她们朴素的身影就在光束间出出进进。我心满意足地躺在床上，看着她们起起坐坐，听着她们絮絮叨叨，突然间，心里像落下了一块石头：我的天使再也不用在身份的“是”与“不是”之间为难了。

那么，他是谁呢？他的血源和姓氏太确凿了！他还没有出生就已汇入一条清晰的血脉之河，皈依在代代续传的文化与传统里。他是圣人穆罕默德的后裔，是元代大将、回回政治家、云南王赛典赤·赡思丁的后代，是赛典赤·赡思丁长子纳速拉丁的后代，是元朝至元年间由陕西“弃秦移居西夏”的纳速拉丁的一支后裔，是经学者一字一句一地一址考证出的迁居在宁夏银川永宁县纳家户村中纳速拉丁后裔的纳姓族群里的一员。

经历过身份认同的烦恼，我绝不愿意我的天使再重复我的多重民族身份，再如我一般左右为难地拆分自己、确认自己。所以他的民族身份是确定的“回族”这两个字；所以在他出生四十天后的一个上午，阿訇便附在他耳边为他取下经名“伊尔古白”；所以在他能够顺利说出一个句子之后，就有人教他诵念“清真言”；所以他五岁起就跟随爸爸一起上寺……一种浸润着呼吸、水土、日常以及精神约规的成长氛围，将回族的文化基因渐渐濡染于他的言语行止，他的眉梢与胃腹，或许还有他远未化冻的潜意识，让他一开始就游进一条清晰又确凿的传统之河。至于之后，未来他将游向何方，是否会跃入另一条看似绝不相干的河流，一切还都远未可知。

生命得由多少次确定才得以确立？而在此之前，不可避免的否定与犹疑正是确定的登梯。不管我所经历过的否定和徘徊是否丰富和充实了我，我都希望我的天使直接越过我的“谁也不是”，直接进入自己的“是”，直接在自己的“是”中确立和显现自己的存在。

十一

又一个冬天来临，这时候我已经年过三十，面容生锈，内心开始拥堵，性情里总有一种为事物夹击的不安与急切，无论醒或者梦，都感到作为此时此刻的自己远远不够。这时期，一些奇怪的梦境开始重复出现。在梦里，我看见自己的十指如同春天的树干蠢蠢欲动，像是渴望伸出新的枝条，顶出新的叶芽；而另一些梦里，我对着一片阴影，总是想掏出喉咙、肺腑、大脑中窜动的声音、色彩以及电流，总是急于将它们捕获或者镂刻在一个固定的地方，否则无法安稳。

因为父亲病重，这个冬天尤其寒冷。受煎熬的不只我一人。父亲在恶疾中形销影散，疼痛使他哀号并且愤怒，但当疼痛过去，深凹在眼眶里的双眸则更加清澈明亮，由之迸出的生之渴望也更加强烈，全家人因此都无法与他长久对视。我目睹了死神的残忍，它以一种酷吏般的赏玩心态折磨一位木讷的老实人，直到它再也从他身上榨取不了任何快乐。

痛苦结束在冬天就要结束的一个寒夜。

临终前，父亲留下遗言：叶落归根，葬回湘西。

我护送父亲的骨灰往湘西走。雨从天亮前就下开了。火车驶出长沙车站，由东而西，将近中午，穿过雪峰山脉，进入武陵山区。这里是另一个世界，绿葱葱，湿淋淋，山峰弥望，云雾笼罩。父亲说他三十年前带我来过一次，可是我什么都不记得了。母亲没有教我学习维吾尔语，父亲干脆不说他生于斯长于此的荆楚旧地。他们似乎从不关心我应该成为什么，也不担心我会遇上什么，而由此带来的现实正如此时此刻：我根本不了解我将抵达的那个为山峦环绕的小山村，不认识那些和我有着一个姓氏的亲人们，也无从想象父亲念叨的“叶落归根”中“根”的体积与蕴藏。

火车在嘶鸣中撞开一座座山峦，我坐在车厢边凳上，呆望窗外，扑面而来又飞逝而去的重重山鬟，仿佛次第洞开的无穷门扉。这些门扉的后面都有些什么呢？

葬礼在半山腰上等着父亲的骨灰和我。

半里之外，我才在弯曲的山路上冒了个头，爆竹就在倚山而建的吊脚楼前炸响了。青白的烟气向上飘浮，升上屋后绿蒙蒙的山岗；黑漆漆的棺柩停在阴湿的堂屋正中央，一张与父亲几乎重合的脸出现在墙壁的阴影中；棺柩后面，一个瘦小苍老的女人眼泪汪汪，一边擤鼻涕，一边熟练地点燃纸钱；地理先生抱着罗盘和米袋爬上山坡，他要为父亲寻找入葬的风水宝地，他在蓬乱的草木间快速移动步伐，仿佛探知到了不宜惊动的神灵；停柩开始，道士为父亲作法念经，阎王经、水经、血盆经，一道不够，再来一道，一定要为父亲开通前往极乐世界的道路；我披麻戴孝。叮当呛啷，一道经完，孝子贤孙都跟着绕老棺；叮当呛啷，又一道经完，跪下来磕头，孝子贤孙们一直跪到屋门外黑蒙蒙的雨幕中；夜里，来了唱丧堂歌的男人，他们坐着唱，围着老棺唱，有击敲，有领唱，有众合，有时悲戚，有时平淡，有时竟然惹起哄堂大笑；出殡清晨，人们静候良辰，突然间爆竹震响，道士猛摇铃铛发出急令，“八大金刚”腰腹一紧随即摆开弓步，一阵狭如针尖的静默之后，忽听“八大金刚”一道猛喝，棺柩轻轻一摆接着稳稳架起。

父亲被送走了……三天三夜，我又做回了父亲的女儿，一个湘西侗家人的后代，由情感而根脉，由血缘而容颜，由饮食而嗜趣，由眼前而记忆，枝枝蔓蔓，毫末锱铢，从未这么彻底和清晰。以至于许多年后，再回想当时，我几乎要将此认作父亲的一场计谋，尽管他根本不是一个会生计谋的人。

葬礼第一夜，凌晨一时，我从父亲灵前退到屋外。夜幕漆黑，湿漉漉贴在脸上，细雨一霎一霎，如潮水，一波又一波。黑暗混入雨中，变成浓黑的水，一缕接一缕，流过我的脑门，肩膀，双手，双腿，再往里渗。我以为自己要给黑浸透了，却不料眼睛越发明亮起来，突然间如同洞穿了时光，重返当年的戈壁团场，成为十四岁的自己的旁观者。

还记得十四岁时，那张寄自湖南老家证明我的另一半差异性的“文件”吗？还记得父亲以一副出大事的表情说自己是侗族人时的语气吗？在母亲否决了父亲将我和妹妹的民族身份改为侗族的意愿之后，将近二十年的时光里，我们再没有谈过这个问题。全家人都在漠视，都在假装这个问题不存在，因为它与我们的成长与未来毫无关系。父亲对此如何作想，我大致猜得到，无非是每代人都是这么过来的，我们已经是这个样子，因此谁都无所谓是谁，因此从不强调自己是谁。还有他自己，他从来不是一个需要和善于强调自己的人。我的父亲啊！

可是我却感到了委屈，甚至小小的愤怒。夜风大了，细雨扑过来，像密密麻麻的针尖，时间稍长，脸就麻木了。我的脸从下火车就没有干过，已经分不清是雨水还是眼泪。堂屋正对着山坳，云雨淹没了星光，漆黑中，我看见自己的脑神经活像通了电的钨丝，一瞬亮得刺眼，一瞬又变得腥红。没有任何准备，没有丝毫提示，我被父亲以他的死亡推进了另一半的血统与传统之中。因为我是父亲的女儿，这些陌生的亲人，即使对我一无所知，也认为我是他们。他们为我安排好一切——披麻戴孝，磕头，绕棺，烧纸，守灵……他们不管我现在所属的民族所在的文化传统与他们有多么背离，不问我那里怎样迎生送死，也不嫌弃我心中的疑虑和言行的无知，一把将我整个纳入，而全部过程中，始终没有人主动引导和上前解释，仿佛我和他们一样深知和需要这一切，仿佛他们能够理解我的悲伤、思念以及愧疚。漆黑的水不仅从头上流下来，又从山坳里往上升，先是脚，接着是肩膀，很快到了嘴，到了眼睛，终于没过头顶。这么多的水，亲情与血统的水，它淹没了我。

事实上，之前的方式一直与此类似。我被当作汉族女孩长大，后来被母亲确定为维吾尔族；大学里，我被视为“退化者”，因为语言不通；后来我嫁人，我的回族亲人们以我的民族身份识别我，从此我被确认为穆斯林；现在是父亲的去世，我被推入虽已汉化却仍旧保有传统的侗族人的葬仪……三十余年，始终由他人的意志、言语、目光来确认我，始终没有我自己。三十余年，我得不停倒换自己，先是汉族，后来是维吾尔族，再是穆斯林，再是侗族。时而贴对联过春节，时而享受高考加分，时而念“清真言”接“都啊”，时而披麻戴孝烧纸听道士念血盆经。四川戏剧有“变脸”特技，网络搜索可得如下解释：“变脸”是揭示剧中人物内心思想感情的一种浪漫主义手法。相传“变脸”是古代人类面对凶猛的野兽，为了生存把自己的脸用不同的方式勾画出不同形态，以吓唬入侵的野兽。这是对艺术的解释，合理而浪漫，又因为赞叹了人在面对凶险时焕发出的英勇与智慧，所以，又散发着生命的悲壮与华彩。可是我的“变脸”全然没有此番用意，不过是不得已地被扣上空壳，被贴上标签，不过是在无知中被推向某处的仓皇应对，既无生存的危机，也无个人的自觉选择。所有的倒换，或者“变脸”，无非只是一场无意识的血缘大战。

假如我是一个心胸开豁、心思疏漏的人该多好，我就不会听见这一个又一个类似空壳的“身份标签”扣在我身上时发出的空洞回响，就不会在意自己在一个又一个民族和传统之间跳来跳去的尴尬。因为从未彻底与纯粹，我觉得自己像个小丑，在各个舞台上，不停更换自己的脸，言行来回变换，身心重复分离。而我憎恨这种感觉，这种跳来跳去，始终没入他人和情势所需的被动感，让我看见一个狼狈、无知、无定的自我。

雨越下越大，渗进我的骨缝，黑暗越来越深，从我的眼睛往外流，有人在呼唤我的名字。又一道经开始了。血盆经，解除血盆之痛苦。血盆之痛是谁的痛？母体的，婴儿的，还是血液自身的？我抹了把脸，转身进屋。

十二

没有人了解这些身份的空壳、标签以及面具在我体内激起的声流。多重身份，多面人，多重性格……这些心理学、社会学以及艺术性词汇化成实体，化成某一年的往事与重叠的记忆，化成一个又一个不是我、半个我、四分之一我，化成身体里奔跑的英雄、逆党、新欢、圣像、冤家、游魂、蛇怪与树精，遍布于时光内外，搅拌我，冲撞我，争夺我，塑造我。血统不停合流，不停从自身延伸出去，进入另一半新时空，然后全力以赴——保存自身，篡改对方。存留，消失，变异，成形，接着再扩张。

这个血缘的世界大战让我烦透了，它使我的身体和心灵爬满了裂缝，使我四分五裂，使我像看着一个怪物——二十世纪美国福克斯公司制作的以人类为敌的科幻形象“异形”——一般看着自己。我该站在哪一边呢？我该是谁呢？我该用哪种腔调说话呢？用哪种腔调说话外部世界才会终止它对我瞎子摸象一般的指手画脚呢？我烦透了。我要离开这场战争。生命的战场繁复多彩，其中不乏有趣与舒缓之境，而这个身份之争的战场，已经让我不胜其扰。我甚至为此萌生过这样的念头，把自己修改成一个没有任何民族属性的世界人形象，这样我便少了其中的多重指认和多重纠缠。

我开始尝试，离开这个身份之战，我要去往一个能够将我整合为一的地方。在那里，那些四分五裂的身份可以像水中的月亮，被石子击碎而后恢复完整与平静，能像得到治疗的伤口见日愈合，能像一部词典，收拢那些漂泊不息的词语。

写作生涯就这么开始了。

那真是一段美好时光。痴痴醉醉，不可一世，不知疲倦。记忆，所感，印象，困惑，激烈的，悲切的，快乐的，诡异的，幻化的……推，挤，撞，岩浆般扑出，未待冷却成形，又有新的覆盖而上。这些被写出的文字，很长一段时期内，我既是它们的作者，也是它们唯一的读者，它们因此从未被外部世界干扰过、品评过，它们因此纯粹而干净，像种子顶出地面时洁白的嫩芽，像诞出母腹还带着神启的婴儿。更重要的是，这一段时期内，我从未这么彻底地成为了我自己，我回到了我自身。被写出的每一个字，都使我看到自身与任何人的差异。每一个文字，都使我感到一个人成为自己的喜悦。它们不再被我的民族和文化身份所限，它们让我还原为一个简单而特有的人，让身体全部的感官感知其自身所经历的冷热甜苦，让渐渐紧致清晰的理性追问并表达事物之间的逻辑和反逻辑。它们让我坚信：即使身为"维吾尔人""侗族人""汉族人""穆斯林"，我也会跟他们中的任何一个人不一样。不仅如此，我跟世上的任何人都不一样，包括我的父亲母亲。在这里我只需要诚实说出，只需要准确表达就足够；我不再会有多重身份——在银川身为穆斯林，前往湘西则是听道士念经的侗家人后代，回到新疆亲人身边则是没有维吾尔亲戚、朋友、邻居和信仰的维吾尔人——的尴尬；不必担心只会用汉语写作的表达者会不是我自己；无须再落入被亲情和现实所需推入某种角色和身份的被动局面。

但是，第一篇发表的作品便将我从这种自以为是的陶醉中一把拽出。

事情的经过是这样的：在即将付梓印刷之前，编辑老师打来电话，因为他突然不能确定我到底是什么民族。很明显，那篇小说太不像一个"维吾尔人"写的，不仅没有民族特征，连"在哪儿"的地域性都遍寻不见。编辑老师一片好心，并非想教导我什么，只是因为我的小说把他搞糊涂了。他委婉地谈到了他的心声：我如果能写得更有特殊的民族气韵就更好了，如果能用我的民族身份对历史与现实做出呼应那就更好了。

编辑老师向我提出了一个多么大的难题啊！而我又多么渴望自己能成为他心目中的那个写作者。如果我从能够分辨声音和颜色之日起，所见所感的一切都是具备民族气韵的面孔、言语和气味的现实与历史，如果有人亲手将一根清晰而连续的民族文化的脉络接通在我醒来的清晨和尘土没脚的小路之上，那么我的感官和心灵一定携带和舞动着它们的基因与影子，我的语言、情感、认知、嗜好、思维的路径，甚至乍明乍暗的梦境一定会像切碎的洋葱直刺眼鼻，或者撒在烤羊肉串上的孜然异香一般，具备强烈且无以复制的辨识度。

“在这个世界上，他根本找不到摆脱血液的办法。”弗兰纳里·奥康纳早就说过。

只是自我陶醉了一段时间，我又被推回了身份之争的战场。

这时候，我终于承认，冥冥中定有一双手在为我输送恩典，就好像为四时更替运转天地能量的“道”，它一定要让我在具体的现实里经历多重身份的尴尬、文化归属感的丧失、信念的犹疑与模糊、以文为盾的逃避，才使我老老实实站在自己的身份面前，掐灭逃离的任何幻想。

十三

因为无休止的身份之争，我开始尝试理解人性内部及外部身份的多重性，以及这种多重性在生命内部的运行机制。事实上，它无处不在，无时不在，它几乎就是我们生而为人的命运。

现实一再超越人的想象，或者说一再被人掷以偏见。英国女艺术家Kim Noble因为她的人格分裂症蜚声世界。她的身体里最多时居住着二十种人格，“有非常多的人在见到我们之前，都很害怕我们。但是我们已经接受了十年的治疗，而且我们并不是拥有五十个脑袋的怪物”。当 Kim Noble 直接将自身定义为“我们”时，我想她已经坦然接受，并且能够控制这二十个自我在身体中共存的局面。在接受治疗之前，Kim Noble 的身体是个监狱，体内的各个人格形如囚犯，他们性别不一年龄不齐。最艰难的是，他们各异的性格与灵魂彼此隔绝，被分别锁在监狱里的各个小牢间，难以相见，无法对话。这就像曾经的我，一度以为我必须非此即彼地不是这个便是那个。狂暴、阴郁、天真、时尚、血腥、温暖……各个不同的形象与身份分时段出入于Kim Noble的日常生活，并且视“他人如地狱”，互相拒绝与对峙，以至于 Kim Noble 从上一个人格转换为下一个人格时，经常忘记上一个自己是谁、做了什么，记忆由此出现大片空缺。最为极端的表现是，Kim Noble 体内的主导人格竟然想不起她的怀孕经历，因为那是另一个寄居在她体内的女人模糊不清的过往。治疗犹如疏导肆虐的洪水，在透析出 Kim Noble 体内的二十种人格之后，医生又将其中的十二种人格引向艺术创造，由此使她成为一个具有多种绘画风格的艺术家。

身为局外人，人们难知这些艺术创作为 Kim Noble 的痛苦带来多大程度的疗愈，但作为人格分裂患者，Kim Noble 一定被精神科以及心理学专家视为临床上的典范样本。而我通过她的故事，也乐观地捕到一个愿景：人体内共存的多种人格——身份，如同世界里人与人的共生，如果视“他人为地狱”，那么自己便在地狱里。

另一个极端实例来自二十世纪二十年代的苏联。当进入社会主义工业化建设，统治者开始幻想和炮制出公民的“不忠”和“谋反”，苏维埃中央于是决定通过消灭私人空间以推行“公共文化”，借此发展出各种荒唐恐怖手段，强迫公民的内心和私人生活坦露在党的监督下。波兰作家切斯瓦夫·米沃什在分析苏联及其附属国的这段疯狂历史时，概括了这种“公众文化”所导致的恶果——全民伪装：“那里几乎所有人都不得不成为演员。很难在人际关系中的做戏与演戏之间作一个明确的界定，区别在于他们是在什么地方做戏，因为人们不是在剧院的舞台上演戏，而是在大街上，在办公室、工厂、会议厅，或者在起居室里演戏。”因此，这一时期众多苏联家庭都过着双重生活。需要显现他们对苏维埃的忠诚时，他们就通过统一的口号、表情和服装表现出自己是一个无神论者，到了晚上或者重要宗教节日，他们会在狭小的起居室里偷偷点燃许愿灯，对着藏在秘密壁柜里的圣像虔心祈祷。

还有沈从文先生和他在一九四九年以后的选择——由作家改行成为一位文物考古学者，进入古代那些“坛坛罐罐和花花草草”的研究。导致沈先生改行的最大利器，汪曾祺先生白纸黑字指明：是被当时的文化旗手郭沫若以“文艺反动”的污名骂进历史博物馆的。在历史博物馆，沈先生喜欢到陈列室做“讲解员”。为何？因为通过研究形色文俱在的出土实物，他发现不少“学界定论”多有谬传。我猜沈先生一定了解并赞许王国维一九二五年在清华国学院讲课时提出的“古史新证”法，即用“地下之材料”补“纸上之材料”的“二重证据法”。所以，他通过阅读东汉古铜镜上的七言铭文来校定汉代文学中某个含糊不清的小说年代，通过研究唐代印染织物的技术来联系中国画的晕染技法，通过省察《洛神赋图》中曹植身边侍从的穿戴和洛神的双鬟髻勘误此图被人云亦云多年的断代时间……其文韬史略随着古器物考察数量的增多越渐厚实广阔，治学的心胸也在一件件被其拆解的谬言中愈渐严密豁朗。沈先生多半是位求知欲异常强烈的人，所以对古器物的种种发现使他迷醉并坚定于古物研究。当然，这其中不乏对自身和家人安全的考虑。毕竟，古物研究——讲解员——这个纯学术的职业身份，言行多是无关时局的就物论物，要比以每字每句表达对人对事的态度和情感的作家身份少去太多命运风险。但是写了三十年的小说，即使古物研究何其深邃丰饶，沈先生仍旧抹不掉“写本故事”的念头，且那故事已经促使他两次专赴某地，揖来“十万字的材料，而且写出来想必不会太坏”。然而，他还是没敢动笔，因为“万一有个什么人在刊物上寻章摘句”，他“还是招架不住”。狂风乱雨，玄黄未定，气喘吁吁，却仍渴望最基本的生存体面和为人之尊，沈先生大概只能做如是选择。

这便是人现实的一种：作为人的我们，不管拥有任何血缘，不管属于何种人种，本性之中便含有突生变异的双重性或者多重性。许多时候，我们自信地将此称为人的可能性，并以拓宽自身的可能性而着迷骄傲，因为它显现了人的丰富性和伟大的创造力。但任何可能性中都有阴影，巨幅的阴影，黑暗阴冷，遍布毒刺与恶瘴，足以吞噬我们自身。

那么，既然多重性是人的本质，为什么我要急于确定自己到底是一个维吾尔人，还是一个侗族人，到底要作为一个维吾尔族作家写一些“民族的就是世界的”文字，还是作为一个普通写作者接受普世的价值观呢？我当然可以同时都是她们中的每一个，但是在我经过思考而后做出特定场合的特定选择前，她们中的任何一个都没有优先界定我的权利。不是那些先天或者后天的身份来界定我，而是由我在我的各个不同的生命时刻选择成为不同的她们。因为如果没有了我，她们只是一只只空洞的面具。

那么，这种多重性便是人的同一性了。因为，即使身为一个维吾尔人、侗族人、汉族人、穆斯林，我也会跟他们中的任何一个人不一样，因为人生来就是独异的，因为在差异性的深层结构中，正是同一性造就了理想、梦、欲望、罪与恶、善与美……在人类心中的标尺与远景。而人的多重性便是同一性的一个显现，人正是在自身的多重性里构成生而为人的同一性的某一个层面。

十四

二〇一〇年夏天我回新疆探望母亲，这时距离我在银川定居已经整整二十年。二十年里，我每年返回故乡一次到两次，但即使这样，也没能改善我只是顶着一个“维吾尔人”空头标签的事实，因为回到这座城市，回到母亲身边，回到她两室一厅的居室中，这段往返达四千多公里的旅途仅仅是让我回到了旧有的生活中，让我再一次重新体验、审视、理解自己变异的轨迹，而非为我的维吾尔人身份弥补一份实在的新内容。

母亲的左邻右舍，依然没有维吾尔族人；她的电话簿中，依然没有常来常往的维吾尔族亲戚与朋友；被保留下来的维吾尔人的生活细节越来越少，只剩下不用脸盆盛水洗脸，因为“流动的水才是清洁的”，偏爱面食，以及大脑中日益减损的维吾尔语词汇。另一些日常痕迹则干脆消失不见：多年前，在父亲的帮助下，母亲偶尔会因古尔邦节的到来为家人做一顿美味的拉条子拌面，眼下却要我在电话里提醒她“过节了，你给自己做点好吃的吧”；多年前，母亲起床打哈欠时呼唤的“胡达”，现今已经变成了“老天”。一次来银川，这话被我婆婆听见，便笑着提醒她，“你应该说真主，老天是汉族人说的”。母亲听后默不作声，之后还是照样说“老天”。我问过她为什么，她停顿片刻，烦躁地说“我不信你们这些”，一副很嫌弃我的样子。

这些都是我们家素来已久的现实：说汉语，以汉族人的方式庆贺春节，不过维吾尔人的节日，没有维吾尔人的服饰、礼仪和生活用品，没有信仰，其中尤以与宗教的距离最为疏远。母亲对宗教一贯冷漠，近年来似乎更彻底清除了自己的宗教背景。这和许多到了晚年因为孤苦反而笃信起什么的老人完全相反，也跟那些年轻时反叛、暮年却一心回归传统的人不同，她越发走向了另一端：相信她自己，相信各种减轻她身体痛苦的治疗仪器，相信中医的穴位和经脉保健，相信她通过节俭积攒下来的人民币能在意外发生时缓解她的病痛或者挽救她的性命，相信具体的肉身比虚飘复杂的灵魂重要得多。母亲终于成为一位坚定的无神论者。

我能理解母亲的务实，父亲去世后，独居、衰老、病痛以及不可言说的记忆里的阴影，都让她更关注每个月的工资收入、医保的报销额度、药价、菜价、存款数字以及我们姐妹二人陪伴她的时间长度。母亲并非到了老年才表现出她的务实性，她早就知道信仰绝不是捧经礼赞做做样子，她早在年轻时就跑出了宗教这片疆土。即使后来我嫁给一个回族男人，这意味着我必须与她一再逃离的宗教疆土日夕相处，但二十年里，母亲从未为此而问过我什么——我是否理解了宗教，是否绝不怀疑。她像是很放心，更像是根本不关心。她的态度始终坚决。那一年在我孩子的满月礼上，当众人涌入正屋——围聚在给孩子起经名的阿訇周围，她却独自坐在另一间小屋发呆。彼时，阳光透进屋内，亮闪闪摊在床上，母亲坐在床边，眼望窗外，一只胳膊搭在身旁的写字台上，脸上流露出从未有过的凄哀与寂寞。我拂起门帘，再问一声她来不来，她心烦地朝我摆摆手，干干脆脆拒绝了。

谁能给一个人的内心强塞进一个神明呢？除非她愿意感受并能够感受。而我到今天也没有资格评判我的母亲，因为我根本不是一个真正的信者，我的内心还有……还有很多疑惑不曾解开。

比起与某个维吾尔人建立一种亲密关系，比起在心中拥有一个维吾尔人的精神家园，母亲的无神论思想使她更信任也更愿意赞美维吾尔人的物质世界：他们制作的美食，他们保留下来的杏、桃和葡萄等水果的古老品种，他们天生的音乐和舞蹈天赋，他们古老的民间医术，以及维吾尔族姑娘的美丽和纯朴。

二〇一〇年八月我回到库尔勒，母亲所在的小区几乎没有维吾尔社群氛围，我提议去记忆中有着浓郁维吾尔风情的萨依巴格市场看看。我们坐上公交车，有母亲陪着我，我是那么骄傲和放心，因为她的脸、她的舌头，都使她在这个城市的行走比我更加自在、更有归属感。那一刻，我想我又回到了三十年前母亲为我修改族别奔波在县城的那个夏天，面对维吾尔世界，我的身前永远站着我的母亲。大街上行人如流，车过人民广场，在最繁华的商业街十字路口，照例遇上堵车。我透过车窗，打量穿行在车身周围的行人，目光总是跟随着那些接连走过的维吾尔人的脸。炎炎烈日之下，在一群族别不同的陌生人当中，我还是自然地就注意起他们来，并且渴望了解这些维吾尔男人、女人、老人以及孩子的生活与内心。原因可想而知，既有血统关系，也有因为我对他们的无知所怀有的好奇心，更有这些年越发使人不安的时局之忧——对穆斯林的污名化以及穆斯林世界内部的纷乱。望着眼前频频闪过的维吾尔人的脸，我想起了母亲对待自己维吾尔身份的态度——只接受她世俗和物质层面的美好与快乐。是的，母亲已经用自己的一生诠释了自己的选择，这种选择确实回避了许多生命的沉重与艰难。但是这些人，则完全置身其中，世俗需要、文化传承、精神习惯，他们可能从未想过要去回避，正是这一切，吸引着我。

市场十分繁华，喧嚣震天，大门左右都是汉族服装店，不远处放着音响，唱着一首我不知其名的华语流行音乐。记忆里的维吾尔人的商铺还有三五间。我与母亲走进其中一间，店铺主人是位体格魁梧的维吾尔族男人。虽然货架上琳琅满目的维吾尔族工艺品与另外几家大同小异，我还是从中挑选出了一套伊斯兰风格的茶具和一条蓝色丝织披肩。像往常一样，母亲承担翻译与讨价还价的任务，我负责挑挑拣拣。天热，小店拥挤，我已经适应不了南疆的高温，这些天浑身长满湿疹，此刻更有些透不过气。这时，一直在用维吾尔语与母亲交谈的店铺主人突然看着我改用汉语问道，“她是你的女儿吗”，“是的”，“她不会说维吾尔语吗”，“不会”，“她在口里上班吗”，“嗯，她在银川”，“她男人是什么民族”，“她嫁给了一个回族”。店铺主人沉思片刻，之后突然张口，“她完蛋了”。他的口吻确凿而傲慢，我猜即便是母亲，也是平生第一次听到有人以这么简单的方式否定另一个人的存在。母亲与我既震惊又尴尬，良久，两个人都哑口无言，而后，在一缕连带着羞愧的恼怒情绪中，我别过脸去，默默放下手里的茶具与丝巾，上前挽住母亲的手臂，几乎是失魂落魄地离开了这家小商铺。

又一次被否定，并且来自民族内部。我很难过，这位维吾尔男人的话语和神态如此傲慢和不容置疑，他俨然升上价值权威的高座，用他非白即黑的法则，否认了我——除了维吾尔人——之外的全部存在。当然，类似的提醒和责备一直没有中断，“你写的东西跟维吾尔族没有一点儿关系”“民族作家是民族的灵魂与骄傲，要对自己的民族有所担当”“民族的就是世界的”“要回到民族中找寻自己的文化之根”……这些言辞令我羞愧、心虚、焦躁。我似乎从一个基因蜕变者成为一个背叛者、大逆不道者，进而因为这种叛变而处于一种丧失文化故土精神故园的危机中，处于一片隐而未发并且更将继续扩大的道德指责当中。

但突然也会吹来一缕拔地而起的劲风，将那些令我窘迫不安的言说卷向一边。

二〇一一年十月末的一个上午，我正在构思一篇小说，忽然电话铃响，一个陌生人的号码。电话里是个男人，他首先用穆斯林最尊贵的问候语问候了我，然后转为极不流利的汉语。而我因事情突然，一时张口结舌，嘴巴像打了麻药，直到他礼貌而完整地介绍清楚自己是谁，以及为什么给我打电话，这才咿咿哦哦与他正常交流起来。他是一位维吾尔族诗人兼翻译家，突然给我打电话，是因为读到了我发表在一本文学期刊上的散文诗。在准备把我的作品译成维吾尔文之前，他特别想向我表达他对作品的感受。他说了一些溢美之词，我们聊到了我生长的地方，接着我以愧疚的口吻告诉他我不会维吾尔语，更不能用维吾尔语写作。“你虽然不会说维吾尔语，但是你的灵魂是我们维吾尔民族的！我在你的诗里看到了，你有我们维吾尔人的感情，你表达的方式也和我们维吾尔人是相通的。”

我默默听完，一时内心大雨瓢泼。我知道自己从来不是一个真正的维吾尔人，因为在最为本质的文化传统和日常生活层面上，我有无可弥补的匮缺。但他的肯定，至少向我阐释了一个人的血缘成分可以以另外一种形式蕴布在生命中，可以同时与我——一个被新媒体围剿的纸媒记者，一位回族男人的妻子，一个声音一天一天粗起来的男孩的母亲，一个雌雄同体的文学写作者，一个已经背离自身文化传统的母亲的女儿，一个喜欢园艺的家庭妇女，一个承认万物有灵的迷信者，一个认为知感大于信仰的知识女性，一个迁居宁夏的新疆人，一个血脉仍在湘西大山流淌的侗家后代——更多的身份共存，可以和她们一起，齐刷刷长在我生命中，成为一个花园，一片林木。而所有这些——自然、文化和社会的身份，与我的民族身份一起，她们共同加入我，丰富我，弥补我，稳定我，使我不是其中唯一的任何一个，使我既可以迅速离开她们，又能够如期并必然地回到她们中间。她们每一个都是汇入我生命的新图景，每一个都带来我生命的崭新突变。她们有时候遮蔽我，更多时候则为我开启生命的疆土。她们经由我的身躯化为我说话的口音、对色彩的敏感、对食物的偏好、交友的选择、行事的习惯以及写作的姿态。她们再也不像十几年前，仅仅是几只空洞的外壳，带给我令我躲闪不及的困惑和抱怨。她们使我看见每个人一开始就是丰富的，每个生命都在不止一个身份中四向延伸，每个人都在身份的丛林间穿梭奔走，每个人都在若干个身份之间获取生命的平衡与满足，而每个身份的不同都将汇入生命的同一性。

是的，我十分心虚，若非一定要从自身多民族身份中找到人之共有的同一性，我才能够更客观和坦然地接受自己身上的差异性，从而确定自己是谁，应该是谁。

十五

所有身份当中，只有民族和宗教这两个身份带给我持久的疑难与忧虑：从儿时在无知中起被她缠绕，到大学自觉的选择失败，到成为一个写作者时试图摆脱她对我的介入，再到当下。这真是一条漫长的心路。在这条路上，民族及宗教身份像极了一条细长柔韧的鳗鱼，游弋于我的生命之河，贯穿至今。而走在这条心路上的我，又因自身的匮缺，则一再将自己套进一个环环相扣的圈套。当然，这个“圈套”只是一个修辞，仅仅取义于它的形象特征，而无任何褒贬指向。相反，正是因为拥有深入这个“圈套”的全部体验，我才收获了一步步的验证和解开套索的途径。

二〇一二年十二月，宁夏当地一家学术期刊创刊二十周年，为此特别请来张承志先生。会议当日，我虽受邀参加，却并非以记者身份，因此无采访任务。会场上，张承志先生备受媒体关注，但他超然又严肃地坐在前排，令每个记者都不敢轻易上前。我所供职的报社也来了记者，我们远远打了招呼，便各自坐下各行其是。会议过半，我的这位勤奋多产的同事突然潜到我身后，趴在我耳边，央我当个中间人，帮他向张承志先生发出采访请求。我问为什么，“你是女的，又是穆斯林，张老师多少会给点儿面子”，“未必，咱们这种媒体，你让张先生跟你说什么。再说，张老师知道我是谁啊”，“试试吧，你就写个条儿，写上报纸和你的名字，尤其注明你是穆斯林”。

多么聪明的安排！我的同事，为了达到采访目的，同时启用了我的三个身份：记者，女性，穆斯林。就算记者身份被张先生拒绝，还有后面两个做保险。而且，他和我，都相当“聪明”地认为：我的穆斯林身份，是最有可能扯住张先生的法器。

我按他的意思，冒胆写了个条儿，然后来到首排席前，将字条递到张先生手里。接字条的一刻，张先生欠了欠身，神情礼貌又郑重。一切顺利！回到座位，我们满怀期望地等待会议结束。不久会散，会场立刻凌乱起来，许多业内人士与张先生握手问候，我们等在门口，没多久，便见刊物主编与张先生并排走来。这期间，张先生被他的敬重者拦截了好几次，我担心这样拖下去没完没了，就瞅空迎上去问，“张老师好，我是刚才给您递字条儿的报社记者，请问您愿意接受我们的采访吗”，张老师静静听我说完，然后面带微笑说了三个字，“没兴趣”。我愣住，完全没有料到张先生会这么干脆利落地拒绝我。等回过神，场面又嘈杂起来，我连再央请的话都没有说出口，张先生已经被围在身边的人引向门外。情急之下，我拉住认识多年的刊物主编，请他再帮忙疏通。主编点头，说声“我试试”便匆忙走出大门。转过身，同事正好走来，带着些许懊恼，我原封不动把张先生的三个字甩给他，他叹口气，我们立在原地做无语感慨，又无奈地笑。这时，突然有人扯了扯我的右臂衣袖，我回头，竟然是面带微笑的张先生！“你是维吾尔族？”“是的。”“来吧，应该支持一下你的工作！不过，只有十五分钟，十五分钟后我要去西吉。”大喜之中，我一边连说谢谢，一边回头给同事打手势，只见呼啦啦跟过来四五个人。扛摄像机的电视台记者什么时候变得这么训练有素了！随后跟来的刊物主编俯向我耳边，“听说你是维吾尔族，张先生就同意了”。在电梯间，张先生对他的回心转意做了简略说明，大意是要支持一位我作为一名文化从业者的工作。

不知道我的同事之后是否对此事再有体味与琢磨，我却在重新想起之时，每每为我们的小算盘感到脸红，并且希望张先生不要发现我们的伎俩：以穆斯林身份捆绑他，让他接受我们的采访。明知自己不是一个真正的穆斯林，却计划使用穆斯林身份来满足一份诉求。人性的幽暗藏在身份之下，不知什么时候就会冒出头，把自己臊得无处可藏。幸好张先生没有中计，这种摆出身份去捆绑一个人的浅薄行径，大概他早就见多了。而我，尽管一再经历了被捆绑的尴尬和焦灼，却没有料到，有一天也依循覆辙，成为用身份捆绑别人的人。两个拥有共同宗教背景的人，并不意味着他们会甘愿抹掉差异性而放弃自我选择；两个不同民族的人，并不意味着他们心灵的同一性会小于两个有共同民族身份的人。即使常识与理性之前已经长在内心，我却仍然与人合谋破坏它。但也许这样是好的，因为它们从此明澈得更像一个水晶奖杯。

十六

时间在二〇一四年年末那个小型研讨会上扔下一片羽毛，而后继续前行，滑向二〇一五年。

这年夏天的最后两周，几场雷雨过后，天气凉爽怡人，黄昏时分，银川的西天边，隔三岔五便会燃起壮观的火烧云，整座城因此浸泡在红殷殷的光线里。这种时候，好心情会欣然飘来，我会因此口生馋涎，而后拖着先生去吃小区门口的烤羊肉串。摊主名叫巴图，是维吾尔人与哈萨克人的混血后代，来自新疆伊犁，他为自己的烤肉摊取了一个名字——民族团结巴图新疆烤羊肉。除了卖烤肉串、在餐厅演出歌舞，巴图定期还去穆斯林孤儿院做义工。母亲来银川时，我带她吃过巴图的烤肉串，巴图一见母亲便看了又看，末了，忍不住用维吾尔语致意问候。直到今天，我仍然喜欢听母亲用维吾尔语与人交谈，那时候母亲会变得陌生又神秘，会瞬间激起我无限遐想。但那次与巴图会面，母亲显得兴致不高，简单说过两句便不再开口，我越是鼓动她越是抗拒，似乎有坨浓黑的硬块突然顶上她的内心，让她立刻闭合了徘徊在维吾尔世界的心灵。巴图由此知道我是维吾尔人，而我之后再坐在他的烧烤摊前时，却并不和他交流什么，总是我先生热心地跟他七七八八聊几句。那天，火烧云烧得万马奔腾，我脸冲西天看得发呆，巴图把烤好的肉串递过来，顺势坐在我们斜对面。巴图一边抽烟一边看我，最终还是像见到母亲时一样，没能忍住心中疑问。他用汉语问我，“你不会说维吾尔语吗”，“不会”，“你妈妈不跟你说维吾尔语吗”，“不说”。巴图笑着摇摇头，表示他不明白怎么会有这种事情发生。我报以微笑，表示他的不解已经尽为我所理解。

我已经不记得迎头撞上过多少次这样的不解。当我自信或者专注地做着另一件事情的时候，它们会突然晃晃悠悠地冒出来，像一个个又白又亮的大气泡，在我眼前充满玄机地上下飘浮。时至今日，尽管我渐渐释然，尽管身体在面对此情此景已经不再“紧绷成一根沁出冷汗的皮绳”，却仍然忍不住追问：我该感谢这些不解以及外部世界对我的指认吗？该礼赞它们与我常态化的耳鬓厮磨吗？还是应该跳起来扯住这些大气泡，让它们把我带向它们可能飞去的地方？

当我的汉族姥爷在战乱年月将目光落在一位维吾尔族女子脸上的时候，他绝不会想到他的女儿将来会选择放弃自身的维吾尔文化传统；当我的母亲在变乱年代为寻求安妥在诸多求爱者当中选择了我的父亲时，她绝不会想到未来她的一个女儿会始终被血统与身份问题所绞缠；当我生下一个天使，并尽力为他的身份归属缩减我所遭遇的多重困扰时，我绝不会猜到将来，他将如何穿过自己的身份之林……未知过多，偶然性带来的变数过多，而我最好还是回到自身与当下，回到与我朝夕不离的身份之林，继续经历她们带给我的突变、遮蔽、丰富以及开启。

从巴图的烤羊肉摊回来，我拨通了母亲的电话。一种不可言喻的情绪迫使我此刻必须听到母亲的声音，确认她仍旧那么坚决、孤单和完整，确认她像年轻时一样，没有因为自我选择——成为维吾尔传统文化的一个异类——而失去内在的稳定或者不是她自己。母亲心情格外好，这使我十分意外。她刚刚出院，前一天还在电话里向我哭诉她的孤老境遇。她的快乐来自她通过按摩减轻了腿痛，来自湖南老家一位定居库尔勒的亲戚为她做了一顿香喷喷的羊肉抓饭。她的声音依旧底气十足，她的悲喜依旧简单和来去匆匆。我放下电话，内心即刻安稳，像是在涌荡的人潮中抢到一张回家的车票。

放下电话，仍在弹跳的情绪迫使我走到窗前。黄昏剩下一个尾巴，夕阳躺在贺兰山的山峰间，露着橘红的半张脸，窗下林木仿佛从红殷殷的海潮中走出来，身上泊着一层淡红色的水光。一时间，我的思绪飞到极远，远到一片我从未抵达也一无所知的海水之上。那是电影《少年派的奇幻漂流》中的海水，无论少年派在大海上的漂泊多么触目惊心，我感兴趣的，或者说我以为这部影片最切要的所在，则是少年派的多重信仰。以寻常思维，当多种宗教信仰集于一身，此人必然四分五裂，两只眼睛不往一处看，两片嘴唇不能同时碰触一个音节，一颗心一日之内将被撕扯无数遍。而派却漫不经心，更不矛盾或者担忧，他自然又欣然，让各位神明安住在他的身体之内，不怒不争，你情我愿，最终蒙获感化万物的普世情力。电影看过后的四年里我多次回想派的选择和拥有，每一次都心生喜悦，艺术的愿景来自对现实的思索，对匮缺和不当的弥补，但愿更多的人能够心领神会。思绪回落，天光已尽，窗下林木——那些树精灵——龙爪槐、枣树、旱地柳、木槿、丁香、臭椿一株株潜入夜色，相继融成深浅不同一团又一团的暗黑。不用说，就在那一团又一团悄无声息的暗黑里，时间仍在前行，生命仍在生发。

四天四夜

……我又梦见了父亲。现在，这是我们彼此探望对方的唯一方式。梦里，阳光十分平淡，背景十分空旷。四周没有树，也没有标志性的事物，仿佛哪里都不是，却又可以是任何地方。没有人关心这里是哪里，即使连梦见它的我也不关心。人们的脸都隐隐约约。他们都是一些莫名其妙的人，我不知道他们来自何方，也不知道他们为何而来，但我确信，他们每个人的眼睛都望着内心渴望的事物，神情因此专注又冷漠……后来，我似乎想起什么，我想我大概正在一个市集里，人们集中在这里，是因为这里可以找见彼此渴望的事物。市集的气氛虚幻而自由，天空的颜色使它产生了一种不可企及的遥远感。我并不奇怪自己来到了这里。梦中，天空平淡的光线让我感到干燥异常，我一边撕掉嘴唇上的干皮，一边抬头看天。这时候，父亲凭空出现在一堆看热闹的人群里，发现我之后，便侧脸瞧着我笑。我转过身来，迎面就撞上了父亲的笑脸。我当然知道父亲从哪里来，他脸上神秘莫测的笑容确凿地告诉我：你去哪里我都能找见你。父亲在有生之年从未这么自信，仿佛尘世真是一块巨石，不仅阻挡了他应得的好运，也碾碎了他魂魄里那些自在的本性。我努力使自己看清父亲的脸，虽然父亲的脸与所有人的脸一样恍恍惚惚。我惊讶地发现，父亲的笑容不仅神秘莫测，竟然也十分喜悦。因为父亲的喜悦，我燥热的心即刻凉爽了许多，快乐了许多。父亲穿着一身崭新的衣服，暗红色的上装用金红色的丝线绣着一株株高大的植物。这些美丽的植物我瞧着十分眼熟，却无法想起在哪里见过。它们浑身通红，每片叶子都像气流一样朝上飘动着，父亲因此看起来犹如被精灵围绕。我虽然十分喜爱它们，却因为它们通红的躯体产生了灼烧感，仿佛躺在炎日里的一块沙地上，便忍不住对父亲说："爸，您不热吗？"……

我眼看着他们埋掉父亲。

八年前的一个早春三月，我在湘西怀化市芷江县麻樱塘乡的一个村庄里度过了四天四夜。四个昼夜，雨来回变幻着身形，早饭时点点滴滴，早饭后便随风倾斜成一大片雨雾，而在晚饭后雾茸茸的漆黑里，又沙沙沙地像一只受惊吓的兔子奔跑起来。四个昼夜，雨来回变幻着身形，没有一丝疲惫和止歇的迹象。我的皮肤，我的眼睛，我的鼻际，始终萦绕着一种我未曾经历过的浓绿色的潮冷。四个昼夜，天地阴湿，无期无涯的雨将人们困踞在村庄里，葬礼反而成了人们沉闷生活的一种消遣。我难以忍受这样潮冷的气候，许多次避开人群，一个人坐在火厢里，就着身下微温的火炭，一遍遍回想我是怎样来到这里的……

第一天

从亲戚那里得知，每年这个季节，雨水要这样来回变到再也变不出新花样的时候才会停下来。我是在西北沙漠里长大的人，对于雨水来回变化的花样，多是来自道听途说。所以，亲戚的这句玩笑话，等于在告诉我，雨不知道什么时候能停下来。

这是葬礼的第一个晚上，我因为受不了屋里的拥挤与烟雾，一个人来到屋外透气。

沿着水泥屋基往外，我小心停在了一个屋角处。屋内灯光大概只有十五瓦，但即使是这十五瓦的灯，也仍然因为电压不稳闪闪灭灭。因为潮气与烟雾，我的眼睛几乎看不清灯光下的任何一张面孔，又因为看不清他们的面孔，他们的声音便也在渗着水的空气里，越来越像从虚幻中飘来，又飘走。经师们吃了夜宵，正在休息，时间已经过了，他们仍然打不起精神。食物里也许有催眠的东西，它们易使人的心灵与躯体同时产生倦怠。被这种松弛漫漶的气氛所感染，我担心自己的视力和大脑会出问题，便决定一个人待一会儿。

雨依然在下，似乎比天黑前稠密了许多。十五瓦的灯光无法照到我脚下的这个角落，而雨似乎更隔开了灯光。空气又湿又凉，暗昧地围过来，又顺着我的脸颊雨水般往下流。我睁大眼睛，努力了一阵，便放弃了视觉。很快，我找到了另一种触摸黑夜的办法，我用鼻子去嗅，果然就嗅出了这个位于湘西大山深处的村庄的夜晚。

黑暗浓得像一种高强度的化学液体，瞬间，那些被我吸入的湿凉的夜，便将我也化灭成了黑暗。这是之前从未有过的一种体验。在西北，或者在沙漠，即使夜晚黑得令人看见了死亡，它却仍然是通透的，困踞在其中的人们，可以根据自己的恐惧与渴望，想象自己的脚步与心灵能够无障碍地走向绝望或者希望。可是眼前的这种黑，完全像大水一样阻滞了我的身心。

房基坐落在半山坡，凭着白天的记忆，我知道身前不远处就是一片种着梯田的山谷。山谷低洼，恰好便于黑暗的注入与淤积，因此，当夜晚越发凝重，山谷里的黑暗便越发高涨，就好像一个水位不断上升、时刻都有垮塌危险的堰塞湖。我放慢了呼吸，更小心地转了转身子，身后木板壁散发出淡淡的霉气，潮乎乎地贴在我的鼻际四周。我想到不远处停放在十五瓦灯光下的父亲的骨灰，想到这种规矩繁多时间冗长的葬礼，想到父亲家里有这么多在我看来陌生的亲人，想到这种大水似的黑暗，想到这种近似灾难的雨水，想到漫山的植物，想到一重又一重翠绿而凝重的山峦，想到我所熟悉的父亲为什么与这么多我所陌生的事物有关……这时，我听见铜锣一擦，道士的诵经声透过雨雾和黑暗，重又闷声闷气地渐渐流畅起来。接着，两条人影闪出门扉，一个女声对另一个男声说：我出二百，再给满满加一道经。

他们叫我的父亲为满满。这里的人称叔叔为满满。多么陌生而奇怪的叫法。

事实上，一下火车，类似这样陌生而奇怪的事情便一件件地来到我的眼前。

父亲是在冬末的一个夜里离开我们的。离开前，母亲和妹妹急着去找氧气，家里仅留守着一个本家亲戚。那时候，我刚从新疆返回宁夏。夜里一点多钟，母亲与妹妹终于敲开了一家医院的大门，但当她们抱着硬邦邦的氧气袋回到家里时，父亲已经叫不醒了。我因为离开不久，母亲便没有再叫我回去。母亲直接做出了一切安排，让我在西安迎接父亲的骨灰，然后与本家亲戚一起，带着父亲的骨灰，前往湘西埋葬父亲。

从西安经长沙再往怀化，一路上，转车，买票，吃饭，睡觉，父亲的骨灰盒都是本家亲戚小心提在手里。我不会刻意去看那只装着骨灰盒的黑色人造革皮包，只在本家亲戚抱着他，或者拿出他的时候，快速瞥过一眼。我更不敢伸手去碰，或者去要。我不知道还需要多长的时间，我才能接受分别时还睁大眼睛看着我的父亲，被装在了这只黑色的人造革皮包里。整段路程，我置身于悲伤与抑扼当中，本家亲戚似乎看出了我的畏惧。

我很快就看见了湘西的大山，火车离开张家界车站之后，层层山峦就越逼越近了，火车的速度越快，山峦逼近得也越快，以至于许多时候，我感到那些生长着密林的山峦就好像一个个巨大的绿色精怪，它们不知疲倦地跳着扑过来，在某个车窗外跳腾一下身影，便突然闪去，紧接着又趴在下一个窗口向我张望。但火车也有慢下来的时候，这时候，我可以透过车窗上两滴雨珠间的间隙，看清楚窗外那些仿佛触手可及的草木。事实上，除了被雨水浸润得翠油油的绿色，那些草木我一个也看不清楚。我只记得它们繁芜蓁茸的形态，记得它们一并在雨中微微抖动身体，一并将自身的呼吸连贯成一层淡青色的雾气，一并竞坡而上，一并聚集在山头，一并汇入阴蒙的天空。我的眼睛紧贴着这些无处不在的淡青色雾气，继而又紧跟着那些跳闪不停的绿色精怪跑进一个黑乎乎的山洞，我快速并惊讶地记下这些陌生的事物，既觉着恍惚又不时感到一阵阵的悸动。如果不是因为父亲离我们而去，湘西的大山可能还要推迟若干年的时间才会进入我的生命，这些新鲜而特殊的体验当然也就会因为时间的差异而有所不同。许多次，我差不多相信了大脑中的一些臆想：那些绿色精怪在一连串地跳腾之后，慢慢变成了渐次打开的门扇，它们一重重地展开，我一重重地走进去，这样，父亲就被我送回了家乡。

直到走近设在小叔叔家的丧堂，本家亲戚才将骨灰盒放在我的手中。他告诉我，我是父亲的长女，只有我，才有资格抱着父亲的骨灰盒从正门进入丧堂，而他，以及更多后辈的子子孙孙，都只能从侧门走。

在沙漠，我所看见和经历的变故是那么少，在沙漠垦荒的人们日复一日地经历着人生的沉沦与艰苦，日子一长，便几乎放弃了所有的仪式。绝大多数时间，日常，仅仅意味着生存和简单的欢乐，那些附着在人们姓名深处的有关故土的风习与礼俗，随着年月的深入，渐渐远离了他们的记忆和身体。那是一个要求人们扔掉个性、扔掉差异的时代，人们以与旁人保持一致为安全。当然，必然会有一些人的内心固执地记着什么，但他们也只能在寂黑的夜里，以一种犯禁的心理，偷偷摸摸地举行着自我的仪式。而有关出生与死亡，有关祖先与故土，父亲从未告诉或者教给我什么，或许他认为那是无益的，当然，也或许是另一些我并不知道也无法猜到的原因。所以，当父辈们经历的沉沦与艰苦移换到我这一代时，已经变成了在沙漠里的粗率的成长，以及对自身传统的所知寥寥。

本家亲戚将骨灰盒放在我怀中之后，我迟疑了片刻，内心产生了一种因为无知而急于求助的感觉。我瞥了一眼本家亲戚，这位一路上只字不提父亲的年轻兄长，突然在泥泞的山路上改变了神色，细雨以及身后湿气氤氲的大山，反而让他细长的眼睛和丰满的脸颊失去了往日的绵软顺遂。他的严肃差不多被我看成掉下了脸子。我有些怪他，路上为什么不早一些告诉我该怎么做。我不明其义地接纳了他目光里冰冷的等待，匆忙低下头，看了看那只流着雨水的人造革皮包，压下了心里的疑问。

事实上，就在接过父亲骨灰盒的一刻，沿着本家亲戚这句简单的交代，以及这个简单的交接仪式，我已然进入了一种陌生的仪式里。在接下来的三天里，整个过程恍惚却又迅速，一边是我的一无所知，另一边是礼俗的不容置疑，而我，仅仅是无措地被父亲的死亡推着往前走。

交代完这一切，本家亲戚有意退后几步，把接下来的路让给我一个人。

本家亲戚的意思再明白不过了：这里是湘西的大山深处，你必须扔掉沙漠里的一切习惯，你必须按我们的方式来。

意识到这一点的时候，我正巧经过山路旁的一株梨树。梨花稀疏，一些纤白的花瓣躺在红土地上的青草丛中，另一些则遗落在山路当中的泥泞里，被人或者牲畜的脚踩得肮脏不堪。我有意让自己的步伐放慢一些，仿佛为了确认眼前不是一种幻境，当然，也是为了怀里父亲的骨灰。这时候，迟缓是有益的，在于我，是能够建立一种记忆；在于死去的父亲，则是重拾那些丧失的记忆。但不管怎样，对于我来说，眼前的这片山水还是太陌生了，当我紧紧盯着它们，它们会一点点确凿起来，但当低下头，它们就再一次虚幻了。即使近在眼前，它们似乎仍然那么远。

雨不大，蒸汽般在山谷里飘拂，我没有打伞，脖子里很快就湿淋淋的。我没有更多精力左顾右盼，脚下的湿泥又软又滑，我只能紧盯着脚尖。一人宽的山道旁，眼睛所见都是鲜嫩油绿的青草，再远一些是溪涧与梯田，而我每抬起头来，目光的焦点便是那间摆起丧堂、等候着父亲落叶归根的木楼。它立在半山腰，陈旧、结实，像父亲黑黑褐褐的脸，一些人影绕在四周，大多低着头，但偶尔，会有人猛地抬起头，向我这边张望过来。

也就是三四百米的山路，我走走停停，每停下一次都好似再一次确认。最终，牢牢定格在我脑海里的仍然是那些青灰色的雨雾——一种近似于虚幻的物质。我看见雨雾懒懒舔着草木、舔着山影，它们白漫漫罩着山头、谷涧、梯田，像在吮吸山林与大地的精华，也像是箍蒙着山川河流，不放走任何一颗想去外面漂流的异心。

第二天

只有一个晚上，我的骨头就被潮气浸得发霉了。伸开手掌，我能看见每根指尖都往下渗着水滴，一滴一滴，每滴之间，隔着大片大片寂静的冰面。只经过了一个夜晚，初到湘西的虚幻感，便仅剩下彻骨的冰冷和潮湿。对这种潮冷异常的气候的不适，导致了我越发低沉消极的情绪。身体的不适完全可以摧垮我这样一个意志脆弱的人，昨晚到天亮，许多个瞬间里，我几乎认为，这种该死的天气，比父亲的离去更让我无法忍受。

葬礼是从昨天天黑前开始的。地理先生、礼生、唱经班、乐师、香烛、纸钱、鞭炮、食物、烟酒……葬礼所需的一切，长辈们都替我操办周全了，我只需在必要的时间里出现在父亲的灵前。但仅仅是这样，我已感到自己的身体就要接近极限。

上午，在将葬礼所需费用全部交管给一位亲戚之后，我离开了吵闹拥挤的丧堂，一个人往山坡上更高一处的一位兄长家走去。所谓的路，只是几条竞坡而上的田埂。田埂被雨水抹得像条黏滑的鳅鱼，仿佛就是为了摔倒几个手忙脚乱的人。这一次，我放弃了小心翼翼，甚至暗地里希望自己痛痛快快地摔出去，把因为潮冷而紧缩在一起的骨头摔开来。黏滑的田埂上，我僵直地迈着步子，只被一种单纯的渴望拖着，浑浑噩噩往前走。

比起小叔叔家的几间屋子，这位兄长的房屋要干净敞亮许多。而驱使我撇下父亲，浑浑噩噩走来的那股渴望，仅仅是这间屋子里有一只暖热的火厢。我需要一种如同沙漠里的温暖和干燥，需要一种来自外部的温暖与干燥来缓解身心的潮冷。只经历了一个晚上，我的感官几乎在这种潮冷中全部关闭。除了冷，我连为父亲悲伤的感觉都几乎丧失了。

整座房屋没有一个人，大家都挤在坡下小叔叔家里，那里人多热闹，几个山头之外的亲戚都聚齐了，就连在县中学上学的孩子，也跟学校请了假，快快乐乐地回来了。我进了堂屋，拐向左厢房，卸重般脱掉了胶鞋。

坐进火厢里的一刻，知觉跟着就复苏了。鼻头一酸，眼泪便像扣翻的水桶，无可挽回地倒流出来。我差不多是喜悦地哭了一阵，为之前长时间地不知表达悲伤，为之前知觉长时间地丧失，为周身砭入骨髓的潮冷，为自己的无知和无措，为父亲生前的沉默死后的空白，为远方沙漠的干燥与熟悉，为这陌生的山水与亲人横放在我眼前的全部未知……

※如果火厢再大些就好了，我可以完全躺下去，让身体上上下下都暖和起来。啊，我真想念沙漠里的火炉。那是一种大肚子的炮弹炉，高中时，父亲在我房间里生了一只这样的火炉。冬天的夜里，我去同学家很晚才回来，父亲会一直坐在火炉旁等我。父亲在担心什么吧。父亲将火炉烧得旺极了，我在门外都能听见火炉里轰隆隆的响声，火光透过炉圈盖，在我房间的墙壁上跳来跳去。这样的夜晚，父亲大概也是喜欢的，他一个人呆坐着，不开灯，一根接一根地抽着烟，痛快并杂乱地想着我们都不知道的心事。我在怀化城里住了一夜。怀化有电火厢，他们叫火筒。我喜欢火筒这个叫法，筒，汉字的象形与会意功能在这一时刻更强烈地使我体验到钻入一个狭小空间内所能够获得的热量。沙漠里没有这个东西。怀化城里的火筒用的是电丝，尺寸很大，躺得下一个一米八的男人，冬天放在客厅里，许多人可以同时捂脚，也可以整个人躺在火筒里，盖着棉被看电视。乡里没有那么好的条件，乡里的火筒只有一米长，下面搁的是火盆，火盆里装着做饭剩下的木炭灰。坐在火筒里，我能闻见木炭微弱的焦煳味，这气味在向上升腾的一刻就几乎被冷空气吞灭了，但我还是嗅到了它，我甚至还能察觉到它在我的鼻腔内稍稍制造的一种灼烧感，倘若再细加体会，竟然还会感到些许呛鼻的滋味。这灼烧感决然不同于多年前父

亲为我守护着的炉火的炽热感。前者是灰烬，是事物燃烧过后的形态，是竭力攀住时间的最后的惨淡抗争。后者只是燃烧，那愈燃愈烈的火苗，由掺着烟雾的黑红转为纯净透亮带着乳黄的赤红，在沙漠空阔的黑夜里，它无畏地凭借色泽演绎它令人惊讶的生命能量。不仅如此，还有声音，声音也加入进来，由车轮似的隆隆声，到不怒自威的低吼，让我不止一次地怀疑那声音是对死亡的庆贺与欢呼……我的心神过于涣散了吧，竟然这样不着边际地想着这些毫不相干的事情……

※……他们要给父亲做三天三夜的道场，来的人越来越多，雨不停，雨把人们的骨头浸得都结了冰碴子。人们都寻着这人多的地方来了，他们靠在一起，坐在丧堂的四周，猛烈地抽烟，除了哀悼，也为相互取暖。上百号人的吃喝都要照顾到……啊，我看见火光了，它们在灶房的火塘里闪动，我身下的木炭灰就是一盆盆从火塘里取出的。三家的火塘四天熄不了火，上百号人要吃要喝。我看见火光映亮了某个人的下巴颏儿，他掀动锅铲，用力地翻炒锅里的食物，但我不认识他；我看见一个人靠在火塘前的木板壁上半醉半笑，火光在他的右半边脸跳，我同样不认识他……这些人父亲都认得吗？这些人都跟父亲有什么关系吗？他们是来哀悼父亲，还是为了这里有酒喝，有烟抽，有肉吃……我从来没有见过这类事情，为亡人做道场，似乎在沙漠是不被允许的。我的外公，当年在团场，静悄悄地就下葬了，人们围在他的棺椁旁，安静而简单地哀悼他，接着就送走了他。沙漠里，死亡从不喧嚣，它晦暗的色调导致了人们对它的噤声。沙漠太寥廓了，它的严酷与寂静本身

就意味着死亡，沙漠禁锢着绿洲，数千年里，绿洲的人们便如同生活在死亡的唇边，人们坦陈和记忆它的方式因此便和这沙漠本身一样寂静无声。当然，这并不是唯一的原因。但是哪一种送别死亡的方式更能给亡人慰藉？更能让生者摆脱死的恐惧？那么多人，除了那位地理先生，我一个都记不得了，我对着他们点头，转身没几分钟便无法再从人群中认出他们。表姐夫告诉我，客人来得越多，父亲得到的尊重就越多，主家也就越有脸面。是的，父亲生前虽然从未蒙获比眼前这些乡民更多的荣耀，但他至少是个国家干部，比起这些一生窝在大山里的乡亲，他算是有脸面的人。或许这葬礼的喧腾正是父亲想要的。在这里，没有人知道沙漠里的他也和这些乡民一样老实巴交，一些时候敢怒不敢言，一些时候唯唯诺诺，几十年过去了，对命运的顺从与忍耐令他越发地退到人们的视线之外。我看得出，他似乎也曾为自己的轻微感到有些丢脸。

※我的两个叔叔，他们多像父亲啊，脸颊、个头、背影、神态。昨天，走进堂屋的一刻，他们一个站在幽暗的屋角抽烟，另一个托着漆盒正在漆棺。尤其小叔叔，看见他，我几乎惊呆，迈出的脚一只在屋内，另一只就僵在了门槛外，两个太阳穴像是给什么东西重重地击穿了。我以为那是父亲。父亲正给自己漆棺。除了造物，谁还能有如此细腻、逼真，甚至恐惧的力量？造物是否将他们的内心也同时临摹了两份？他们似乎比我更知道父亲想要什么，也比我更清楚这场葬礼对于整个家族的意义。父亲并没有告诉我们他需要一个怎样的葬礼，他只是说要埋回故乡。我盯着小叔叔看，小叔叔在局促中喊了一

声我的乳名，而我并不答应他，只在脑际里慌乱回放他唤我的声音，如同倒放一节只是两个音节的录音磁带。它们竟然如出父亲之口，轻轻地一拐再轻轻地一扬，湘地口音，却并不浓重。我从来不记得小叔叔，他为什么像已经唤了我许多年？父亲说过，他曾带我回到这里，那时我才三岁。但我什么也不记得了。我只记得，父亲每提起此事，母亲便在一旁怪怨：那是什么地方，孩子回来满身是疮，不许再去了。这样，湖南老家与我就更有了隔膜。小叔叔期待地望着我，目光善良得近乎软弱。父亲也有这样的目光，在他渴望什么的时候。木楼光线黯淡，深褐色的木板壁加剧了房屋的阴晦，湿气透过板壁，也变成了深褐色，一层层向外晕染着。我看不清小叔叔穿的什么，沉黯的光线几乎淹没了一切颜色，他大半个身体都被光线吞掉了。他站在那只被他漆得黑亮的木棺旁，驼着腰，停下手中的漆刷，一边望着我，一边扯扯嘴角，露出半个凄哀的笑。事实上，差不多是木棺的亮光映出了他的上半个身形，他的目光便在灰茸茸的光线里胆怯地递过来。哦，又是那种一触即溃的卑微。它们也在父亲的目光里，低进尘埃，与人无忤，却始终带着畏惧……难道造物主真的将父亲的魂魄临摹了两份……即使父亲走了，我还是渴望着他的强大，如同母亲一生对父亲的责怨与企求，但当见过两位叔叔，一种血缘上的相似与贯通让我完全放弃了这渴望的可能性。我能说这一切都与这片自然有关吗？或者，这仅仅是一个家族的隐秘……

想不到一盆几乎燃尽的灰烬会有如此持久的温暖。我的四肢慢慢暖和过来，思维与听觉也从散乱的漫游里收拢回来，重又盘绕在坡下传来的铜锣相杂的唱经声里。那经里说的都是什么？道、佛、巫，它们又是哪一家的经？一概没有人告诉我。之前，我似乎问过一句，答话的大姑妈也说不清楚，她左右问了几个人，东凑西拼，含含糊糊说有阎王经、水经、血盆经，等等。但见我一脸茫然，便说那都是为亡人开路托福的好经，念得越多越好。大姑妈瞎了一只眼，但她喜悦的神色仿佛已经看到了父亲在另一个世界的吉祥。

越来越多的事物背离了我过往的经验。这些栖居于湘西大山的亲人，数代为农，贫苦度日，有的是文盲，有的连话也讲不通顺，却如此大胆自在地想象、信任着另一个未知的国度。在沙漠，人们把死只看作死，当与死者的遗体告别后，死者的一切也都完结了，人们并不设想死者会有另一个国度，也不提起灵魂的事。至少，人们从不做出与此相关的举动。不管内心如何，人们始终表现出了一种无神的信念。人们不与亡灵对话，也不惧怕鬼神，人们只听从于上级的号召，以无穷地释放力量——挖渠、修路、开荒、砍树——来证实人的无所不能。所以，每当铃铛一响，念诵声接续而起的时候，我并不知道这些经文是否真有力量？或者，我该不该信任这些经文的力量？

大半天过去了，雨一刻也没有松歇，随着天光渐暗，更有了密实的迹象，屋内开灯之前，我透过没有玻璃的窗扇向外张望，雨线犹如被扯紧的钢丝，在愈渐紧迫的雨声里，剧烈抖颤。时间泡在冰冷的雨水里，每一分钟，我都需咬牙泅渡，但每到难捱之时，大姑妈的瞎眼与笑脸便浮在额际，且一次比一次更清晰。大姑妈的瞎眼窝没几分钟便会溢出一汪泪液，因为怎样也治不好，只好任由泪液没完没了地淌。我记得她告诉我那是开路托福的好经时，一边咧着嘴笑，一边用袖口抹掉那汪毫无意义的泪水，贫寒的脸上全是她从未品尝到的幸福。

夜幕合拢之前，我与大姑妈，以及其他女眷围坐在侧屋里的一只火盆边，那时，她的瞎眼窝已被袖口抹得又红又亮。也在这一刻，我蓦然发现自己几乎已意识不到丧堂那边的念诵声，就如同我周围的亲人们意识不到窗外的霏霏淫雨。接下来，我看见法师在黄裱纸上画出一些诡异的符号，接着，我看见乐师木然却又不遗余力地敲打铜锣，接着，我和所有亲人一样，可以安然走动在父亲的葬礼上。

我知道，当我不再以一个陌生人的身份置疑这场葬礼的冗长喧闹时，才能使自己相信这份生者对死者的好意。

天黑之后，丧堂里的念诵声突然大起来，铜锣紧随其后，咣嚓咣嚓，霎时响烈许多。又是一个不眠之夜。我听得出来这经声里的迫切，当黑夜到来，亡灵的安危将经受一段已被预知的危机。无须旁人提醒，我知道此刻我该回到父亲灵前。上午，独自在火筒里取暖的那段时间里，与我一同送父亲回来的本家亲戚暂时替代了我的孝子身份，跪在父亲灵前。事实上，即使不离开丧堂，两位叔叔也不让我跪太长时间，每次不过五六分钟，他们便喊我起来，随即从人堆里唤来一个男性晚辈，吆喝着命他跪下。一天下来，那些男性晚辈被叫多了，也有不耐烦的时候，便一边躲，一边嚷着说刚刚跪过。两位叔叔的办法总是简单又可笑，先教训两句，说一些孝与不孝的话，如果仍不听，就以不许他下一顿吃肉喝酒作要挟，而对方总是很吃这一套，便躲不了多远，又老老实实跪下了。但天黑之后的这段紧要关头，不知不觉中，他们都顺从地与我一起守在父亲灵前，一个挨着一个，直至跪到门外，跪在了风雨中。

第三天

我一个人在侧屋里吃早饭，鸡蛋、青菜、豆腐，还有鱼，盛在白色的粗瓷碗里，高高低低挤在小半张字台上。另一多半的地方，胡乱堆着炮仗、纸钱、香烛，以及白色的宽条米线。葬礼上的每一顿饭都不比平常，熬夜守灵，吃不好也就难以坚持，更何况，乡里人能够这样放开肚皮吃喝的机会，总是少而又少。我总是一个人在房间里吃饭，两位叔叔嘱咐了厨师，我的饭菜单独另做。从山水，到礼俗，再到饮食，我都与我的亲人们隔成了两部分。他们把鸡蛋炒得又老又咸，他们吃鱼竟然不刮鱼鳞。我想，倘若不是我们连着血脉、连着根，彼此的世界将极可能永不被对方窥见。

血脉如同江河，这样由北而南，由沙漠而密林，由干涸而潮湿的跨越，却在加剧着一个家族的变迁，而血缘的更新，文化的互望，以及地理上的往来，在多大程度上更改了我生命的走向？人类正是通过如此漫长而恒久的迁徙，才有了今日的风貌，然而我似乎顾及不了那些遥远又宏大的主题，我所耿耿于怀的，仅仅是父亲给予我的血缘，以及他在有生之日，对这种血缘的含混不清的、近于空白的表达。

生之艰难，生之狼狈，生之幽暗，以及更多生命的阴面，当在时光里与之相持，我知道许多人都会背过身去，或者视若不见，或者守口如瓶。我会如此，所以，我猜想父亲也会如此。然而，对于故乡——这个巨大的生命背景，父亲大半生所持有的静默，以及微弱的表达冲动，却是一件悖于常情的事。自然，我多少可以猜出其中的一些缘由，譬如，沙漠里那种统一的、无根的文化环境，经由一种时代政治的认可，已经变成一种强势文化，它像一个穿着军装、双手叉在腰间的革命者，将那些背离于革命意志的文化表现都挥斥在一边。又譬如，在母亲的感染下，我始终认为，父亲的出生地是一个贫穷和遥远到不需要去记忆并惦念的地方。当然，假如它变成了诸如长沙、武汉、上海那样的大城市，一切将完全相反。这也是为什么，父亲一再想回到家乡却始终未能如愿的原因。

人们愿意记住并炫耀的，总是生命里光亮的一面，这其间所包含的价值取向既是人心，也是人性，当时光的波流一日日冲荡过后，个体的生命便由此而更缠绕、更深邃。记忆里，父亲不曾说过任何别有深意的话，他告诉我的极少的几个道理，就是几句被我看作陈词滥调的古训，譬如“有的放矢”，譬如“吃得苦中苦，方为人上人”，至于他自身的人生所感，他几乎什么也说不出来。语言，几乎成为横卡在他喉咙里的鱼刺，吐不出来，便只能往下咽。有一年，大概我刚上中学不久，一天傍晚，我将一张考得一塌糊涂的试卷丢在他面前，告诉他老师请他在看完成绩后谈谈想法，父亲瞥了一眼那个糟糕的数字，开始了思索，他扶正试卷，端直身体，然后郑重其事地握起一支钢笔。接下来的时间，父亲专注于他内心的所想，笔尖不停地在试卷顶端的一小片空白上滑动，仿佛词语正随着思绪飞快流出，笔尖滑动间，嘴角也随之而微微牵动，像是某个力量过大的词语，正在撞击他内心的某种情感。然而，这不过是一段虚拟的书写，它一览无余地泄露了父亲的内心：极度地渴望，以及极度地失败。父亲的笔尖凌空滑动了十几分钟，时而流畅连贯，时而用力带出一笔漂亮的弯钩，嘴角亦不停地被来回牵动，却始终没写出一个字。我坐在他对面写作业，偷偷打量他好几次，越看越觉着可笑。终于，父亲落下了笔，写出了几个字。写完之后，父亲将试卷推向我，我伸手接过，拿起一看，上面是一个“阅”字，下面是他的名字与日期。

一次在试卷上的与老师的对话如此，一生对家乡的诉说与倾吐也好不到哪里去，父亲不是能够领会噤声与沉默的深意的人，因而并非在用沉默强调和表达什么，他仅仅是不会说，不知道怎么说。他有表达的冲动，因为不止一次我见他坐在院子的角落里发呆，手里夹着一根烟，忘记抽，就让烟白白燃着，烟灰吊得老长。而他盯着脚前的一根木柴，或者编到一半的柳筐，心神贯一，嘴里飞快地喃喃自语，不停顿也不打磕，依次隆起的重音，很像正与人争辩，但始终是波涛万顷地讲着什么，激烈处，一只手还会猛地一挥，显然是情感冲突所至。有一次，我盯着父亲看了好一会儿，终于忍不住好奇，大着胆子问他在说什么。没承想父亲吃了一惊，抬头的一瞬有如一个被救起的溺水的人，目光虚弱而遥远。

想象，总是缓解人生难堪的一种方式，在言说这件事上，父亲似乎只能如此度过。所以，到了日常里，那些有关自身的表达，便都表现得尽量稀少，尽量简短，尽量无痕。

也许造物主从未使父亲的思绪与语言连贯成一条笔直的光线，也许造物主从一开始，便在他的思维与他的语言之间设置了一条崎岖的沟壑，以至于父亲只能在无声中，想象那种语词连贯的汹涌与快意。近几年，我时常回想父亲身上这种形如天赐的匮乏，也多次尝试找到其间最稳健的缘由，但似乎我又有意地在延迟这种发现，仿佛这寻找本身，已如同一种怀念和想念，而我不愿使它结束。

我们住在沙漠边缘的一个农场里。四方邻居皆来自全国各地，山间，水乡，平原，雪地，这其中，大多数怀恋故土的人会固执又自然地使用自己的方言，于是，听他们聊天、骂人、呼喊子女，就成了日常生活里一件有趣的事情。而他们，也经由这种有别于他人的方言，确认了自己的根系。但父亲却从不说湘西方言，他的口音，只有熟悉湖南方言的人，才能从他个别的发音与音调里辨认出他来自何方。譬如父亲从来分不清汉语拼音里的“h”与“f”，他将“花儿”总说成“发儿”；另外，还有一些特别的音调，先是往下拖，等到拖够了，突然直拐而上，再戛然而止，仿佛一个形状生硬的“√”符号。

我常在想，除了一些生活习惯的改变，沙漠带给父亲的，是不是另有一些深微的、不易察觉的牵染。这片沙漠边缘的绿洲，塔里木河岸畔，原本是几万平方公里的无人区，居住着少量的维吾尔族居民。有人做过统计，二十世纪五十年代，从塔里木河阿克苏段计算，到若羌县塔里木河尾间，一千多公里流域内，土著居民不过万人。然而十年之后，十几万从内地调遣来的兵团人便扎根在此。这些兵团人既改变了这片沙漠绿洲的生态样貌，也导致了一种散乱无根的文化形态。人们以各自的方式怀念着家乡，但漫漫无际的黄沙，白花花的盐碱地，物质的贫匮，以及高度政治化的时代心理，都使原本已经遥远的故土的呼吸与气息，一年比一年微弱了。在于父亲，文化、传统、根脉，类似于这些能够标识自身、区别于旁人的符号，也就被他在静默里抹得更淡了。所以，直到父亲去世之前，我只能认为父亲大概早已忘了自己的家乡话。

父亲抹去了自己的“湘音”，也始终在日常中默默无闻。他从不会引起人们对他的注意，在单位，人们对他的评价从来就是三个字——老实人。在家里，他自身的意愿也常屈从于其他人的身后，以至于大多数时候，没有人在意他在想什么。无论从哪个角度看过去，父亲都显得既缺乏个性，又微不足道。但是，葬礼上，葬礼上突然就有这么多人围绕着他，使他成为中心，道师为他开路，地理先生为他寻找死后的居所，全村最好的劳力为他挖坟抬棺，兄弟亲手为他打棺，姐妹为他放声大哭，子孙们给他磕头……

除了亲人，今天上午，又有一位匆匆赶来的幼时伙伴，因为听到消息已晚，他买了花圈扛起就走，一口气赶了过来。将近七旬的老人，因为走得匆忙，没带雨具，只身背着花圈，冒雨翻了两个山头，走了十几里地。我看见他的时候，几位女眷正挤在屋檐下向他张望。重山莽莽，阴灰色的山谷里雨雾弥漫，山坳里稠密的草木早被天色涂抹得黯淡无光，梯田里一片汪洋，那条贯穿山谷的泥巴路，已被雨水泡得又稀又软，一脚下去便是一个齐脚踝的烂泥坑，泥坑一个挨一个，一路蜿蜒曲折，就伸到了小叔叔家的坡底下。远远地，我便望见了他，他扛着花圈，一个人从雨雾里钻出来，身形萧索，一路忽左忽右，跨跳着烂泥路上的烂泥坑。我吃惊地盯着这幕图景，云幕低垂，阴雨纷纷，惨淡天地间，一个孤寂却奋力行走的人影，这形象的深意可被文学家描绘得广阔而深远，而事实上，这不过是这片山水间一个日常的片断，一段带着泥巴味的乡情，如同漫山竞发的青草灌木，是尘埃里的微末。小叔叔眼睛好，最早认出他，人在坡下，便打起了招呼。我听不懂他们都说了什么，那些音节传进我的耳朵，就成了一条崎岖且深不见底的地道。地滑，上坡有些吃力，两个年轻人跳下去，伸手接过已被淋塌的花圈。没了负重，他脚下加快许多，几步就来到丧堂跟前。三叔随后也迎了出来，两人简单说了几句，便都相对站着，不再言语。老人站在丧堂一侧的屋檐下，帽子已经湿透，他掀手摘下，拧了一把，接着用帽子背面抹掉脸上、颈上的雨水，之后便随三叔指引，将目光投向我。我向他点点头，见他须发花白，眼泪没能止住，哗哗流下。父亲恐怕早就忘了这位幼时伙伴，更无法晓得这幼时伙伴在他死后对他的情义。老人看到我的眼泪，倒也没有跟着我难受，因为陌生，他客气地对我说了一句话，这话是三叔翻给我听的，他说：我比你爸爸大几岁，他去新疆后，我再没有见过他。

第四天

黎明前父亲就要下葬了。

这最后的一个守灵之夜，突然来了许多唱歌的男人。他们什么时间来的？谁去请来他们？他们叫什么？他们有几个人？我一概都不清楚。而整个晚上，以至于之后的许多年里，他们一只手夹着烟，一只手背在身后，一边唱，一边绕棺而行的背影，以及那近于单调却奇异的歌声，却持久在我脑间回放。后来，小叔叔对我讲，这些人多是不请自来，平常日升而作日落而息，都是上了岁数的乡里人，喜爱唱歌，大山里有唱丧堂歌的习俗，便学着唱起来，一来二去，越唱越熟，到了后来，很多都是即兴作词。我又问这样唱一个晚上要多少钱，三叔讲，每个人也就三五块，不给也可以，只要有烟抽，有酒喝就行了。入夜时，我向排坐在丧堂一侧的歌师望去，昏暗灯光下，昏黄气雾里，他们抽着烟，跷起二郎腿，面色沉黯。我看不清他们的眉目，但觉岁数并不像小叔叔说得那样大，只是每个人都是一副劳苦的形象，身体瘦而精干，微微驼背，头发大概是从不梳理的，衣服已经洗得很旧，然而神情木讷又易于满足，似乎几根烟、一杯酒就能带来莫大欢乐。

一段经，一段歌，念诵声停下的时候，歌声就响起来。丧歌像是越唱越长，先初是一个人唱，后来变成几个人轮流唱，再后来，变成一人唱，众人和。这最后一个守灵夜，差不多是靠歌声延续下去的。

与经文相比，丧歌的歌词显然是易懂的，这天晚上，相当长的一段时间里，我坐在丧堂侧门旁，靠着门板，在浓湿的寒意里，一首接一首听，虽然并非都能听得懂，却一点点地，从他们悲怆的歌声里，听出了这片大山几千年里的敬畏、渴望与酸苦。那声音悲怆而朴实，浸透着大山的庄重，又在雨夜的衬托下，散发出深谷草木的幽邃气息。丧堂窄小拥挤，但当歌声响起，所有人都静下来了，站着、坐着，一个个低下头，任由歌声牵带着自己，哪怕到很远的地方去。歌声时而哀哭，时而吟咏，时而规劝，有时候，竟然又会逗起趣来，引得众人突发一阵哄笑。谁都明白，新亡已去，而生者还要活下去，这笑声便是生者的希望。

夜，浓黑而严密，不放进一丝光亮，也不放走任何渴望。雨沙沙响，编织它巨大的网，黑色的网，人被网在山谷里。整个村庄的人都守在一个亡灵前，整个山谷，只有丧堂挤出一点光亮，这一幕，似与人的肇始相去无远。歌声吸纳着守灵的人们。夜越深，人们凑拢得越紧，围着歌声，靠在一起，彼此索取彼此温暖。最初，我绷直听觉，竭力分辨每一句唱词。湘西土音，那些连在一起的音节，黏得就像在火盆里烤熟的糍粑，我分不开它们。后来，我不得不放弃。哪知这样放松下来，我反而嗅出了歌声里缭绕的气息——辛烈、诡秘、深远，如同走在湘西莽茂的山谷间，万物的勃发与腐烂，一并在时光里积淀。然而我心里仍有遗憾，这丧歌除了哀哭，还要归结新亡的人生功业、邻里师表，在于我，是极想听到这些歌师对父亲的归结，对于一个离乡多年的游子，他们是用现成的唱词，还是如三叔叔所说，凭着对人的理解，即兴为父亲唱出悼词？

不说乡音，也不表白自身，除了使自己隐藏于人群，父亲在有生之年，对于我们的言传身教，只是如何去做一个质朴又委曲求全的人。我不知道我与妹妹在多大程度上学到了他，或者说，我们在多大程度上竭力不学到他。但在父亲淡化、隐藏自己的故乡，亦即我们另一半根脉的这件事上，我们都表现出了与他一致的沉默。

但这天晚上，我却听到了他们口中的另一个父亲。

夜里三点，我跟一位表嫂聊天，我说爸爸从不跟我说湖南话，所以我听不懂，走了这么多年，他大概也不会说了。表嫂嗓门大，人也利索，我话声一落，她便不以为然否定了我：怎么不说，他回来都说家乡话，说得好得很呢，一说说没完，我们都听他说。我们谁做得不对、想得不对，他还教训我们呢。有一次，他跟小满满争来争去，后来说急了，伸手还打了小满满一巴掌。我有些狼狈，显然，一个愿意对自己说家乡话的人，彼此才更亲近。后来，与我一同送父亲回来的本家亲戚也说，父亲去世之前的半年里，只要他往父亲跟前一坐，父亲就与他说起了家乡话，那时，因天天打杜冷丁，父亲口齿已不清晰，但仍然努力要说。到了我回去见到父亲的时候，麻药几乎抽走了父亲舌头上的所有神经组织，吞咽、发声，凡需经过舌头完成的生理动作，一概变得迟缓、沉重，仅有的一点味觉，只能让他感知到甜。但正是基于这种情状，父亲的湖南口音反而一日日显著起来。一些我们不常听到的湖南音调，渐渐多起来，他软软地拐上去，再长长地拖下来，几乎是任性地说。就是那段生命的最后时光，凭着这些极少发出的音调，父亲的生命底色反而从未有过地鲜亮了。

沙漠似乎禁锢了父亲的自然本性，而令我难以释怀的正是这一点：无论内心如何，父亲顺从地留在了禁锢他的沙漠里，直到死。而禁锢或者自在，父亲真能活出两种命运吗？

父亲对故乡也并非只字不提，乡情在于他，也有情难自禁的时候，并且，随年龄渐长，一年年愈渐浓稠。父亲多是这样描绘自己的家乡："都是山，都是树，望不到头，雨多得很，下好几个月，哪像沙漠里这么干。"过于简单的语词，再加我的混沌无知，它们便无法引发我的联想。

终于有一年，大概是大一暑期，我放假回家，意外发现父亲房间里摆着一个木质画架。画架静立在房间一角，一看便知是父亲自己做的。一块三合板锯成的画板上，铁夹夹住了一张白纸。白纸又硬又脆，上端因为浸了一道水彩，抽巴起来。父亲用铅笔作画，下笔十分轻淡，已隐约绘出了群山，群山上的草木、木楼、梯田、人影，以及耕牛。群山层递而上，草木时而凌乱，时而齐整，梯田的曲线如同迷宫，耕牛只是简单的一个符号似的形象，木楼的檐角挡在屋后的几株泡桐树前。

因为笔迹的轻淡与简约，我并未能够从画中体会到一个雨水之乡的滋润与葱郁，因此也谈不上好奇，或者喜欢。但整个假期，我来来回回在这幅画前经过了许多次，每走过一次，画面所构成的空间，便向记忆更深入一些。之后，当我大学毕业，当我彻底离开了沙漠，那记忆便可以随时随地提醒我，我的生命里，还有另一处与我有关，我却一无所知的存在。

我当然知道父亲画的是什么，然而最初，我们都当这是一件不需要讨论的事情。

但我没忍住，一天，我去父亲房间找东西，随口就问了出来："老家就是这个样子？"父亲"嗯"了一声，从烟盒里拣出一根烟，点燃，吸了一口，接着瞥了一眼画面，脸上突然就有了微笑。我再问："怎么不上色，上了色会更好看。"父亲吐出一口长烟，说："还没画完。"

父亲脸上的笑意有些诡异，我辨不清那是一种扬扬自得，还是一种心满意足。

父亲画画并不奇怪，之前，母亲已经通过多种方式让我和妹妹知道了父亲有许多微不足道的生活才能：父亲会打家具，会木刻，会制糖，能写一手漂亮的毛笔字，会织渔网，会编筐，会烹调，会踩缝纫机，会夹野兔子，会种植……但父亲就是无法使自己从人群中走出来，使自己出人头地，当然，也就无法像母亲所希望的那样顶天立地。

这幅在我看来已经满满当当的画，只有父亲清楚，它遗漏了哪些细节。

既然父亲说这幅画没有画完，我便一直等着看它完成的一天，但是直到我大学毕业，直到我们从团场搬进城市，直到父亲去世，这幅画依然没有画完，依然没有上色。有一年，我在放杂物的地下室里，又看到了这幅画，白纸依然夹在画板上，而笔迹因为长久地摩擦与蒙尘，有些地方已经模糊不清。再后来，父亲去世之后，我听说这幅画被妹妹收藏起来，也就不愿再提起它，仿佛不愿再提起一段悲伤。然而，只是到了近两年，我才恍然悟出，父亲所说的那些没画出的细节，或许早已被时间湮灭，父亲只是等待它们重新浮现。

天蒙蒙亮，送葬的队伍出发了，父亲的棺椁紧紧捆附在两根粗大的松木上，出发前，道师吆喝了两声，八名壮汉跟着喊出几声号子，接着力气一鼓，棺椁就抬上了肩。微暗的晨曦里，那几声号子喊得粗壮而刚烈，屋里屋外，临出发前的忙乱在号子响起的一刻一概结束，周遭霎时安静下来，气氛也随之严峻许多。我有些紧张，一时不能明白这突然降下的静寂意味着什么。仪式赋予生命的诸多环节以庄严与深刻，其间既有人对生命的理解，也有人对未知的猜度。父亲的骨灰盒用几只长铁钉固定在棺材中间。这让我好受许多，至少，他的骨灰不必随着路途的高低倾斜，会像人生的种种境遇一般颠簸震动。棺椁上肩，八位壮汉确定力量已经聚集，便大喝一声“好”。我听到这声叫喊，才放松下来，再看周围，气氛已在不知不觉中重又缓和了。

道师走在前面开路，三叔叔走在道师前面引路，他一个人，拿着一把镰刀，将田埂、山道旁挡路的枝条劈手削掉，身手和年轻时的父亲一样利落灵活。那些年里，春天一到，父亲便会带着我在水渠旁的林带里找柳条儿，他也只拿把镰刀，我们要走很远的路，才能找到中意的柳条儿，爸爸要用它来编筐子。家里的筐子已经很多了，但他还是要编。我知道，父亲是喜欢去林子里，找柳条儿只是一个借口。可是沙漠的林带并非湘西满坑满谷的草木，但父亲仍然要去。一到周末，父亲便会去有树有草有水的地方转悠。春天，他带我在沙漠旁的林带里找柳条儿、捡蘑菇，沙漠里草木珍贵，父亲也就是砍几根做做样子。之后，我们就沿着棉田走，我们在田埂上走啊走，一直往前走，走过棉田，我们再拐上一条排水渠，排水渠渠摆上长着细细的芦苇，芦苇叶子锋利，我的手臂和脚背上都给划了无数道小口子。但是我才不管，父亲走多快，我就跟多快。我跟着父亲呼呼快走，手里攥着几根柳条儿，既不问他去哪里，也不问他去做什么。这样走着真快乐。沙漠里能有什么呢？荒滩，芦苇，盐碱地，野兔，两个小时，也未必能遇上一片树荫。但是我可以跟着父亲走一个下午，甚至一整天地走，一张脸晒得焦黑。我不知道沙漠有什么在吸引我，但父亲以他的方式将我放进了自然。父亲攀在树上砍柳条儿的姿势和三叔叔一个样，利落灵活，一刀下去，又稳又狠。

除了砍掉挡路的树枝，三叔叔时刻留意着抬棺的八位壮汉。坟修在山后祖坟旁，一路要上两个山头，过一个平谷，而所谓的路，只是一条一人宽的泥巴山道。雨一直在下，粉末状的雨珠落在头发上，像盐，一阵儿就化成了水。棺椁抬得十分艰难，拐弯处，或者沟谷旁，时常会出现险情，三叔叔站在高处指挥，一改连日来的温和，板着脸，动辄便在前面厉色大喝几声。我夹在人群里，不时听到三叔叔的吼声。最后一个拐弯处，突然有了紧急。山道窄滑，外侧一位壮汉脚下打滑，手劲一松，棺椁猛地倾晃起来，另外七人霎时失去平稳，惊险中急吼吼喊作起来。三叔叔跟着吼起来，声音夹在混乱中，火烧火燎。那一刻我刚好拐出松林，抬头就见到了这紧急的一幕，黑沉沉的棺椁几乎是在一个山尖上大幅度地摇动了几下，嘈杂的嘶吼声中，几个人影腾地从跟在后面的队伍里冲上去，挤在一起托住了棺椁倾落下去的一角。

八位壮汉昨天挖好了父亲的坟穴，坟头对着祖坟，也对着前方一片密密层层的山坳，以及山坳后面，更远处的莽莽重山。一个晚上，坟穴里又积了雨水，铁红色的黏土泡在水里，鲜亮的色泽触目惊心。坟穴里不能有水，壮汉们又下去铲，浑厚的身躯热气腾腾。地理先生跟着跳下，端起罗盘寻找最佳的经纬。棺椁停在一旁，我这才看清，油漆上得很重，镜子般光亮，雨珠轻轻附上去，攀不住，一缕缕滑下来。

方才，眼见着棺椁险些掉下山坡，我不曾着急，这一刻却禁不住张皇起来。我哭丧着脸，暗暗打量周身，却发现眼睛看不过来，耳朵也听不过来，而我想看见更多，听见更多。然而，过去的四个日夜里，我难道看得不够多？听到的不够多？那些隐藏在我血液里的陌生事物，广泛、驳杂，可触的，或者可感的，一并在短暂的四天里涌入我的生命，许多事物我来不及分辨就接纳了，许多事物我一无所知就信任了。我还想看见与听见，是因为我记下的太少了吗？我知道，父亲用他的死亡扔给我的这种认亲方式，显然并非他有意为之，我猜，他甚至在离去之前，已经断定了未来：我将比他在世时更加疏远这片山水，以及这片山水里的亲人。这或许也是我曾经的想法，但此刻，事情已经悄悄发生了变化，而我丝毫没有强迫自己。我的眼睛和耳朵自己在看，自己在听，她们越出了我的身体。

棺椁一点点被放下，绳索正要抽出的一刻，雨突然大起来，先初的一瞬，谁也没意识到。但雨珠转瞬变得更大、更硬，噼里啪啦竟然变成了雹子。雹子砸向棺椁，乒乒乓乓弹起一人多高。大家都愣住了。这时，三叔叔一声大喝——“快封”，话音刚落，八个大汉已经甩起了膀子。又是一阵急吼吼的混乱，众人都吆喝起来，和着山林里响彻天空的雨声，将泥土落在棺椁上的咚咚声淹没了。我仍在惊愕中，未待完全镇定，雨已经小了，再看父亲的棺椁，已经变成坟冢。有人就在雨声几近消失的一刻说了一句：好雨啊，是催促爹爹入土为安哪。时间不过七八分钟的样子，直到壮汉们拿了铁铲转身离去，我仍觉方才诡异的一幕形如虚幻。

众人呼啦啦都散去了，我与几位亲眷留下来，将花圈、彩纸摆放在父亲的坟冢上，将坟冢附近胡乱丢弃的塑料纸袋一并收起，之后跪在坟头，静静地烧纸。

我似乎在父亲的坟前待得过长。父亲要埋回来，他认定这里是他的根。人人都在为自己寻找灵魂的家园，父亲回家了，那么，我在哪里呢?

回到小叔叔家里的时候，盛大的酒宴已经摆开。当然，隆重地送别了死亡之后，人们还要隆重地庆贺生。那一天，我似乎喝醉了，酒醒的时候，我已经坐上了返回宁夏的火车。火车上，我睡不着，我来来回回想，未来的日子里，我必然要仔细回想这次特别并迟来的认亲，从它最初的发生，到眼前这样一个局面。

第二辑

记忆的步履

大河奔流遗落的一朵浪花

一

一八九九年春天，正是丁香馥郁之际，瑞典探险家斯文·赫定第二次来到“荒凉得如同月亮上一样”的塔克拉玛干大沙漠。这年年底，他从叶尔羌河乘船，循浑灰宽阔的塔里木河而下，于十二月七日在塔里木河下游的英格可力镇上岸。此时塔里木盆地大寒已降，冰凌凝固了河面，所以，虽然斯文·赫定极希望到西南方的罗布泊去，但他必须等到翌年春水化冻，才能够继续这次著名的行程。驻扎在英格可力，是斯文·赫定早就计划好的，于是，一俟上岸，他便着手建设他的过冬基地。他的帮手可谓众多，有从喀什噶尔起程一路沿河岸护卫他的航船的哥萨克骑兵，有附近的首领和居民，有作为仆人和助手的维吾尔人和罗布人。所以，上岸不久，他们就用芦苇和干树枝，在岸边的沙土地搭建了一个由一间马房、两间芦舍、三四个帐篷组成的临时村庄，以此为进入罗布泊做中途修整和最后的线路勘探，以及物资筹备。

斯文·赫定的船队在英格可力一靠岸，当地首领就对他表示了欢迎，彼此致意之后，斯文·赫定便安下心来，在他的临时村庄里过起了一段悠闲快乐的尘世生活。而这个临时村庄，自搭建之日起就显现出一种强大的吸附魔力，不仅附近的土著居民争相前来，更远处的商人和旅行者在听到消息之后，也都络绎而来一瞧究竟。不出几日，当地人便给这个村庄起了一个名字——上帝所造的房屋（译义，罗布语）。斯文·赫定的名字因此迅速传开，以至于到了一九〇〇年二月，这个临时村庄已经成了远近闻名的集市。一时间，俄国商人、维吾尔族商人、哥萨克商人纷纷会聚于此，他们中有的从库车运来茶叶和粮食，有的从库尔勒运来毛毡、蜡烛、帆布等与旅行有关的商品，不仅如此，附近的铁匠、木匠、成衣匠也涌向这里，他们沿着村庄四周，依次排开他们的铺子。人们在这里喝茶、谈笑、做交易，欢笑声中夹杂着狗叫与马嘶，英格可力似乎从没有这么热闹过，生活也因此充满了希望。

在英格可力的这段日子，斯文·赫定的随从当中又加入了两位罗布人，正是在三位罗布人的帮助下，斯文·赫定完成了考察罗布泊的夙愿，并意外发现了埋于黄沙之下的“楼兰古国”，从而引来二十世纪初，西方诸国抢夺西域宝藏的一场掘宝竞赛。

但是英格可力的热闹仅仅持续了几个月。仿佛大河在奔流中弹起的一朵浪花，骤起急落，未等领略凌空的欢兴，便又重归浑灰的水流。一九〇〇年三月，斯文·赫定前脚离开此地，化冻的河水便一步冲上河岸，活像一头饿了一冬的猛兽，一口吞掉了河岸以及河岸上的一切。斯文·赫定后来听说此事，惋惜之情长萦于胸。因为，在他心中，这个被誉为“上帝所造房屋”的村庄，已经成为他在亚洲腹地探险诸多骄傲里的一个，而离开英格可力之前，他还自信地认为：这个村庄将在他离开后存在许多年。

斯文·赫定的这些记录，该是近代以来，塔里木地区最具传奇色彩、也最具世界意义的一段历史了。

二

现在就要说到我的出生地，它被称为“乌鲁克”，同样是塔里木河下游河岸上的一个小镇。它距离英格可力三十多公里，在清朝末年的《大清一统舆图》上，它被标明是英格可力镇的一个善后局。“乌鲁克”“英格可力”皆为维吾尔语，“乌鲁克”意为“大海子”，“英格可力”意为“新湖”。所谓“善后局”，百度词典上这样解释：指清后期在战事频仍的新疆地区所设立的一个特事特办的官署机构。

若是继续向前追寻，依据汉代西域三十六国的地图所标，这一带该属于古渠犁国，亦即现在的尉犁地区。而古渠犁国在公元四世纪之前，曾是西域“丝绸之路”的必经之地，它存留于世的营盘遗址素有“小楼兰”之称。但是，因为史籍缺乏乌鲁克或者英格可力与“丝绸之路”的相关记载，而“丝绸之路”四世纪之后很快又为使者商贾放弃，故而此地历史与人文的厚度更多则要依靠生息在此地的人们自身的记忆。

到了清朝末期，这里的居民还主要是那些从九世纪到十五世纪逐步在新疆形成的主体民族——维吾尔人。在这些维吾尔人中，有一部分人的身份更加特殊，他们就是与楼兰古国有着秘密联系的罗布人。更早时间，这些罗布人还隐居在塔里木河尾闾——米兰和若羌境内罗布泊附近的村落里，只是到了十九世纪末，因为罗布泊湖址迁移，塔里木河河水减缩、改道的原因，他们中的一部分人不得不溯塔里木河而上，来到塔里木河下游的英格可力、卡拉一带居住。

事实上，以上这段叙述无论从行文章法，还是它在我生命里的位置，都显得可有可无，不甚必要。因为，若从读者角度来看，凡是对这片地域有兴趣的人都可以通过其他阅读途径获得更为精细和丰富的知识；若以我的感受而言，它远非我所成长的那片沙漠，更不是那条翻滚着我年少身影的大河，而与这片地域相关的历史伟人与名人，他们也从未在我的少年时代进入过我的心灵，因此也从来没有教会过我什么。它与我记忆中——金黄色的沙丘、深蓝色的天空、炽烈的阳光、清凉的溪水以及野马般的欢乐——那个独一无二的乐园毫无关联。但是我还是决定把它放在这里，仿佛企图将自己的生命与这片地域的历史联结在一起；但也许，我这样做的真正动机，是因为我已经感到自己正从这段历史的河床上渐渐走失。

三

二十世纪五十年代，荒寂多年的塔里木河下游两岸忽然冒出许多人影，他们神情坚毅行影匆匆，说着有别于当地维吾尔人、罗布人的内地话，坐着解放牌卡车，带着测量水纹、研究土壤、记录植被等专业勘探工具，以一种令人钦佩和惊讶的速度，将塔里木河下游两岸的荒地、草滩、河流、湖泊、林木等生态资源数据尽数采集入案。这些人便是开垦塔里木的第一批军垦战士。很快，紧随在他们身后进疆的，是数万复员官兵和来自全国各地的内地知青。

“塔里木”是维吾尔语田地、种田的意思，但是当地人只习惯于称塔里木河下游尉犁县以南地区为“塔里木”，也就是包括我的出生地乌鲁克、英格可力、卡拉、铁干里克等地在内的塔河下游两岸的军垦团场所在地。

促使塔里木和这批进疆的复员官兵、内地知青，以及他们的后代进入一段新历史的原因，多少与解放新疆的王震将军的一席话有关：“塔里木有两个英国之大，有三个陕西之阔，比当年垦荒的南泥湾要大几百倍……”省略号代表了王震将军的未尽之言和未尽之意。显然，这未尽之意便是“开发塔里木”对于新中国建设的重要性。因为深尝解放新疆的艰辛与荣耀，王震将军比任何人更深谋远虑地体会到了这片广袤土地之下有别于它外在蛮荒的内在富饶和远景。

王震将军这番话是在一九四九年进入新疆之前说的，两年之后，他便在一九五一年五月十五日这一天的一个大渠首期工程竣工仪式上，以昂霄耸壑的气魄，大声发出“向塔里木进军，要大戈壁给我们献棉粮”的时代召唤。那一天，四十三岁的他难忍内心的激动，矫健地从渠帮跳入大渠，完成了剪彩放水仪式。

一九五六年，“向塔里木进军”的召唤落实在行动上，就变为在塔里木地区组建若干个农场，主要任务便是开荒种地，扩大耕地面积。为此，从一九五六年到一九六二年，原以土著居民为主、人迹稀落的塔里木地区兴建起了七个农场，调集了数万复员军人和内地知青。而这七个农场的意义，除了“向大戈壁要棉粮”，还有以下远虑：“尉犁县面积将近六万平方公里，却只有万把人……沿线只有群克、卡拉、铁干里、英苏有星星点点的人家，如果不开发，一旦发生战争，敌人搞空降，这千里戈壁就成了他们横行无忌的真空地带，现在我们开了农场，修了水库，已经站住了脚，形势会变好的……”

四

我便出生在这七个农场其中的一个——农二师三十二团，属地位于乌鲁克镇，而我以及我的伙伴们便是在“进军塔里木”所肩负的生产意义和战略意义下出生的“第二代塔里木人”。

人类改造自然的力量可敬又可怕。

关于那段艰苦岁月的记忆，多是从大人嘴里断断续续听来的一些片段：

> “来了‘例假’也赶着去挖渠，生怕落下，一天干十六个小时的活儿，白天挖渠，力气小挖不动就抬土，土也抬不动怎么办？就在红柳抬筐的一头装个木轮子，推着来回跑。晚饭后接着干，剥野麻搓绳子……搓绳子干什么用？修大坝要用梢捆，抬土要用筐子，都是两只手编出来的……沙土里有毒蝎子，女人给吓得大叫，却有人不怕，用木棒夹起来，往嘴里一扔，吧吧吧地就嚼起来……还有成群的草鳖子，闻见人味就连滚带爬地跑来了，钻进肉里，拿钳子都拔不出来，它们喝饱了人血，瘪瘪的肚子就鼓成一个个圆滚滚的小血泡，被咬了的地方又痒又疼，那玩意儿厉害着呢！鸡一只只地都给吸干了血死掉了。”

我并未亲眼见过这种不可抵挡的时代步伐，到我记事的时候，我的团场已经初具规模：水渠、农田、林带、居住区、菜园、果园、公路、医院、学校、商店、食堂、机关、工厂、民房，一个现代人类聚居区该有的内在结构已经完整成形，并在继续完善。而爸爸妈妈又在团部机关工作，所以我既没有挨过饿，甚至没吃过几顿玉米面馒头，更没有真正地下地劳动过，当然也就不曾真正品尝生活的艰辛、掂量过它的轻重。而越到后来，爸爸妈妈也越少谈及那段岁月，倘若提起，也是三言两语便猝然止住，既不细致也不完整，仿佛回忆会把那段艰难的岁月拖拽回来。

记忆的远去是否意味着一段生命的湮灭？大人们不喜欢谈论过去的原因，或许是因为信念已经改变。那个将他们聚集在一起的时代召唤，已经随着激情的消退、运动的损耗、头脑的冷静，以及生活的困乏和简陋，变得疑虑重重。

五

这时候已经是二十世纪八十年代初，集体的意志已经渐渐失去了往日的魔力与威慑力，这其间的原因，或许来自时代与人对荒谬的认知与纠正，它使自我意识在人们的身体内部开始觉醒。

首先是那些来自大城市的内地知青开始意识到修复自己蒙尘的命运，接着是所有想改变命运的塔里木人。如同顺应另一股生命的激潮，他们像当年兴冲冲地来到这里一样，开始在焦灼中寻求离开塔里木的途径。这样一来一去，既是两个时代的更易，也是两种价值观的迭嬗。他们不再有与这方天地共存亡的热情，他们开始计较自己的得失，追究付出的代价是否过于惨重。许多人谈够了信念，眼下就只想要些实实在在的东西：楼房、自来水、抽水马桶、柏油马路、好医院、好学校、百货商店、书店、有暖气的电影院、冰淇淋……

那是二十世纪八十年代初的一个冬日，一个晴朗的星期天，我坐在院子里看小人书，天空又高又蓝，黄澄澄的阳光伸出修长的手指，轻轻抚摸我的头顶，不一会儿，阳光干爽的香气就从我的头顶流下来，流到了我的手上、棉裤上。妈妈在一旁洗衣服，泡在肥皂水里的双手红润光滑。这时，外面传来阵阵呼喊。妈妈瞥我一眼，淡淡地说，是上海学生。我听着新鲜，便出门张望，碰上正要去看热闹的伙伴，往团部走。我从没见过如此壮观的场面，仿佛一条黑色长龙，七绕八拐，从公路、操场、巷道一直涌向团部大院。我不知道有多少人，只看见挤挤挨挨的人头与背影。全团的外地知青大概都来了，十二连，九连，四连……都是上海、江浙或者京津塘一带的知青，他们说着话、喊着口号，既有气无力，又固执顽强。

游行后来变成绕着团领导家属院行走。院区的巷道窄细短促，队伍就越拉越长，仿佛一条扭扭曲曲的麻绳。队伍里我认识许多人，他们脸上、背上都贴着纸条，手里举着标语，嘴里同时喊着什么。有一个我熟悉的叔叔，夫妻都是上海人，他的女人叫“茶茶”。妈妈一直这样叫她，并和她十分要好，我便喊她茶茶阿姨，她皮肤白嫩，性格温顺，是知青里最漂亮的一个。茶茶阿姨的男人像是很威风，他坐在一辆手扶拖拉机的后车厢上振臂呼喊。喊什么我已忘记，只记得当时我对身旁伙伴说我认识他，就好像与他搭上什么关系我也威风了起来。我对他指指画画的时候，他看见了我，便低下头冲我笑笑。可是随后他就无所事事起来，因为几百人的游行队伍当时都在等待团领导给他们的回复，而团长紧闭房门久久不肯露面。叔叔的脸瘦瘦黑黑，低头对我一笑的表情至今还历历在目。懂事之后，偶尔想起这一幕，我认为这个笑里还有羞涩，他的女人或许就是因为这样的笑才嫁给了他。

茶茶阿姨最终通过假离婚的办法一个人先回到上海。因为一家只有一个回沪名额。所以通过假离婚获得单身身份，就能优先拿到回城名额，这在当时知青里十分流行。后来我知道茶茶阿姨回到上海不久就跟了别人。妈妈当时做群众工作，我在她办公室见到茶茶阿姨的丈夫。这段弄假成真的婚姻让他好生懊悔，当时他把指标让给妻子，而他不仅至今没有等到指标，女人也没有了，真正是鸡飞蛋打。但最终他横下一条心，决定扔掉一切还是要回上海。我记得走前他来告别，坐在我家方桌一侧，几句话出来声音就哽咽了。之后他一直沉默，一只胳膊撑在桌上，低着头玩弄手指。坐在一旁的妈妈也不知说什么，只是长吁短叹，担心他回上海后没办法解决户粮关系。

六

希望仍要延续，如同生命生生不息。那些回城和落实政策的人走了以后，剩下的人就把希望搭建在下一代——我和我的同代人——的身上。然而，年少的成长更多在于寻尝快乐，放驰体内单纯的力量与热量。对于父母心中的焦灼与期盼，我则几乎是不管不顾。所以，在相当长的一段时间里，我全部的热情只在于向沙漠索取欢乐，而沙漠，也慷慨如一位仁慈的神祇，但凡它有的，能被我感知的，都赋予了我。

沙漠距离我如此之近，它绵延的身躯就在不足一公里的防护林外，好像我的皮肤，伸手就能触摸。无风无雪的假日，沙漠是我们最亲近的游乐场，我和伙伴们冲进它柔软洁净的怀抱，粗鲁得像群野人；淡金色的沙包此起彼伏，摇篮般摇荡着我们的欢乐。蓝天高远，沙丘连绵，寂静宛如一位坐在我们身边的慈爱老者，纵容着我们的嘶喊和奔跑；沙漠里也有波纹与海浪，它们是静止的，只有清晨金黄色的阳光才能呈现它们全部的美。蓝天下，那些波浪的纹路又清晰又柔弱，光线斜洒过来，就连最微小的皱褶也产生了阴影。在一些饱满的沙丘上，波浪沿着沙坡的倾斜度，婀娜地伸展而去，在下一座沙丘的谷底与另一些波浪交汇。远远望去，沙漠里仿佛飘动着一根根柔软的暗金色丝带；夜晚像一个魔术师，每天清晨呈给我们一个不同于昨日的沙漠。这时候走进沙漠的我们会十分安静，因为我们所看到的、呼吸到的、感受到的是一个崭新的世界。这个新世界的完美表现在简单纯净的颜色上，表现在清冽纯一的嗅觉上，以及细腻新鲜的触觉上。它好像处子一般光洁，而我们的顽劣显然被自然界的完美镇住了。我记得我小心地呼吸，每吸一口都仿佛喝了一大杯冰镇糖水，而每一次，我都把湛蓝的天空看作一对清澈的大眼睛，想象它宁静地注视着我。接着，我轻轻伏在一根波浪身边，先是用手去触摸它微硬的浪峰。必须极其小心地触摸，浪峰才不至于被破坏，哪怕滑落一粒沙子，波浪就失去了原先的完美。接着我开始寻找那些最微小的皱褶，依次区别它们每一段阴影的长短。这样，我就能找到风，就能感受到在晨曦到来之前，风从哪一个方向吹来，以及风的大小，要知道，大风是不能让波浪产生那些细小的皱褶的；这样的安静持续不了很久，因为我们跑进沙漠就是为了胡闹。我们开始嘶喊和奔跑，从沙包的尖顶滚下来，落在两座沙包之间阴凉的谷底。在那儿，我们排兵布阵，学着古人的模样用红柳枝打仗。如果累了，我们就把手伸进沙子，不停地掏挖，直到挖出湿润又温暖的细沙。沙漠的生命之水就在这里藏着。这时候我们会小心翼翼，重又变得安静与和睦，仿佛突然撞见一个奇迹。

七

一九八九年，像所有依靠读书上学改变命运的孩子一样，我实现了爸爸妈妈的心愿，离开了塔里木，离开了沙漠。随后几年，父母亲也在接近退休的年龄，离开了团场。

绝大多数家园只有在破碎之后，才能逐渐显现它的价值，才能抽丝般地透露出它与它的子民之间形如天机的生命密码。而沙漠之于我的生命密码，是在将近过去二十年后，才渐渐向我发出了信号。

我意识到我该回去看看沙漠。二〇〇六年，那时我已经是一个孩子的母亲，在离开沙漠十七年之后，我说服再三劝阻我的母亲，重返位于乌鲁克镇的农二师三十二团。

即便以自身的成长为经验，我早知“塔里木”和“团场”生态环境的严酷、地理上的荒僻，但在重返团场这一日之前，我从没意识到我曾经的家园如此破败与荒凉。下了班车，我站在大桥上，遥望自脚下向前延伸的团场。只用了几分钟，大桥略微高出的海拔便使家园所意味的一切温馨与欢乐在悄然中坍塌：我的家园，它像犬牙交错的大陆边境上的一个拐角，风把世上的尘土与萧瑟都吹向了这里。

我先去了团部。团部机关还在老地方，一个四合院式的老建筑，“山”字形门脸是仿苏样式，半浮着四根罗马柱。大门旁停着两辆摩托车；门前的宣传栏里贴着一些照片；大门两侧挂着白底黑字的牌匾，我仔细读完牌匾上的字迹——新疆生产建设兵团农二师三十二团、三十二团委员会，莫名地喘了口长气。

接下来，我往从前的老屋走去。一路上需要紧压脚步才能避免尘土飞扬，但是一辆恰好驶过的手扶拖拉机掀起的灰尘落下之后，我还是成了一个灰蒙蒙的土人。很快，我看见了母亲从前工作的地方，公检法办公大楼，那也是一座仿苏建筑。我还记得那些迂回曲折的走廊，它们的空荡笔直总让走在其间的我感到一种不可逾越的威严。这一次我从后面走近它。踏上一条白花花的碱土小路，我蹑手蹑脚，停在了它的一间后窗前。一股异常的气味扑面而来，我探头望去，不料，一头老黄牛正好抬起头，它湿润的大眼漠然凝视着我，嘴角滴答着黏长的口水。公检法办公大楼变成了牛圈。

我站在了从前的家院门前。院子的基本样貌还在，三间砖土构造的平房，一个由枸杞树围拢而成的院子。我踮了踮脚，这就看见墙皮大块脱落的外墙。裸露的深灰色墙泥，好似一块块丑陋的伤疤。爸爸亲手搭建的葡萄架已经没了，葡萄架下的水泥桌凳没了，鸡窝没了，菜畦没了，只有一个凌乱肮脏的院子。院子一角，扔着一个废旧的手扶拖拉机头。枸杞篱笆从前密不透风，那一刻我透过稀松倒斜的枝条，一眼望见院子里默立着一个男人。他身穿蓝色上装，双臂抱胸，沉着脸，狠狠地盯着我。我为男人的神情感到吃惊，却突然有所醒悟，似乎重新认识了自己：我已经从这个院子的主人变成了一个外人，已经从沙漠的孩子，变成了一个可疑的闯入者。

我又去了沙漠，那个一度慷慨予我以欢乐的少年乐园。

一大片油黑的污泥倾倒在沙漠从前的入口处，散发着恶臭。一小时前从我身边开过的手扶拖拉机停在一旁，一根橡皮管子拖在地上，管口对准泥坑，还在淌着黑乎乎的东西。司机侧身站着，正对着泥坑撒尿。四际荒草凌乱，防护林几无踪迹，那条我曾经追寻过鱼群的排水渠也被沙漠填平。四周只有一些低矮的沙枣树，大多也被沙子埋去一半。起风了，淡灰色的蓝天变成了鼠灰色，我还是往沙漠深处走了一段，希望能够找见从前那样高大光洁的金色沙丘。然而仿佛被一只巨足狠狠地践踏过，那些夹杂着枯枝朽干的沙包每一个都显得低矮又破碎……风大起来，我往回走，在一丛红柳树下坐下来。鼠灰色的天空一点点暗下来，仿佛提醒我重新审视自己的记忆。

八

二〇一〇年冬天，我收到一个令人意外的消息：考虑到水资源的合理利用，撤销农二师三十二团，原团部建制归入三十三团。

听到这个消息之后，我与家人决定一起再回团场看看。

路上，妹妹驾车，我坐着出神。去往团场的路况很好，黑油油的柏油路笔直平坦。途中路过英格可力，望着它人影攒动的农贸市场，我的心中一度有了感伤。不知道没有农二师三十二团的乌鲁克镇将来会变成什么样？相比而言，眼前的英格可力却是幸运得多。虽然同有失水的窘迫，但居住在这里的人们，还能继续在这里生活和爱，还能继续在成长、改变与丧失中感受到生的欣荣。这样想着，我似乎听见了一百多年前斯文·赫定在此扎寨安营时，荒寂的河滩上飘起的欢愉声。而另一段历史记载也在同一时刻显现了一种存在的荒诞："一九五六年，勘探队来此地（乌鲁克）勘察荒地，于残墙折缝中发现农牧民，在完粮纳税的存条上注有地名'乌鲁克'……"时光仅仅过去了一个甲子，历史似乎已经有了重演的冲动，还要多久，乌鲁克便又要仅剩残墙折缝了呢？

我又回到了老屋，看了看老院子。这一次，院子彻底空了，窗户破损，门扉紧锁。我走近一看，铁锁锈迹沉沉，像是很久没有打开过。我站在淹至脚踝的虚土中推了推门，一群麻雀呼啦啦从院内的一棵梨树上惊叫着扎进天空。再看四周，数排房屋家家如此，门户凋敝，人影全无，院落里扔着乱八七糟的旧物与垃圾，屋宇、梨树、巷道、芦苇、小渠、天空……触目皆是颓荒的土黄色。草草看完一圈，心中惊惶不安，转身回头的路上，我不自禁地就压低了呼吸，逃路一般急急地回到了车上。

我们都没有心情再去别的地方，似乎这次回来只是为了确证这个事实：老屋彻底没人了。

这之后，我倒没了初来时的那丝感伤。因为从一开始，我便不愿使这次"回来"仅仅变成一种寻根的情结，或者对故园失色的惋叹。故土不再的情感从古代流散到今天，倾诉者已经说不出什么新花样，既无法丰富听者的心灵，也不能稍稍拖住时间的脚步，甚至无济于现实意义上人对自身行为的反思。那么，我这样一次又一次地回来，这样一次又一次重温并质疑自己的记忆，到底是因为什么呢？

回程途中，路过尉犁县的"罗布人村寨"。同行好友告诉我：罗布人在塔里木河下游和尾闾都有居住，而这里的罗布人，是专门迁来以应县城的旅游观光之需。这也不是什么重大的消息。在南方，这样的村寨早已盛行。

曾经一度，我为此而感到不适。这种将罗布人粗暴地推进（或者说，他们中有一部分人是自愿的）现代文明的方式最初为我无法接受。但是现在，我已经理解了这些无法再以打鱼为生的罗布人的境遇，就像理解我的家园，当生存面临危机，必须另择他路。但常常是，我们得到的，远远抵不过我们所丧失的。我当然知道，人必须接纳自身在时间里的每一种处境，必须竭力又不气馁地使自己活得更好、更真实。

被遗弃、被毁坏的家园不在少数，人也免不了为一度遗失的家园长吁短叹。在于我，这个正日渐隐灭的家园倒是一次次击撞着我的心灵，使我渐渐蒙获了另一种幸运。

我开始追究我一次次回来的原因，开始一遍遍回想那些长徊于心间的往事。它们有的就要沉入时间的深渊，有的却栩栩如生，仿如最初的发生，散发着阳光的气味、蓝天的光泽。我像挽救一件落入井中的爱物，日思夜想，要使那些就要湮灭的往昔恢复它们生动的棱角。我向亲人打问，查阅史书，与同学确认，再一一记录，甚至夸大其词把它们变成虚构的故事；而另一些刻骨铭心的细节与场景，我只需要闭上眼睛，就能坐上时间的大鸟，与它们一起重归于往日。

也许我盲目得过了头？不是的。我毫不怀疑已经发生的一切，我清清楚楚地看到：家园与时间已经双双而逝。但是，一缕愈渐明朗的光束一次次地从这些“回去”与“重温”中显现出来，它将我引向这些年一直伴随着我的——我对自我、生命以及世界的凝视与眺望。

离开沙漠，我再没有如此不顾一切地生活过，再没有着了魔似的在自然里奔跑和欢呼过；我曾把身体义无反顾地交给沙漠。为了倾听和触摸它，我把我全部的感官都打开到了极限，因此我听到了不可能再听到的天籁，看见了不可能再见到的纯净的颜色；我曾经多么无畏，沙漠便曾经多么慷慨，它回赠予我的，便是使我学会了用自己的手去区分粗糙与细腻、酷热与冰凉，用鼻腔去辨别干燥与湿润、清晨与夜晚，用眼睛去认知纯净与遥远、明亮与漆黑。沙漠教会我用自己的身体来认知自己的生命；而当我背弃它，它也远离我。沙漠和世界一样，都是镜子，都是我；沙漠使我认出生命里的宝藏与泉水，它使我相信，只有全神贯注爱过和拼命挣扎过的人，才独一无二和真正地存在过。

于是，沙漠里那些被我感知到的——蓝天、阳光、河水、植物，以及那些操着南腔北调的面孔，一切印刻我心的人与事，都随着时间的流逝，一日日成为世界渐趋向我显现的真意。而我，也一次次地以我的角度，一遍遍轻抚记忆，一遍遍回想它们的气息与色彩，再以我的口吻，竭力恢复那些人的表情和话语。而这一切，无非是为了表达我对生命的敬意。

1989 年的火车

一

出发的那个上午，母亲给我打来电话，她说就去车站，火车十一点发车，她带着大包小包，包里是给我带的干果，好几公斤重。我埋怨她几句，顺带唠叨些路上的事，上厕所或住宿什么的。她在第一趟火车上要坐三十六个小时，第二趟火车要九个小时。

母亲来看望我。我在宁夏，母亲在新疆。我户口上的籍贯，新疆尉犁。

一九八九年，我十八岁，那时火车对我有了意味，它意味着一条铁轨所连接的两个地名——宁夏和新疆。之后的十几年里，坐上火车，出疆，再坐上火车，进疆，十几年年年如此，简单甚至乏味。而一路的站名，哈密、七颗星、鄯善、吐鲁番、巴伦台、和静、焉耆……便使我太容易就念叨出它们。它们于我，是一次次的接近，也是一次次的远离。但大多时候，我只是在站台上看看它们，在清晨，在风中，在雪天，从外部看它们一眼，就匆匆走了。这样匆匆许多次，有时连它们的外貌也混淆了，杨树、山包、戈壁、村庄、天空，以及列车员浓重的口音，糅杂在一起，让我无法清晰地把它们分开。现在有时会突然想起它们，觉得它们像是隧道里的灯，亮在那里，候在那里，看着我来来往往，从十八岁的单薄，到中年的匆促，面对一张日渐晦暗的脸，一双常常无聊的眼，和我一样缄默无言。但它们现在也许会高兴一些，因为我身边多了一个洁净的孩子，并已经带着这个孩子来来往往。我想说的是，我这样带着孩子来来往往既是为了延续我的记忆，补偿我记忆的缺失，也是因为孩子瞧什么都是好的，我的愿望便是这孩子眼里的美好，让那缺失的记忆更加充盈起来，以便在未来，有更多回忆着的幸福。

记忆里，哈密总在中午经过，无论冬夏，站台周围都是一些稀疏的植物，以及炽白的日头。但夏天的哈密站站台上会堆着大堆大堆的哈密瓜，三五个一袋装好。瓜是那种常见的青黄皮，椭圆形，有大有小，不少出疆的乘客要买，当中有很多着急的，怕买不上，伸着手里的钱，叫叫嚷嚷，用的是新疆人的大嗓门。这样的时候，我愿意在一旁瞧热闹，火车停靠的几分钟内，一堆瓜果制造了一场令人欣快的混乱。其实最终哪个都能心满意足，兴高采烈地提着哈密瓜回到火车上。

到达吐鲁番的时间却总在夜里，有时醒来已经错过，所以总感觉吐鲁番极安静，是夜里在橘黄的灯下候着的样子，有着急的乘客在站台上跑过，噼噼啪啪的脚步声传到耳朵里，还有站台喇叭的维吾尔语播音，在夜晚清凉的空气里传开，仿佛从寂黑的深处漫过来。而车窗下偶尔会有人用维吾尔语突然喊话，这样一上一下，一远一近，仅仅是听着，就知道自己回到了家。一个异于内地的地方，首先用语言隔开了内地，用语言制造出一种氛围，强烈而新鲜，让陌生的人、熟悉的人，远离的人、亲近的人，本地人、外地人，不曾离开的人、离开十年的人，都只感到了强烈与新鲜，而在这样一个氛围的感染里，你所有的情怀也会在它的浸润下变得强烈而新鲜起来。

但最近一次路过吐鲁番是在中午，七月的吐鲁番，我要倒乘去库尔勒的火车，一下车就被空气烤红了脸。出站口一位穿制服的维吾尔族女列车员拿着喇叭在喊，去库尔勒的马上有票，声音亮烈，我便凑上前去，接着被她领到一间小候车室，随即交钱，随即从看不见人的柜台下面伸出一只手，递来一张白条，上写“库尔勒一卧”。我知道这不是正规购票途径，但也不怕被骗，进了疆，胆子平白大了起来。但几分钟后，我就与人发生了争执。一位汉族小伙把我领去一家四川餐馆，并告诉我必须在这里吃饭。我一听气愤起来，便与他大声争执，他用新疆普通话对我说，不吃不给票，我说车站派出所就管你这样的人，我去告你。他大声说话，我也大声回他，他看我认真的样子，突然笑了，我也笑，我们就和好了。随后他带我去拿车票，递给我车票的时候，笑着说，拿好了，没骗你吧。那天中午，我是二十几个在四川餐馆被强制进餐的旅客第一个拿到车票的人。

喜欢在夜里回到库尔勒。夜里远远望着它的灯火，一年比一年密集，但仍然是聚集在一个圆盆之内，齐整地与四周分开。我知道那些黑魆魆的四周是什么，它们是沙漠和戈壁。每一次，我都会认真地凝望那片灯火，灯光闪闪烁烁，像是从来不曾间断的一个个回想，簇拥在一起，提醒我所有的存在，所有的过去。

夜里，我悄悄地回来，这个城市不曾看见我的归来，我因此分外沉静，像一个探望者，因为一些感伤的情怀，不想惊动所怀想的人，只在暗处凝视、担忧。而我不愿感伤，或者不说感伤，甚至显得没情没义，没有冲动没有兴奋。我无法解释这种淡漠，或许是想表明自己从未离开过，亲人们清平地在一起，如同从邮局寄封信回来，或者遇上了一个美丽的黄昏，在孔雀河边多耽搁了些时间，也就是隔了那么一小段简单日常的时光，所以是用不着夸饰情绪的。

不知这样的解释能否说得通，但在夜里回来的确是令我舒适的。城市已经暗了，到处是不被打扰的凝望之处，不用面对，走在它无所知的身旁，看它夜幕下树木摇动的影子，河流黑亮的光泽，以及夜市喧腾的烟雾，宛若翻开旧时日历，册页间的微黄藏着意想不到的发现。

与白日里的感知相比，夜里我像个窥探者的打量，视线与内心的速度都是缓慢的，唯因这个缓慢，心绪的舒张可以绵密与悠长起来。街道、出租车、语言、路灯、房屋、果树以及一对手挽手的维吾尔族情侣，这个在晚间逐渐安静下来的南疆城市，我不需要参与，便嗅到了它空气里的熟稔与变化，真实与鲜活，如此清晰。

二

一九八九年第一次坐火车，那是因为我考上大学。那是初秋里的一天，我和父亲一大早从团场出发，在石子铺就的公路上，颠簸了八个小时，中午一点到达库尔勒市火车站。十几年过去了，库尔勒火车站仍然还是老样子，周围的建筑和公路或翻新或重建，只有火车站像个倔老头儿，站在高处不肯挪动身子，死死守着家门。

母亲说带了吃食，我不问也知道是什么，不外乎葡萄干、杏干和巴达木之类，葡萄干去年带回的还有剩余，杏干和巴达木母亲一定是从库尔勒博斯坦市场买来的。母亲在这个维吾尔族市场还买大白菜与胡萝卜。每次回疆探亲，我也总去看看，先要吃烤肉，父亲吃惯了市场里一家维吾尔人的口味，喜欢带我去那里。这让我想起坐在烤肉摊边的维吾尔族姑娘，她们个个穿着艳丽，画着连心眉，戴着金饰，一边眼巴巴地瞪着炉上冒着白烟的烤肉，一边与皱着眉正烤着肉串的维族小伙高兴地说话，那是亮丽的西域风情。后来有几次母亲与我再去，是因我的央求，那里有染头发的海纳花，我要多买些带回宁夏送朋友或者自己用，偶尔会发现一些民族工艺品，前年找到一个手工编织的肩袋，去年买到一块铁锈色的方巾，维吾尔族妇女多戴在头上，我回来做了桌布。与母亲去博斯坦市场是件令人兴奋的事情，听着她用维吾尔语与人讨价还价，虽然听不懂几句，但心里爽快极了，维吾尔人做生意不肯妥协让步，这是因为他们不漫天要价的缘故，话说得不对，一块钱也能让他肚子胀起来，但是用民族语言与他们交流，往往能够赢来一块两块的小便宜，以及态度上的亲和。

阑干路上的博斯坦市场嘈杂热闹，农资、日杂、服装、布匹、肉铺、餐厅、菜摊混杂排列，物品简单却也齐全，四周交通时常堵塞，这几年虽然路修宽了，但仍有拥挤之感，还是因为人越来越多，维吾尔人多，汉人也多。这里不分季节，集市一开，烤肉炉燃起的白烟就飘荡在整条街的上空，还有无处不在的孜然味。逆光中，市场笼罩在乳白色的空气里，里面人影绰绰，有人穿着厚重的蓝色或者黑色袷袢走进去，有人戴着彩色的纱丽头巾从里面走出来，传到耳边的也许是我听得懂的普通话，但更多还是急速上扬的维吾尔语。自行车、拖拉机、出租车、货车，还有叮叮当当的马蹄声。这种被叫作“马的”的四轮马车，车后铺着红色毡毯，顶上搭着黄色凉棚，穿梭在集市里，赶车人的吆喝声冷不丁就传了过来。市场大门外，就是卖果干的货摊，葡萄干分成几种货色，价格不一，最好的一种青青绿绿，如果嫌贵，胖胖的维吾尔族老板娘会抓一把放在你的眼前，告诉你这是一个一个挑拣出来的，语气坚决自信，不容你与她争辩。但小姑娘做起生意就不同多了，市场门口我曾遇见一个卖煮黄豆的维吾尔族小姑娘，也许她从乡下来，皮肤发黄，眼睛深黑，里面是生疏与羞怯。一件粉色的连衣裙，颜色也旧了。她与一个卖煮红薯的维吾尔族老太太蹲在一起，黄豆放在直筒塑料袋里，我远远就瞧见了她，走过来蹲在她的塑料袋前，黄豆五毛钱一小杯，我要了五块钱的，每盛一杯她都怕盛得不够满，用另一只手里的塑料小勺不停地添，直添得黄豆往外滚。接过钱的时候，她把钱放在膝盖上撑开，用手撸得平平展展，再小心折起来，塞入长筒袜内。我见她做完这些，对她笑笑便起身，她也笑了，只是笑容怯怯的。

去博斯坦有时并不为要买什么，仅仅是希望徜徉在那样一种氛围里，浓郁的，久久不能散去的氛围，如果说是异国的情调也未尝不可。人总是对异样的事物有着神往，新疆总是新鲜的，但如果说与我是异样的，就连自己也要责怪自己了。是的，并非异样，只是为了重回，为了温习，想记牢它，牢固到可以带走它的任何细节。

曾经站在集市的嘈杂处看一个维吾尔族小巴郎做买卖的表情，有九岁的样子，或者更小些，黑皮肤，瘦削而结实的双腿，眉目浓黑，大眼，光着脚，脏乎乎的手比画着，在认真地与客人讨价还价。他卖野兔，说得费劲时，就皱起眉头。他汉语说得不好，神情里有些急切，认真得令人替他着急。问的人很多，但最后都摇头走了，他仍然执着得很，有时跟在客人后面再走几步，喊着回来的话，直到希望完全没有。他还有伙伴，一个大一些的十几岁的男孩，从另一个方向走来，也和他一样端着一盆剥好皮的野兔，两个人碰见后，就相互说了起来，不知是怎样的趣事，脸上很快就笑开了，那时，生意好像不打紧了，太阳只照着他们少年人的快乐。

这样能干的小巴郎还有很多，集市里的“马的”，不少都是他同样年纪的维吾尔族小巴郎做车把式，左手拉着马缰绳，右手甩着长鞭，口里吆喝着，间或吹起一声口哨，总是微蹙着眉头。而真正的车把式，胡须也白了的爷爷，或者脸庞黑黑的父亲就坐在车后，一脸的笃信与端然，集市里就是再拥挤，他们竟也能赶着马车来回穿梭。

去了几次博斯坦，倒是没见到卖英吉沙刀的，我知道那要到另一个更大些的集市萨依巴格才能买到，大学时给同学朋友带了许多刀及工艺品，都是从那儿买的，但博斯坦为什么没有，依我的猜想是因为博坦斯大多都是当地郊区农民，所售均是自产或者当地物产，不似萨依巴格的维吾尔族生意人，生意做得远做得大。但博斯坦里少数民族化妆品却不少，问他们从哪里进货，也说是巴基斯坦，或者哈萨克斯坦，化妆品多是眼影粉、染发剂、香水、头油或者奥斯曼眉笔、睫毛膏。其中染头发的海纳粉是新疆自己的物产，回去用温了的砖茶水调均，放些鸡蛋清，这样染出的头发上色快，而且色泽光亮。工艺品里多是一些茶具或炊具，银碗银盆，铜壶铜碟，印着花纹，造型的弧线都是纯粹的民族风格。

其实现在物资通畅，母亲带的那些东西，银川都能买到，价格也相差无几，但母亲总是要大包小包地带，我虽然嘴里怨她带这些太过劳累，实际也和母亲一样，想要见到这些相熟的东西，吃不吃用不用都是次要，放在那里，看见它，似乎就是确定了一个身份，一个念想。总说精神永恒，但许多时候正是物质带给人更多的安心与坚持。我其实每次出疆也要带些干果和工艺品，一部分送人，另一部分自己留下，回来摆放在可以看到的地方，知道它们来自何处，知道自己又回去了。

三

一九八九年我从火车站外看着轰然来去的火车，心里微微颤动，不知是因为火车巨大的声响，还是因为就要离开团场而兴奋。

一九八九年的时候，我的家不在库尔勒市，在离库尔勒市一百六十多公里外的团场，它是沙漠与戈壁的更深处，后来到了学校，家信上我写的地址是，新疆生产建设兵团农二师三十二团。新疆有这样的团场几百个，从农一师到农十三师，我生在团场，长在团场，十八岁离开了她。

那时团场的构造十分简单，团部（团场政府）周围分布着学校、医院、家属区、操场、商业区，一些特殊的单位因为不属于团场管辖，比如公检法，便被安置在离团部较远的位置，但比起下面的连队几乎要算是与团部在一起了。团部意味着一个团场的政治文化和经济中心，附近有电影院、大礼堂。电影院是封闭式的露天影院，里面砌着一排排水泥凳，是团场当年的一个宏大建筑，我记得建起之时，全团人都为之心血涌动，最初的几场电影场场爆满。大礼堂是团部召开重大会议，或是节日文艺演出的地点。这两个地方因为总能聚集起更多的人而成为团场人公认的活动中心。再就是商业区，但只在周末，那里才热闹起来，先开始商业区就只是一排平房，有两个商店，一个是百货店，一个是副食店，此外还有一个自行车修理铺，一个冰棍房，一个缝纫店，一个理发店，在里面工作的都是拿工资的团场职工。但能在团部附近工作的人仍然是少数，更多的人在下面的连队劳动，种棉花，种水稻，修渠挖坝，虽然也拿着工资，但做的事情都是地里的农活了。而团场缺水，土的碱性大，庄稼植物的成活率就打了折扣，所以仅仅是有水的地方能见到绿色，水流不到的地方就都是沙漠、碱滩与戈壁了。好一些的公路上铺着石子，但车一过也是尘土飞扬，而那些没有铺着石子的路，有些地方的浮土要没过脚跟了。那些年，每条公路两边的林带，即使在夏天，也见不着葱绿的枝叶，因为上面浮着陈年的尘土，近看远望都是一片灰白。

一根兰新线，把新疆指向了远方，所以“遥远”二字便成了新疆在我心里的风景。这个遥远的意念，新疆人自己也是知道的，是与内地的遥远，也是南北疆之间的遥远。居于铁路或者公路枢纽的城镇尚且如此，所以，那些遍布在新疆的沙漠与戈壁更深处的团场就是远方里的远方了。父亲在二十世纪七十年代回湖南老家，七天才能出新疆，那时要到大河沿才能坐上火车，但父亲那辈人，说起回老家，个个都挣死挣活地拼命。

尤其是那些天南海北的知青，为了返城返乡，凭借各种方式，升学、调动、病退、平反、落实政策，从公路，从铁路，迅速散开，延续至今。每次回去都能听到父母念叨一些人，说这个也走了，那个也回去了。其实，想离开团场的不仅是知青，还有像我家这样的一大批团场人。父亲母亲都是"文革"期间从师机关下放到团场劳动的干部，是属于该落实政策的一批人，但那些年月想回市里的人太多，都四面八方找关系托人情，回市里的限制一年比一年增多，父亲母亲总是因为一些不断变化的原因没有回到库尔勒市。但那些年里，母亲一直没有放弃回城的努力，争取了二十多年，终于在一九九六年，退休前两年，从团场回到了库尔勒市。

前几年回家对父亲说，想回团场看看，父亲一口拒绝，说看什么去，老人全走光了，都是些才去的四川人、河南人，包地，种棉花，你去了谁也见不着的。父亲不知道我其实想见的不是人，无非是在原来上学的路上走一走，去家门前的林子里看看，如果可以还要去不远处的沙漠，像小时一样，把光着的脚埋在沙里，或者爬一座沙包，认一认还记得的骆驼刺、红柳枝和胡杨树。

但直到二〇〇六年我才回过团场，不完全是因为父亲说了什么，是心里总没有勇气，莫名地担心会遇见难得的熟人，他看我的眼神会看出我们彼此的生疏；担心往事的痕迹无处寻找，会生出伤感与惊心。那个我生长的院落已经卖掉了，除了抱到库尔勒市的两只老母鸡，三千块钱卖了个干干净净。后院有桃树，那年我只见了指甲大小的粉色花苞便返回宁夏；前院有杏树、梨树与葡萄，夏天吃杏，秋天摘梨，葡萄吃不完了，就挂着晾干。再回去我恐怕不敢走近那个院落，那里面是生疏还是亲近，这些绿莹莹的生命，大概都记得我们对它决绝的抛弃吧。而现在，更不知它们是否还在。

相册里有张相片，是一九九二年暑假在团场照的，站在葡萄树下，手托一捧绿葡萄。团场里，葡萄树是家家户户都要种的，绿意葱葱，藤蔓伸张，又多又密。人们想着这些葡萄枝遮凉的好处，所以在庭院里多多少少都栽几棵。春风一吹，它的叶子就张开了，先是零星的几个，有大有小，突然一夜醒来，枝枝丫丫都绿了。葡萄花开得极小，像粉末，几天就落了，一般是看不见的。花一落就结了青青的葡萄，青葡萄极小极多，密麻麻地结在枝串上，甚至有些难看。春天风大，一次大风会吹落许多果实，剩下的就在大风之后可劲地生长，又有几天工夫便如黄豆大小了。当夏季来到，它已经爬满整个院落，果实因为有了重量一串串垂落下来。父亲在葡萄架下放了石桌石凳，黄昏时我躺在长条石凳上，仰望从葡萄叶隙里漏出的天空，星星有时夹在叶间，云朵有时从那里经过，许多个日子这样望过去，葡萄也就成熟了。葡萄刚开始成熟的那些日子，我心最急，总想吃到最早最好的葡萄，就爬上爬下翻找，妹妹眼馋地瞪着我，看我喜滋滋的样子，有时上来抢，有时干脆把我追出了院门。到了八月，葡萄大批成熟，哪一串都是好的，我和妹妹拿它当饭吃，假期没事，手边放本文学期刊，吃着看着，等到父亲做好晚饭，哪里还有地方吃。葡萄一年比一年结得多，父母发愁怎么办。母亲后来不得已学着晒葡萄干，竟然也学成，只是色泽与大小不如市场里卖得那样青绿。

葡萄枝在夏天猛烈攀爬，越过搭好的木架，越过房顶，甚至越过院墙；梨园郁郁葱葱，偶尔可以望见的枝条已被果实压弯，而里面静悄悄，像是不许打扰少女静寂饱满的成长。但是我却在这样一个昌盛的夏天停住了，在各式各样的模拟试卷前停住了，我突然想不起任何东西，连最简单的地理常识也回答不上来，我的脑袋像被塞满了棉絮，没有运转的空间。英语单词、作文题、几何、概率、历史事件，唰地成了一片白，就连哭也没有想起来。我不交作业，不做习题，有那么些日子，仅仅是背着书包上学放学，没有人知道我的停住。但是那段停住的时间里，我做了最有意思的想象，穿过脑间的那片由复习题填埋起来的操场，我想象一九八九年这场高考之后自己的去处，上海、北京有些奢望，父亲希望我考回湖南老家，我还能想象出什么地方呢，吉林、西安、兰州、乌鲁木齐。就是这样，地图册上浑熟的山脉、海洋、铁路、盆地，最终只有这几个地方在我的想象中。但我对它们一无所知，乌鲁木齐虽然有些粗浅的印象，但也是陌生着的，只是我唯独不想留在团场，留在沙漠。

四

至今说起这个我仍觉十分尴尬，一九八九年在站台外看着轰鸣而过的火车，心里是真切地兴奋着的，一种达到目的的兴奋，一种离开团场的兴奋。火车就是传送兴奋的载体。我和所有团场孩子在记事起，就被告知离开团场是享有荣誉的，无须为离开出生地或者是故乡而伤感。黄沙、戈壁与碱滩，自然界是不公平的，给这里制造出太多艰难，所以，所有为着离开的付出都是值得的。到了现在，不管我以怎样的心情回想团场岁月，仍然认为谁也不能因为社会责任而忽视人脆弱渺小的心灵，这些心灵就是所有人决然离开的理由。但说起决然也许有一半撒谎的成分，在上辈人心里，那些团场的记忆纵然全是苦痛，但唯有苦痛才所以刻骨。

首先是水。有一首歌叫《塔里木河》，这水就是塔里木河的水。塔里木河夏季满溢，冬季干涸，在它的下游，依次排列着大大小小的团场，靠它灌溉，甚至饮用。后来，河水在夏季也来得匆匆了，不像从前那样清澈，浑浊地流上几个星期，而后消失。各个团场的水渠里，往往夏季还没结束，就只剩半渠水了。所以团场后来不种水稻改种棉花，也是因为棉花耐旱。

可是我记着河水还是清澈的那些日子。河水经大渠引到小渠，就在离家不远的地方，有一座悬空的小石桥，上面过人，洞内引水，桥两端分别有两个长方形的水池，一深一浅，水泥砌就，池边有台阶，被水冲得黑黑亮亮，可以见到石子的花纹。从高中生到小学生，小石桥整天闹闹哄哄。大一些的女生都拿着衣服去洗，一行三四人，坐在石阶上，边揉搓，边说话，不一会儿后面就跟来几个高个男生，远远站着看，不靠近，女生就越洗越欢喜。我们虽然还小，但是知趣的，不和这些大女生抢地盘，她们在这端，我们就去那端，但总是我们这边闹得翻了天，她们那边静悄悄地没有声息。后来石洞桥慢慢安静了，是因为小女生都成了大女生，也因为河水越来越少，越来越浑浊。一九九〇年放暑假回到团场，小石桥已经破破烂烂，边缘露着生了锈的钢筋，水池被泥沙几乎填平，我不敢多加停留，转过身时心跳咚咚，像是被吓着了。

团场最多的是沙。但我没有去过沙漠腹地，只在沙漠边缘玩耍，沙漠就在五公里外，一般时间是没有人的。沙漠边上有防护林带，有人居住的地方，会种些果树与蔬菜。我们常去的沙漠附近是一个看守所，因为是公检法系统子弟，这个原本该避讳的地方却成了我们的一个玩处。一些武警和我们关系很好，见我们远远一队人马走来，就在看守所门口站着，如果我们太过吵闹，便大喝一声，我们听到便大笑起来。母亲是从来不允许我一个人去的，但所有的家长都知道那里是我们一班人发疯的地方。看守所附近的沙地被武警们打理得葱葱翠翠，他们打井灌溉，附近没有比这里种得更好的杏树与桑树。我总是最馋桑葚，尤其稀罕那些白桑葚，白桑葚大的可以长到小拇指长短，挂在绿叶间，因为饱满，身体还稍有些弯曲，人从下面望上去，心里发痒，像是蚕宝宝在手里爬着，所以哪个春天不偷吃一次是不会罢休的。但是这有许多困难，看守所养着硕大的狼狗，武警整天站岗放哨，说武警跟我们关系好，其实他们只和大女生关系好，吃桑葚和杏儿是没有我们这帮小家伙的份儿的。但仍是能偷着吃的。有的武警贪睡，中午禁不住晒，就进屋睡觉了，我们拿着饼或馍，一个喂狗，另几个上树，十来分钟，一棵树上的白桑葚就被我们一扫而光，那狗只顾着吃，哼都不哼一声，威风扫地。

少年只管玩耍，勾了魂似的，得空就往沙漠里跑。夏天的太阳首先照着的是一层黄色的粗沙，粗沙极浅，有的地方遮不住下面的白，这白是细沙的白，令人想到女子的小腿，或者手臂内侧的皮肤；有极少的地表植物，叫骆驼刺，刺多，枯了极轻，风一吹骨碌着就跑，我还撵过它，跑出很远也没能抓住，伙伴们在身后大笑；沙丘连绵，树一棵两棵地站着，离开很远，都是胡杨，不小心胡杨的枯枝会扎脚，有时我们在一棵胡杨树下干坐，也没什么话，这样一来，无所事事的游荡就显得更空阔了，是和沙漠一样的空阔。这也就让我有了现在一个去除不掉的习性，一遇见空阔的景物，便踏踏实实地舒出一口长气。

在沙漠里玩耍，多是从一个沙包走到另一个沙包，一边走一边低着头看沙的波纹，看留在沙上的脚印，看细风吹过时扬起的沙粒，宛如轻纱飘荡，抚过脚踝。我们兴致盎然，一次次来到陌生处，希望会遇见些异物，打破沙漠的空阔与静寂。虽然总是什么也没有发现，却没人厌倦过这样的玩法。我们去的地方，红柳大多长在沙包的最高处，伙伴们总要比赛着爬。最终，所有的人挤站在一个沙包尖上，向远望去，看远处的校舍，近处的棉田，指指戳戳。

冬天去沙漠就是给家里拾些引火的干柴了。冬季林带里总会掉落许多枯枝，是家家户户生炉的需要，本来是不用我们小孩子去做这个事的，有专门进到沙漠深处打柴的人，家里就买些回来，但后来这样的柴渐渐少了。再长大些就知道了，那些从沙漠深处打回的柴多为胡杨，也有红柳根，枯枝干裂，有的是深褐色，有的是烟灰白。知道是胡杨后，有时望见谁家门前高高堆着的柴垛，就想着它们一根根竖在沙漠里枯荒的样子，都已经枯了，像人的老，除了等待成为一把灰，还有什么结局呢？后来，有人把沙漠里枯荒的胡杨当成风景，我便也想，这样的风景之前被毁了多少呢。枯了的树可以当成风景，老了的人当然也是可以的，只是这人有没有树的气息呢，而这风景原本也是人赋予了它意思，也许不过是妄自猜测罢了，树的逍遥便是任你怎样说去，我该生则生，该走就走，理也不理那些赞美或是嫌恶，人若如此，是活出了硬骨头。我因此无论在哪里见到枯荒的胡杨，总是想起胡子花白的维吾尔族老人，他们于沙漠的夕阳下宁静地坐在院落里，低着头侍弄手里的一把坎土曼，落日的余晖斜过来，老人脸上的皱纹就梳理着那些红润的金光。

但是一九八九年坐火车来到宁夏，一路上见到沙漠后，当时心里只是失落，离开团场的兴奋变成感伤——我为什么仍然没有走出沙漠？四年大学心情寡淡也是因为这个。大学里有一年组织春游去宁夏中卫沙坡头，是真正触到了宁夏的沙漠，这一段黄河从沙漠间平平阔阔地穿过，仪态安详大气，岸边杨柳垂荫，河水沙漠含情相依，是黄河九曲中的一个世外桃源。我虽诧异与赞美这样的沙漠风光，但已不能有曾经在沙漠中的兴致，因为这并非我的沙漠。所以直到今日，一提起沙漠，我总会一眼就望到了团场的沙漠，它在一帮伙伴的脚底下，在离团场的家五公里外的地方。

五

或许是太耿耿于怀一九八九年坐上火车的心情了。那年的火车把我送出新疆之后，我就一年两次，一年一次地摇荡在兰新线的铁轨之上，这样摇来摇去，许多人摇近了，更多人摇远了，摇没了。

大学假期有一些学生不回家，大多是一些家远的，尤其在寒假，二十几天的时间路上再花费些，待在家里的日子就显得匆忙了。有一年寒假我也狠了心决定不回，心下里是想看一看空空荡荡的假期校园。宿舍里还有不回家的同学，她在新疆伊犁，比我更远。我们像搭伙过日子一样，用煤油炉生火做饭，闲了看书，织毛衣，不到一周她去了兰州男友处，我坚持了两天，第三天晚饭后看着对面教师楼里的黑暗，头脑一热，装了牙刷毛巾便出了宿舍。冬季天黑得早，路灯未起，我飞似的跑，要赶那趟八点钟去兰州的火车，边跑边哭。2路公共汽车又破又旧，车厢里的灯光低暗，乘客稀少，大多坐在前半个车厢，而我坐在最后一排，脸贴近车窗，回头看刚才跑来的路，黑淹没了一切，我一时恍惚，不知自己是如何从里面跑出来的。

因为推迟了一周，我躲过了回疆的学生潮，车厢里不像从前到处见到学生脸，也不像先前那样热闹了。每个假期，宁夏学生回疆，在兰州转车后，群体就变得更加庞大起来，因为多为民院学生，维吾尔族、蒙古族、哈萨克族、俄罗斯族、锡伯族、回族，去新疆的乘客像看风景一样看着我们这群大呼小叫的学生，吆五喝六的，左一群右一群，前面几个后面几个，散布在硬座车厢里，因火车总是超员，大家总是热闹地挤在一起。只要是新疆学生，不论哪个学校的，只要碰在了车厢里，就是没有座位，也都招呼着挤着坐下来。维吾尔族男生性格开豁，许多上车都拿着吉他，高兴的时候，就唱了起来，用的是维吾尔语，嗓音粗厚苍劲，感情自然飞扬，所以听现在流行的刀郎总觉得缺了挚在，刀郎歌声的后期处理痕迹过重，感情也夸饰得有些虚渺了。当年的车厢因这歌声沸腾起来，欢呼的，吹口哨的，所有的人都快乐。再看窗外，有时是夏季酷白燥烈的阳光，村庄和城市一一退去；有时是大雪覆盖的戈壁荒滩，远处雪白的山峦旋转着，旋转着，都在歌声里。

那时我从银川回到库尔勒要三天时间，兰州是新疆学生回家的中转站，吐鲁番是南北疆学生的中转站，乌鲁木齐又是北疆学生的大本营。库尔勒可算是南疆首府，也是新疆第二大城市，但从内地直达库尔勒的火车至今只有西安、兰州出发的两列火车，所以几乎没有疏松过，尤其到了假期，车票紧张得像起了战事一样。但是上了车就不一样了，个个兴奋快乐。从一个车厢到另一个车厢，就好像过日子串门一样，找同学找同乡，有时遇见一个，有时遇见一群，接着就大笑大喊起来。

火车上还有从南方来新疆旅行的学生。记得清楚的是个女孩，她独自一人，个子不高，嘴唇很厚，蜜色皮肤，身体看着十分结实。那是夏天，天热，车厢里人多气味不好，晚间却不敢开窗，昼夜温差太大，开窗冷得睡不成，就像是在闷罐里，连毛孔也被堵塞了。但每个人还是汗流浃背地瞌睡着，我难过得睡不着，想去走廊透风，却不敢离开自己的座位，因为一旦离开马上会被别人占去，就睁着酸涩的眼打量起对面睡得昏昏然的这个女孩来。她也从兰州上车，这时头靠在车窗上，眼闭着，像是喘不过气来似的，痛苦地皱了眉，脸上泛着汗水的光泽，颜色发青，让人想到电影《卡桑德拉大桥》里那些染上鼠疫的人。好在天亮之后，她脸色好看许多，像是渡过了危机。一路上她没有话，孤单一个人默默坐着。多年来，只要我独自一人在路上的时候，总会想起这个陌生的女孩，大概独自在路上的人总会有相似的情怀吧，连那看着窗外的表情也是有几分相像的，孤单着，寥落着，恐怕这是人心底的模样，所以这相似与相像总也是说得通的。

六

写着这些文字的时候，大多在深夜，有时我停在一处出神，恍惚里有火车弯着弧度的修长车身，有旋转着的山峦与草地，有半夜里小站上手持旗帜的列车员，还有吐鲁番车站的维吾尔语播音，以及巴伦台深山里清澈的河水。一九八九年坐着火车出疆的时候，看着这些听着这些还是新鲜的，但后来都淡漠了，由着它们经过，闪去，当它们是时间，是空气，是夜夜的睡眠。

许多年来，我回避这样回忆往事，这样清晰地找见过去，一定会找出许多惆怅，这惆怅除了一些人与事的散失之外，还有的，便是害怕找出与新疆的日渐生疏。常常有人这样问我，新疆那样美，为什么要来宁夏？我没能完全回答过这个问题，任何一次都只是一个断章，和这个问题的发问者一样，我在期待自己更完全与准确的回答。

但现在我只能找到过去的一些事件，一些人，让它们曾经的存在为我提供线索与启谕，但隐约里我似乎觉察到，找到或许容易，记录会十分艰难。比如此刻，我又回到了一九八九年的火车上，在这趟意味着一个开始的火车上，有多少宿命的因素。

那一年我考上大学，父亲与我从团场带出一个大行李，我的衣物、被褥及一切用品全被打在这个大包袱内，分量很沉，体积巨大，本来是要托运的，但托运处临时不知何故一下涌来许多人，父亲看时间紧张，便一把托起行李扛在肩头，说快上车吧。我记得托起行李的一瞬，父亲咬着牙、皱了眉，脸憋得黑里发紫。而行李太大，瘦小的父亲扛在肩头，头要拼命歪在一边，才能保持身体的平衡，我伸手想帮父亲托住另一边，父亲不让，催促我快跑，先要让我上车。我一边跑一边回头，看他跟在我身后，心里又焦急又心疼。托运处到进站口有一段距离，行李太重，一路上，父亲跑不起来，但也几乎是跑起来了。

一九八九年父亲送我去学校后，还要顺带回一趟湖南老家，南辕北辙的两个方向，他不在乎距离的远。写到这里，他头歪在一边扛着行李的模样突然将我置入另一个时空，我分不清是他在离开，还是我在离开。透过一九八九年那辆火车的车窗，我看到了他们：一个是十八岁的女儿，一个是五十一岁的父亲，而我已经从他们之间剥离，走出，成为一个旁观者、检视者。我看到这一对父女脸上的相似，以及命运的重复。这个女儿和她的父亲一样，是一个自觉着离开故乡的孩子，她从小被大人们灌输着转身离去的意志，不仅如此，除了大人的灌输，她还自己找见了离去的理由。但她和父亲一样缄默不语，我看着她印在车窗上浅浅的侧影，听见她因为自己年轻的离开发出轻悠的叹息，这叹息，似是舒着一口长气，但湿漉漉的，所以气息没有飞扬起来，最终是悄悄地落到一个角落里去了。而她的父亲，此刻在怀念着家乡葱郁的山峰，心情也是湿湿沉沉，他回想着自己当年着急离开故乡的一幕幕场景，其间的原因除了贫穷，也有着他说不出口的缘由，但现在他却是着急着回到故乡了，他甚至有些怪怨女儿，为什么没有从新疆考回到自己的故乡，这样不是让他更欢喜吗？女儿几乎是在与他同样的年龄成为异乡人，女儿也会在和他同样的年龄开始怀念故乡，一九八九年的火车让这对父女，两个相似的命运面对面坐在了一起。但是他们绵长的思绪是朝着两个方向，一个是回到过去，另一个是遥望未来，但虽是两个方向，却同样的邈远，无法切近。

下一次与父亲一同坐在兰新线的火车上是二〇〇二年的事了。病中的父亲比当年更要急迫，渴望回到湖南老家。为了治病，这一次是我把他从新疆带出来的，他已衰老，并且大病初愈，神色倦怠，手里已没有更多的力气。但他满心期待，期待我在银川为他找到一个好大夫，瞧出他的病根儿，让他快快痊愈。一路上我与父亲没有更多的话，我说不出更多的一句，心里满是恐惧，那个长在父亲肺上的肿块，我在私下里拿着CT片对着阳光与灯光看了又看，它有着难看恶毒的长相，边缘上竟然长着细密的毛刺，家里没有人敢对这个难看的家伙下结论，医院里模棱两可的诊断更令人忧心忡忡，但我悄悄翻阅资料，心狠得像个刽子手，拼命想找到答案。答案在我的寻找中已经有了，所以我几乎不能与父亲说话，更不能看他满是希望的眼睛。但我不能阻止他的希望，我扶着他上车下车，他喘着气，不停地问我要他的背包，他说沉得很，你背不动的。这背包里面装着他一年四季的衣服，他打算治好病就回湖南老家，好好住些时日。后来，他是回了湖南老家，在第二年的春天，只是回去的时候，已经成了一把骨灰。

一九八九年，在父亲的陪伴下，我坐着火车离开了团场，离开了新疆，这一走真似父亲当年一样，不容易回头了。

想象中，兰新线的铁轨如同一条黑色绸带，被沙漠与戈壁的风吹动起来，在视线的遥望间，舞荡着悠长的身体。一九八九年的火车最终构成了一条绵长的记忆，附着在那条黑色的绸带之上，在风尘里起伏不断，甚至翻滚。

而我不断地回到一九八九年的火车上，不断地在这条黑色的绸带上编织更加细密的记忆。我当一九八九年的火车是个永恒的开始，我将不断地进入，而每一次进入，它都会带给我一些更纯粹的声息，让我将事件以及事件里的人，更清晰、自然，更生动也更卑微地加以呈现。

文字写到这里的时候，已经接近尾声，凌晨三时，家人都在沉睡。文字在我手间险些就变成喷薄而出的火焰，燃烧的快乐与痛楚一并在其间挣扎，但因为是在深夜，夏夜清新的宁静缓和了一切，让那些难以抑制的喷薄成为与一条黑色绸带的缠绵，却也依旧强烈与新鲜。所以我虽困倦，却仍旧不舍，像是要与这一九八九年的火车作别，看着它鸣着汽笛，冒着白烟的身躯，是背离着我，要去远方的样子。而我却还有不曾言尽的话，而我希望它停下来，停在我一眼就能清晰望见的草地上：那是翻越天山时的草场，山坡舒缓着，草地是鹅黄的绿，火车就停在绵延起伏的山峦间，停在蓝天与草场刚刚留给它的空隙间。它停在那里，提醒我一九八九年离开新疆的开始，也搅着我越发希望走近它的盼念，这个载着我命运最初起伏的交通工具，赠予我它本身所意味的漂泊。但或许我根本谈不上漂泊，仅仅是学着它的样子，不停地走罢了。事实上，一九八九年的火车后来不断地更名，成为一九九二年、一九九六年或者二〇〇二年的火车，随着名字的更换，火车也有了每一年不同的意味，虽然现在我还没能清晰找见这些变化，但把它作为一份留存，作为下一次文字的开始，我已经在为此暗暗欣喜了。此时此刻，像是真切地看见它停在那里一样，我把它看作一座界碑，也像上古时代的结绳，告诉我许多生命的分界，我在这些分界的前后左右，找到那些葡萄树、夜晚，以及流淌着清清溪水的小石桥，还找见一些人，他们和我一样经历着火车，经历着奔波，经历着比我更纯粹与更刻骨的漂泊。

白蝴蝶，黑蝴蝶

它们翩翩飞来，又翩翩飞去

它们翅上的彩纹与翅下的阴影一齐掠过我们发亮的额头

一

沙漠里，我常见到的是那些淡黄色的白蝴蝶，它们平常无奇，或独自，或三五成群，从菜园飞到棉花地，再从小溪飞到树丛里，从不给我惊奇，也就无法使我着迷。有时候，遇见一位以杀死昆虫为乐趣的少年，譬如，我的邻居二毛，它们可能还不曾用露水和花蜜填饱一次肚子，便一命呜呼，完成了朝生暮死的一世命运。

因为时时刻刻闯入我和伙伴的视野，即使在课堂和操场上也会与它们不期而遇，白蝴蝶几乎为我视若不见了。但是石桥上的黄昏总会提醒我它们的存在与幸福。夕阳蜜一般的光线倾洒在溪流上，溪岸旁长满蓬勃高大的蒲草，夕阳从蒲草间透过来的时候，恰好逢遇了正在上涨的水雾，一时间，光线仿如薄纱，在与桥面平齐的高度飘动起来，而蒲草间细齿状的空隙，又使漏过来的光线如同泛黄的白琴键，顺次排列着。

光线等待着被弹奏。这个时候，白蝴蝶总会急匆匆赶来，仿佛奔赴一场性命攸关的约会。这情形与我们绞尽脑汁加入沙漠里可以寻找到的快乐十分相似，我们并不辨别那些快乐里的残忍或者无知。白蝴蝶齐刷刷飞上那些柔软的琴键，扑动双翅，上下翩飞，偶尔会像烫伤了脚一样惊慌跳起，偶尔会停在一缕光线的中央，如同一枚在风中瑟瑟抖动的叶片。唯独在这样的时间里，白蝴蝶被忽略的身影才被我混沌的感官辨认出一些美，这幅图景也因此成为我写在作文本上的唯一及格的景物描写。

没有人听到过这种神奇的弹奏方式所带来的音乐，但是白蝴蝶显然陶醉其中，以至于失去了警觉，不曾发现我的伙伴已经举起一束扫帚状的树条，正拿捏着时机，等在一旁。

就是屏息的一瞬，树条"呼"的一声横扫过来，白蝴蝶的尸体便在破裂的光线里花瓣一般落向了水面，无力地挣扎了几下后，再绝望地打几个转，便被水流带走了。

杀死白蝴蝶，这种在伙伴间被重复了无数次的游戏两分钟便结束了，不需要语言，不需要观众，只是为了一试身手，为了确认这一次的动作是否更干净利落、更完美无缺。那些长了喉结、偷烟抽、打群架、窥视女生的男孩子都以此为荣，在完成这个举动的一瞬间，他们的眼睛里闪烁着成年人在性欲高潮时迸射出的一缕光芒。

它们是一群飘动在沙漠边缘的白蝴蝶，我们是一群奔走在沙漠边缘的少年伙伴。时隔多年，当这个远逝的图景一再被我的记忆纳入时间的取景框中时，热烈而又干涩的空气携卷着一股沙枣花的香味混合成我永久的嗅觉，而浸淫在这种浓郁的、高热的氛围里，不免让我青春的呼吸常感窒息。

大人们是一群被时代流放的背运者，他们从四方八野流浪或者被发配到沙漠，四川人、上海人、河北人、山东人、湖南人、北京人、河南人，说得好听些，他们是沙漠里的第一代移民，说得严重些，他们则是一群惊慌失措的时代流亡者。

那时候是二十世纪六七十年代的中国，在雷霆般的时代潮汐里，似乎有同一种渴望、同一种热情、同一种恐惧、同一种伪装同时进入过他们的内心，他们中的许多，连爱情都是一种权宜之计，为了逃脱时代的清洗，迫切或者无可奈何地选中了那些有着贫寒出身的伴侣与他们同床共枕、生儿育女，如同中和两种温度的水。所有的人必须稀释自己的浓度、降低自己的温度，所有的人必须热爱同一种语调、同一种颜色、同一种意识。他们嘴上不说，但心里都明白，必须消灭自我，自己才能被周围的人接纳。

到了我能够理解这一切的时候，我的母亲一无避讳地对我说：你就是这样一群人的后代。所以，沙漠之外的人从不可能在我们身上发现真正的品质，也从不可能在我们身上只发现一种品质，我们被太多种风情、习俗、脾性、心理所养育，又经过沙漠烈风的吹拂，每一副骨骼里因而都有着裂缝，都有着钻进裂缝里的沙子。

二

在毫无反抗甚或满怀激情地来到沙漠之后，大人们慢慢熟悉了彼此陌生的方言，也领悟了他们被其所信任的时代戏弄的命运。风流云散，内心似乎比生活更艰难，他们在贫寒的物质困境里开始抱怨，在粗糙简陋的风景里开始老去。这时候，他们开始诅咒时代强加给他们的命运，即使枉然，也要想尽办法离开沙漠。这成了他们这一代共同的理想。

而我们，便是浸泡在这个理想里出生的下一代，所以，后来我常常猜想，当我们还在母亲的腹中，母亲就已经通过子宫里那些暖洋洋的羊水，塑造着我们离开沙漠的未来；所以，在对沙漠的厌弃中长大的我们，不可能真正地热爱沙漠，尽管沙漠给了我们无数粗粝的青春欢乐。

沙漠的气候能燥干一位江南女子的如水肌肤，也同样能烤焦她温婉光滑的如水性情。沙漠里，大人们的脾气都不怎么好，一种被世界遗弃的挫败感断送了他们的骄傲和自尊，一种类似隐居的生活并不能磨灭他们对物质的渴望，似乎时代要无动于衷地看着他们自然消亡，看着他们的孩子从资本家的后代、从小市民的后代、从军官的后代、从书香世家的后代沦落为沙漠里操一口土话的乡巴佬。

大人们充满焦灼地思想着他们的命运和我们的未来，但在接下来的二三十年里，他们几乎想不出改变的方法。看不到希望的时候，他们就变得越发粗暴、越发阴郁。时间一长，他们就干脆不思不想，像鸵鸟一样把自己的头伸在了黑暗里，任由自己变得麻木，变得无所渴望。

而这无疑是对我们这群少年的一种放纵和鼓励，一群十一二岁的孩子，谁需要理想呢，我们甚至讨厌书本。玩耍，不知疲倦地玩耍，我们的每一根神经都只关心这件事。

不思不想，不管不顾，没有再比沙漠更令我们自在的环境了，天广地远，昼长夜短，很长一段时间里，我们被默许为不需要梦想的孩子。除了海天海地地玩乐，我所担心的，就只是爸爸妈妈的心情，他们为收入、家务、环境，为爱的丧失、梦的破灭而引发的争吵如同窗外的风沙，从来不加控制。我们的家并不安静。那个时候，我精神的食粮只是后院被父亲打理得繁荣烂漫的菜园，而我心灵的糕点则是辽远无期的沙漠边境。

在这群七岁到十六岁的伙伴中间，我并不是那种孤僻、胆怯的孩子，相反，对于融入这个处于草昧状态的群体，在相当长的一段时间里，我始终怀有不可遏止的热情，并且投入了多出学习几倍的精力。因而，在这几年里，我几乎参与了所有大大小小的集体事件，这些事件与巨变着的时代无关，除了我们自己的冲动、私怨和向往，我们甚至不去理会学校里那些与我们同龄的孩子，以父母亲颇为使人畏惧的职业——公检法，我们紧密而忠诚地形成了一个院子部落，与部落之外的任何人、任何事划清了界限。

我们不放过哪怕一次午休的时机，密谋着怎样从这个简陋的自然里找到更多乐子。我们在月光下践踏一户人家的菜园，因为菜园的主人总是禁止我们靠近他的菜园，用一句口头禅辱骂我们的祖先；我们集体与连队里来的穷学生吵架，失败之后就人仗狗势，牵来警犬吓唬对方，这一招屡屡得胜；我们集体在渠水里洗衣服、摸鱼、游泳；集体爱护一个三代单传的臭小子，他身材黑瘦性格乖戾，常常撒泼似的踢打家里的四个姐姐；我们集体在沙漠里漫游，从一个沙丘登上另一个沙丘，从清晨走到正午，再以孩童少有的耐心默默地坐在红柳树的树荫里，浑然不觉身后的广大与干涸；我们从不提到成绩和排名，因为我们不约而同都是各个年级、各个班级成绩最差的学生，而我在十五岁时被伙伴孤立的原因，恰恰是因为我开始用功学习；我们无须反叛或者抗争，因为我们的父母很少约束我们，他们的大脑和苦心都用于如何征服那些囚犯了……

三

如同成人的世界一样，我们也需要首领。那些年龄大的孩子因为拥有足够的号召力，自然而然成了我们的领导者。

他们多数时间是仁慈的，在每一次集体行动之前，他们允准我们加入的神情就像一个国王对臣子的恩典。但是大孩子从不与我们这样的小孩子分享秘密，他们需要我们的动机与成人之间的交往同样复杂，这使得他们或结实或高挑的身影越发具有不可抗拒的诱惑力。

不久发生了一件事，这件事使这个由几位鸿蒙初开的少年所领导的院子部落更加具有纪律性、等级性了。

事情是由五位年龄较小的孩子引起的，暑假里的一个清晨，他们中的一个自作主张，突然决定去看望另一个小镇里的亲戚。听到这个孩子的建议，其他人的眼睛都亮了，他们扔下手里的泥巴和棍子，把腿在小渠里洗干净，立刻就出发了。那可是他们从来没有去过，但却经常听人说起的地方。最让他们神往的，是那里有一个比平常大几倍的集市，那儿还盛产蟠桃和桑葚。他们没有任何交通工具，也不知道确切的方向和路程，只听大人们说过，另一个小镇在渠水上游，沿渠岸往上游走就可以找到。后来，据大人们估计，那一日白天最高气温达四十二摄氏度，风力五级。

事情紧急起来是在天黑以后，整个大院没有人知道这五个孩子去了哪里。大人们在焦急中开始清算。大人们从不向自己清算。我挨了打，因为这五个孩子当中就有我的妹妹。其余四个孩子的哥哥姐姐都和我有过同样的遭遇。大人们在我家进进出出，脸色比夜幕更黑，每进出一次，都似一股飓风将我袭卷而过。大人们在商议之后，很快通知了那些在沙漠边缘执勤的武警。而我和另外两位伙伴骑着单车，摸黑去了二十里外的连队，那里有我妹妹的几位同学。

连绵起伏的荒野间，石子铺就的马路犹如月光下的一条白绳，弯曲而飘忽。四周静得瘆人，我们心里的颤动与脚下的颠簸一同在黑夜里哗哗作响，一同在草木辽远的梦境里张皇失措。惊慌中，我们都不提心里的委屈，不提那些巴掌和拳头落下来的重量。倘若我们的弟弟妹妹再也回不来了，那些委屈、巴掌和拳头根本就不足为道。

空气里夹杂着一缕腥咸，那是排水渠的味道，连队就快到了。

而我们都一无所获。武警、我和我的伙伴、大人们。

直到夜里两点，有人从另一个小镇给看守所值班室打来电话，告知了五个孩子的下落。

如同被埋在废墟下的生命听见了黑暗之外的脚步声，所有的人都感到自己得救了。而大人们在稍觉心安后仍然怒气未消，母亲浓黑的大眼接连不断地逼视我，仿佛我就是罪过本身。我畏惧地站在房间一角，不敢发出一声，静静地接受了母亲以眼神传递给我的这个指认。

五个孩子回来时，每个人都又脏又黑，鼻尖、肩头、双臂褪着一圈一圈的白皮。

妹妹瘦了一圈，脸上还有风和雨点的痕迹。在看见母亲的一瞬间，妹妹那双因为筋疲力尽已经有些涣散的瞳孔，突然又因害怕而惊慌闪乱。

公正并不是父母亲给予我们的。在大人们清算完这件事后，我们的院子部落也进行了内部的秘密审判。年龄最大的两位女生站在房檐下的土台上，轻声训斥着五个孩子不守纪律连累了别人。五个孩子抬着头，像仰望女皇一般看着她俩。我也望着她们，有一刻，我在想，她们为什么不是我的姐姐，或者我的妈妈。

我们秘密地成长，秘密地从我们自己的部落里获得生存的手段、获得辨别力、获得人性的秘密。人们似乎只能如此长大，这与包裹在黑暗里的蝶蛹十分相似。不曾想到的是，在未来的时光里，我们在这个蒙昧的封闭部落的所得全都派上了用场，有些部分，甚至与部落之外的现实严丝合缝地接连了起来。原来它并非如我最初所想象的，与校园无关，与成人无关，与时代无关。一切如同步入夏日的凉风，不知什么时候起，已经悄悄地带上了秋天的意味。

四

洁净而荒芜的沙漠牵动着我们的想象，我们喜欢毫无目的地漫游，一只麻雀的尸体和一只灰色的野兔能让我们消磨大半天的时光，而在两个沙丘间的阴凉处演出一场仙女下凡的故事更能让我们忘记时光。

在初期，院子部落的每一次行动总会满足大多数孩子的期盼。只是后来这些内容都渐渐稀少了，我们的集体出行变成了一次又一次的家务劳动，我们成了孩子王召集来的小劳力，为孩子王的家里拔野菜、捡柴火、打棉尖，甚至偷蔬菜。这些劳动刚开始同样充满欢乐，但是后来我就厌烦了。

如同成人世界潜行的规则，也与自然界发生的故事一样，院子部落在形成之后就有人想成为驾驭者。先是孩子们需要这样一位能够引导他们找到快乐、摆脱大人、补充力量的人，后来便会有人发现成为这样一位集体的引导者确实能为自己满足一些心愿。于是，便有了陈小得和邬梅这样两位人选。

接下来的大多数集体事件，就是在她们二位时而合作、时而斗争的孩子王的带领下，我们天真而盲目地加固着这个院子部落的围墙，并为陈小得、邬梅两位孩子王修建出一个宝座和一个祭坛。在这个祭坛上，那些向她俩挑战的成员无疑是自找苦吃，无须孩子王自己出手，孩子们就会像忠心耿耿的兵将喽啰，替她们消灭这种威胁。

赵卓是第一个也是最后一个被消灭掉的威胁。

赵卓并不是我们系统内的子弟，她使院子部落的两位孩子王耿耿于怀的原因，除了因为她的爸爸从来不“尿”我们的爸爸，更为关键的，是因为她和她的姐姐长相一般却打扮得最洋气。

女人对美的占有和嫉妒之心源始于本能。赵姓姐妹是最早涂着鲜红的唇膏从我们身边招摇而过的，没有真项链，她们就用一根纤巧的细花边系在脖颈上，没有指甲油，她们就用院子里的指甲花染指甲，而指甲花的种子她们从来不送给任何人。赵卓的姐姐已经工作了，也并不是什么体面的职业，不过是农技站一个分种子、晒种子的临时工，却没来由地鄙视我们这个院子部落的每一个成员。赵卓深受姐姐的感染，每每与我们相遇，从举止到神态无不显示出一种不可比拟的优越性。这一切尤其令与她做邻居的邬梅忍无可忍，要知道邬家可是人多势众，邬家三姐妹的姿容没有哪一个比不上赵家二姐妹的。直到后来风雨满城，我们才洞见了事情的症结，原来邬梅与赵卓的姐姐同时爱上一位年轻英俊的武警战士，前者自认胜券在握，却不料小战士选中了那位成熟丰腴的赵家大姐。得知此事，院子部落的每一个人都为邬梅打抱不平，她垂及腰尖的发辫，她回眸而笑时的一对虎牙，她内敛而凌厉的性格，都比妇人似的赵家大姐更配得到小战士的爱情。惋惜以及愤怒改变了我们对小战士的称呼，从此叫他“狗眼”——狗眼看人低。

争风吃醋并不是皇宫内院或者妻妾成群的大家庭才有的故事，沙漠里，这群正值花样年华的少女似乎一开始就无师自通了。暗中较劲不知从什么时候开始，书面挑战则为我们心领神会。邬、赵两家的个人恩怨，很快就因为这张字条而变得尽人皆知。

但是，在接到“你小心点儿”的字条之后，十四岁的赵卓毫不犹豫地将字条儿撕碎扔了，飘荡在半空里的碎纸片儿像白蝴蝶一样飞舞了片刻，而后落在了刚刚下过雨的沙地上。

大人们对这件事如秋风过耳，不理不睬。我们的计划因此很快变成了行动。

一个月朗星稀的夜晚，我们准时会集在距离赵家菜园很近的一片杨树林里，白天里清新动人的白杨树在夜间有一种阴森森的压迫感，那些在微风中张开的叶片噼里啪啦地拍动着，像是有意制造我内心的恐惧。队伍从未有过地壮大，有两位极少参与我们活动的大男生也加入了进来。兴奋之余，我隐隐担心起事情的后果。并非害怕事情败露赵家找上门来，而是觉得没法面对父母，这显然不符合父母耳濡目染之下传授给我的道德标准。黑乎乎的林子里骚动不安，偶然一阵轻风，带来不远处排水渠的一股腥热，我的意识在“坏人坏事”几个字上纠缠了好一会儿。队伍很快行动了，脚步突然都干练紧凑起来，急匆匆赶着，生怕落在最后，那些最矮小的孩子被稍稍大些的拉着扯着，脚下免不了惊慌踉跄。

菜地密密丛丛，在黑夜，蓬蓬果实似乎更让我们激动不已。

最先到达赵家菜地的几位大孩子已经动起手来。邬梅提着半人多高的编织袋站在菜地中央，两个大男生的身影呼呼生风，所经之处，菜花、卷心菜、茄子、辣椒被拧下来的噼啪声响得令人心惊胆战。邬梅小声指挥着：“快摘，摘完都砍了。”这不容置疑的催促与命令给了我一丝慌乱的勇气。地里已经乱成一团，所有的人都在黑暗中乱摸乱揪，到处都是茎秆咔嚓嘎巴的折断声。我往地边的几棵卷心菜走去，黯淡的天光里，它们就是几团结实、滚圆的黑影，我伸手向一团黑影摸下去，却不想摸到了一手黏糊糊湿腻腻的菜虫，它们像沙砾一般粗糙和无缝不入，渗满了我的手指缝。惊吓之余只觉着恶心，我便停下手来抓了一把沙土揉搓着双手。这时一个黑影几乎撞倒了我，他责怪我“怎么站着不动。”“都是虫子，恶心。”他弯下腰伸手抓了一把，又迅速收回，然后一边甩手一边呸了一口唾沫，接着几脚就踢飞了附近所有的卷心菜。

等到邬梅的编织袋满得再也装不进一根豆角，她天鹅一般修长的身影飞出一句话："好了，快砍！"于是，在我们呼啦啦往树林转移的同时，两个男生做着清理战场的工作，他们手起刀落、连削带砍，挥动镰刀的身影好似月光中惊飞的大鸟，那些高大的豆角秧、黄瓜秧，以及田埂上丰腴的紫茉莉，在一片噼里啪啦的断折声里迅速倒下，接着是那些稍矮的茄子、青椒、西红柿，它们横飞的茎叶汁味浓郁，跟着我们，往黑夜里簌簌作响的杨树林而去。我夹在混乱的队伍中一阵疾行，出了杨树林，才想起离开菜地前被我踩在脚下的西红柿把它的汁液溅进了我的布鞋里，我没有穿袜子，脚掌因而又黏又湿，但黑暗中，我想到的只是那些结满枝茎的西红柿的光滑和饱满。

以这种方式报复了赵卓后，我们虽然聆听了其父在院子里长达一个小时的咒骂，但赵卓的骨头再也不像从前那么硬了，当与我们在途中相遇，从前公然表示出的不屑与骄傲犹如夏末的高温，在夜晚的凉风里一点点褪色，直到消散殆尽。到了后来，我们已经可以从她投向我们的一瞥里，轻易地看到一丝友善的笑意。再后来，赵卓顺理成章地成了我们中的一员，并且与另一个孩子王陈小得做到了任何人也无法达到的亲密无间。整个秋天，赵卓总是骑着那辆红色的凤凰牌女式自行车，忠贞地等在放学路上，等候陈小得的出现，而后载着她一路说笑回到家里。

显然，这一切都被邬梅看在眼里。

虽然在陈小得与赵卓可疑的友情之间一定存在着一些不言自明的小诡计，但邬梅没有做出任何反应，她突然变得沉默少言，突然心血来潮地向赵卓的父母承认了自己的错误，突然退学，突然工作，突然离开，突然带回来了一个我们都觉着阴森的中年男人，突然就怀了孩子。

赵卓与邬梅的骤然变化刺激了我，也加快了我们这个群体在未来时光里的自然消亡。

寒来暑往，岁月徂谢，当我们接连不断离开这个集体之后，我渐趋窥见了自己的变化，我不再是那个面对集体只会唯唯应和的小不点了，也为自己曾经率尔加罪于人而感到脸红。我在他人的变化中重温了自己的故事，重温了那些在挤压里热切而气喘吁吁的年少时光。

五

十二岁的时候，“死亡”经常出现在我们的一种游戏中——攻城游戏，双方通过最大多数地杀死对方的守城人员，从而取得游戏的胜利。

十二岁那年暑假，也许游戏中的“死亡”已经不足以引发我们更持久的快乐，也许我们这群草昧顽童，早就急于用一种更新鲜刺激的事物遏止住身体里四处漫溢的活力。因此，一个夏日的清晨，当有人突如其来地建议——去沙漠里的坟地看看，也就没有一个人反对。

每人带了水壶，出发前各自编了一顶葱葱郁郁的杨树枝凉帽。谁都不知道路有多远，谁都猜出要走很远的路。行走路线是经过选择的，出了大院沿水渠或林带走，进沙漠后纵向直行，墓地在沙漠正前方，站上一个较高的沙丘，就能望见墓地。墓地虚虚白白，似乎一无所有。两位大孩子在前面领路，中间是小一些的，队末又是一位年龄较大的孩子。整个行动有组织有纪律，并且严禁向大人泄露消息。

出发时我们激动而欢跃，周围方圆十里的地带几乎被我们玩遍了，也玩腻了，因此，一个未曾去过的新地点，不管它携带和意味着什么，都异乎寻常地吸引着我们。青春年少的一个显著特征，便是向世界投放他们日益膨胀的好奇心，以及腾空而起的生命力。

事实上，队伍中包括我在内的几位小伙伴，都暗自生过一个迟疑：坟地里有什么好玩的？但没等迟疑蔓延，我们又都否定了它。仅仅去坟地走一遭，领略一番坟地异样的气氛，亲眼证实那个在伙伴中流传了很久的一句话“有个女人的头发又黑又长”，就足够令我们感叹了。

关于女人以及她的黑头发的传言，最早是从一位干警口中传出，大概他因追捕工作去过坟地，目睹了一些阴森可怖的细节，回来后在闲聊中说过几句，被身旁孩子听到，就此进入我们的想象。此外，我们还略微知道那片坟地早已弃置不用，坟墓大多已被风雨蚀平，不少棺木裸露在外。这是一个重要的消息。须知，平日里我们虽鲁莽草率，但也并非无所忌惮，倘若是一片仍在使用，并且埋葬着某位亲人或者邻里的墓地，我们说什么都不敢去胡闹。就是这个与我们无关并且已被生者放弃的坟地，才让我们生出一丝敢去玩耍或者造次的邪虐之心。

上午十时，我们在寂静又旷远的田野里疾行。

阳光伸出柔韧的手指，轻轻拨动着杨树林，宽大碧绿的杨树叶簌簌吟唱，沙沙沙，嗒嗒嗒，微风般擦过我们的耳朵。林带旁是密匝匝长满蒲草的排水渠，阳光贯注而下，整个渠道便异常的浏亮、炫目，婉如一条盛满光明的绿峡谷。排水渠过去，棉田涛涛，无尽地延伸，阳光畅行其上，一路奔跑，那闪动的光芒最终汇聚在远方，精灵般欢腾、曼舞。

与这些蓬勃繁荣的夏日事物一样，目的得逞的我们只恨笑声不能再放肆一些、脚步不能再快疾一些。我们叽叽喳喳、七嘴八舌，嘴里说得气喘，脚下也并不放松。我们队伍始终紧凑、默契，钻进林带、跳上田埂、跨过渠水，高亢的情绪使得我们的身体仿佛云朵一般升腾起来。

我们只顾着快乐、得意，青春有力的脚步只顾着庆贺小小的胜利，也就丝毫想不到耗费我们如此热情的计划，不过是对一片了无生机、骇然腐败、被人诅咒的死亡地带的访问。

进了沙漠，真正的行走才开始。队伍里的大孩子登上一处较高的沙丘，确定了方向，接着，在他的号令下，我们排成队，顺从而安静地走了起来。

清晨还澄澈安详的天空，一过十二点就变得异样了。

天空由蓝而白，曾经鱼儿般游动的空气缓缓地窒息了；还有光线，光线由之前的柔和、清亮，转而成为一根根钢针，钢针在空气中铮铮铮响着，触到我们的身体，我们的身体就给划出了一道道纤细又麻乱的口子。

最初，我们在沙丘的坡峰上走，丘峰上有波浪似的沙纹，沙纹无穷的变化能为我们驱走行途的枯燥。此外，丘峰地势高，又使我们总能望见远处一无所有的坟地。但随着气温上升，丘峰上的沙子首先烫了起来，脚掌很快着火似的痛开了。我们只好下到沙谷，尽量在低处走，后来，连沙谷里的沙子也烫得无法行走，一个个只好穿上了凉鞋。凉鞋都是塑料材质，一接触滚烫的沙子，没走几步就软了，慢慢地，凉鞋也变得又软又烫，鞋面与鞋底的一些连接处，很快因此断掉。阳光炽烤下，曾经葱绿凉爽的树枝凉帽已经干败耷拉，只有叶片散发着星星缕缕的清苦气息，这让我的鼻孔不至于被沙漠里的热气灼伤。

正午时我们抵达坟地。坟地已经出了沙漠，地面上铺着一层厚薄不一的碱壳，土呈灰白色，没有墓碑，亦无坟包，更无任何植被。

跌跌撞撞的我们没有立刻走进坟地。

除了气温骇人，正午的沙漠还像阳光一般刺目，两个多小时的行走，我们的视力无法不遭遇破坏。距离坟地约一百米处，伫立着一棵垂死的胡杨树，当我们迫不及待挤进它短促的树荫里时，已经无法忍受它的阴影所带来的暗度。每个人都捂着眼睛，嚷嚷起自己的眼睛瞎了。我也闭上了眼睛，让红红黄黄的光线在眼前乱窜了一通。

虽然停止了行走，但身体热度仍在上升，坐在热腾腾的沙地上，我感到自己活像一只烤熟了的红薯，红着脸、热烘烘地朝一种极限膨胀而去。热气由一种温度疾变为一种声音，最终幻化为耳鸣，萦绕在脑际，更加让我昏昏然。而我的嗅觉还在。每个人的身上都有一股浓稠的咸腥气，每个人的脖颈、耳边、发根处、嘴角，长长短短地挂着一根或者一坨刺目的白色盐渍，就好像每个人将在日光中一点点蒸发掉。

不久，那种令人窒息的厉热平缓了一些。四际除了我们的呼吸声，除了屎壳郎虫从我们脚边急匆匆消失的笨重背影，再无更多令我们稍感亲近的事物。

坟地一览无余一片死寂，我们坐在树荫下，默默地看着它。

炽烈的日光并未驱走坟地本身的色调——腐败的灰，就连远处一抹连绵的绿色，也似乎在它惨淡的气氛里消泯殆尽。几块从地面里翻翘出来的棺材板，好似一道丑陋又可怖的刀疤，越仔细看，越刿目怵心。那一刻，不知为什么，我觉得坟地正在向我们走来，坟地是活的。害怕、惊悸、虚弱，但我没敢说出来。

或许，“死亡”并不是一种停息和终止；或许，“死亡”真的能像细菌一样在黑暗和腐败中繁殖，进而更改与它相联的事物的气质。譬如，坟地的环境，坟地的气味和气氛，不然，为什么当年的我，会觉得坟地是活的，能够一摇一晃地朝我而来呢？一种臆想，一种因为刺激过度而出现的短暂幻觉。但是，谁能够否认，“死亡”不是一当我们来到这个世界，便一摇一晃朝我们而来呢？

喝了水，稍事休息后，几个胆大无畏的男孩子活动起来。天空黯淡了些，不知什么时候，起了一层淡灰色的云。

两个男孩无所畏惧地走在前面，脚下荡起一层悬虚的白雾，跟在后面的我继而就闻到了一种呛鼻的咸味，咸味之下，翻涌着浓烈的土腥味、霉味。沙地常年无人行走，盐碱壳越结越厚大，然而一有触动，便轻易地碎成粉末，粉末升腾起来，随空气飘进我们的鼻腔。

不多时，我的鼻腔在一阵火烧过后就刺痛起来，一个年岁小的女孩开始呕吐。土尘的盐碱味仅仅损伤了我们的鼻腔，而盐碱之下腐败的霉味，却导致了我们胃囊的痉挛。“死亡”已经渗透了它周身的土壤，每个人又黑又红的双脚，如同浸泡在一滩灰蒙蒙的死水中，脚面与脚踝都染上了一种腐败的灰色。

距离坟地中心越来越近，已经略微能够看见几个翻出地面龇牙咧嘴的棺木空荡荡的一角了，胆小的人不敢再向前，停下了脚步。我也定在了原地，目睹那些继续向前走去的“勇敢”男孩，看他们怎样与“死亡”游戏。

显然，“一个女人的黑头发”依旧是他们兴致的中心。他们分头去找。裸露在地面上的棺木如同一具具人体的残骸。有人直接向敞开棺盖的棺柩里探头探脑，有人溜着开裂的棺木缝隙小心窥探，有人仔细在地面上搜索，脚下踢踢打打，升起团团白色的沙雾。

很快，他们就有了可憎而快乐的收获。有人用木棍举着一只白惨惨的头骨，故意逼近那些胆小的伙伴，一个小女孩立刻尖叫着哭喊起来；有人更得意，因为他木棍的顶端，骇然顶着一副完整的又黑又长的头发，它肮脏地揉成一团，却也有几缕长发在空中飘动。没人知道那副头发为什么如此完整，它似乎更像一只假发头套。

男孩们都被这个胜利吸引去了。他们中间骚动起来，开始争抢这个最具荣誉感的胜利品：一团顶在木棍尖上的死人头发——“死亡”送给他们的玩具。

首先将木棍抢在手里的人兴奋地跑起来，边跑边摇动木棍，那团头发便飘移起来，飞一般游荡在坟地的上空。这就更加逗引了其他人。年少的冲动使他们越发疯狂，七八个男孩东奔西突、你推我搡，在越发沸腾的土尘里，仰着头、不发一语，追逐一团飘在空中的死人头发。在愈渐紧迫的狂热中，他们似乎形成了一个默契：凡将木棍抢到手的人，都被允许短暂地玩乐一通。于是，这个手举木棍的人，就会想方设法以最奇特最漂亮的手法舞动头发，仿佛把自己想象成了那些舞动彩带或者狮、龙的人。但是很快，那些站在一旁、跃跃欲试的伙伴就没了耐心，不等这个人将头发耍出更完美更惊险的姿态，就有人一把夺去，而后立刻窜出人群，尽可能高举手臂，将头发像胜利的旗帜一样地来回地摇动。

有几分钟，我死死盯着那团飘移在坟地上空的黑头发。它时而像钟摆一样幅度很大地来回晃动，时而蹦蹦跳跳像个疯癫的木偶，时而又上上下下起伏不定，犹如溺水毙亡的人。在我这个旁观者看来，这一切并非与那几个顽劣的男孩有关，而是头发内部有什么东西，譬如一股暗处的力道，指使它在移动、在跳动。甚至那几个男孩在这团头发前所表现的疯狂和粗暴，也由这股力量诱引而来。

那团又乱又脏的黑头发并不是总被木棍顶着，偶尔它也会掉下来，那时候，男孩们就会一哄而上，用脚把那团东西球一般地踢来踢去，直到有人再次用木棍将它高高挑起。

他们目中无人地玩乐着，丝毫没觉着这个举动里的非分与忤逆。有位男孩因为体力缘故，与其他人拉开了距离，他拖拉着步伐，垮着腰身从我身前走过。走近我的一瞬，我看见肮脏的汗水如同沟渠一般贯穿了他的整个脸庞、脖颈；他的眼睛，因为飞进太多带着盐碱的尘埃，又红又肿；而他的全身，因为涂上了一层厚重的土灰色，再无丝毫夺目的青春色泽，加之散发出的带着热气的霉味，以至于让我误认为他整个人像是由内而外地变质了。

大概这副形象比那些躺在棺柩里的死人更像一具亡灵。我被吓跑了，转身来到年龄最大的两位女孩身边。而这时候的她们，似乎也无法再容忍男孩们的胡闹。于是，其中一位大喊一声："别闹了！"

这声音足够大，但却没能阻止那群处于疯癫状态的男孩，那团头发以巨大的魔力刺激了他们正在萌发的青春。他们仍旧在白雾状的土尘里奔跑、撕扯，不弃不停地拼抢，仿佛那是一只运动场上的篮球。他们集聚的地方尘埃突然沸腾，他们离开的地方尘埃慢慢飘散，整个坟地很快便弥漫在一片尘雾中，而他们的黑色头发，也像那团死人的头发，在尘雾之上起伏不定、疾速飘移。

天空越发阴沉，日光曚昽，灰云低垂，像要变天了。

无法制止他们，喊话的女孩只好说："走吧，别理他们，我们去树下坐着。"

一群女孩在树下静坐，一群男孩在坟地里胡作非为。在"死亡"面前，一群孩童对"死亡"的态度截然分成了两部分。

我们静静等着，等待那群男孩结束他们的游戏，等待他们扔开那团头发——"死亡"的玩具，回到我们这边。是的，我们清楚地知道，此时，有一条界线划开了我们这个群体，那团脏乎乎的女人头发把他们带进另一边，纵然那一边并非如我们所想象的朽腐可怖。在我们这群女孩看来，当亲眼见到那团脏乎乎的女人头发，它带给我们的，仅仅是头皮不可抑止地阵阵发麻。或许，这多半是因为我们都留着一头或长或短的黑发，都有可能成为使男孩子们发狂的"死亡"玩具。

阴郁压在沙漠上空，没有风，我们唯有用无声来对付闷热。不约而同，我们背对着坟地默默坐着，完全对身后的事物——"死亡"抑或与"死亡"相关的游戏——失去了兴致，甚至还有几分厌恶。这样一来，我就有机会眺望横亘在我们眼前的沙漠。

就在这时，两只黑色的大蝴蝶飞到了我们面前，有一只竟然就停在离我不远处的一根枯树枝上。沉默良久的姑娘们立刻发出了惊叹，一时之间，大家小声传递着内心的惊喜，不敢有任何大的动作，生怕吓走了它们。

我们每个人都凝视着黑蝴蝶，期待它能够多停留一会儿，毕竟，在我们日常的经验中，从未看见过这样大的黑蝴蝶。我开始细细打量那只咫尺之外的黑蝴蝶。它全身乌黑，只在尾翅部分渗出几点胭红色。它伏在枯枝上，纹丝不动，似乎正在揣摩要跟我们说些什么。说实话，它并不漂亮，浓重的黑色当然不及鲜亮的色彩更能使我们快乐，而且，一旦看清了它毛茸茸夹在两片翅膀间的煤黑色身体，以及又黑又小的圆眼睛，我便无端断定它是凶恶的、黑暗的。这样想着，我前倾的身体不由自主往后躲了躲，就是这个动作，使它猛地飞起，并且坚决地飞走了。

黑蝴蝶眨眼间便消失了。虽然对它心有嫌恶，我还是不由自主抬起头，向四处张望了一会儿。我没有找见它，也说不清自己为什么要找它。我只是越发回想着它身上的黑色，它又黑又小的眼睛。那种黑越来越腐败，越来越接近那团陌生女人的黑头发，甚至散发出腥咸的碱灰味。后来，它们简直变成了一坨活动的黑影，随着我的目光在我的心里扩展、蔓延，直到我感到微微的恐惧。我不知道黑蝴蝶去了哪里，我似乎想知道，但这完全是因为我的担心。我担心它看到我们的作为，去给什么事物报信，而那个事物，一定是黑色的，是腐败的。

终于，两个带头玩乐的大男孩察觉了我们这边的异样——不加入、不观看、不出声，静悄悄坐在树下，一个个心事重重。

一个接一个，他们回到了我们这边。

年龄最大的一位男孩活像一只肮脏的白猩猩，他魁梧的身材在我们面前绕来绕去，一双被土尘涂抹、眼线分明的眼睛奇怪地打量我们，仿佛从不认识我们。

“你们在这里发什么呆？”他趾高气扬地问。没有人敢回答。他披着一身土尘，头发灰白、脸膛灰白、嘴唇灰白、双手灰白，唯有一双褐黑的眼睛瞪着我们。

半晌，喊话的女孩忍不住了，她严厉地反诘："看看你们，跟鬼一样！"

大男孩看看左右的伙伴，没吭气，讪讪绕到我们身后，其他人也跟过去，随即，我们身后响起一片拍打头发、衣襟、裤脚的声音，继而咳嗓门、擤鼻涕、跺脚，乱成一片。

返程途中，队伍不再像来时那样团结、亲密，我们分成了两部分。男孩在前，女孩有意落在了后面。

只有走进沙漠，才能感受到沙漠的广大和严厉。身体疲惫加心情灰暗，使路程更艰难了。下午，被太阳晒过的沙子会像冻土一样变软，不管年龄大小，动不动就会有人被又软又烫的沙子绊个踉跄。但是大多数人都咬着牙，没有为路程漫长哭出声来。

事实上，在走上返程之路不长的一段时间里，恐慌一直尾随着我：坟地会不会一直跟着我们，或者坟地里的什么事物会将我们一把拽回去？直到后来，我一再回头确认坟地看不见了，心里才安宁了些。

路程过半的时候，黑蝴蝶突然从天而降，再次出现在我们身旁。但这一次，我们不再被它吸引，更没有发出惊叹，我们一个个垂头丧气地走着，木然或者漠然地看它一眼，随即又低下了头。而黑蝴蝶仿佛只是为了瞧一眼我们的狼狈相，在我们身旁一绕，便落在身后几米之外的一个沙坡上，纹丝不动，一如从前。

六

出生在沙漠的孩子，他是沙漠的孩子，还是给了他相貌、骨骼、血脉、习惯以及记忆的爸爸妈妈的孩子？

我们出生在沙漠，但我们从幼年、从能够用连贯的音节回答旁人提问的年龄起，我们便知道这样一个事实：我们每个人都有一个遥远的老家，我们是外乡人，是梦想着离开沙漠、回到老家的人。

但我从没有见过自己的老家，它只是我的出生证明上两粒潮湿的字迹，是父亲愈渐轻微的口音里一个轻轻上扬的语调儿，而它天空的高度、屋檐的朝向，以及季节的颜色，仅仅是地图上那些冰凉而空洞的符号和地名。

我上初三了，历史老师，以及语文老师开始引导我们去观察我们共同的出生地——沙漠。

但我们无法生出一丝自豪感，它偏僻、简陋、粗糙，一无所是。我们不约而同选择了避而不谈。但我们每人都再清楚不过：我们的沙漠，它曾是世界的一个小小的空白；像它的外表一样，赤裸、荒远、无意义；没有人曾经爱过它，为它写一个动人的小故事；没有人为它在河岸上立起一块雕塑；没有人愿意留下，成为一个隐姓埋名的遁世者；没有人愿意记得它，为它在史书上留下一个卑微的记录；就连战争或者瘟疫，也远远避开了它；它洁净、纯白、寂静，它也凶险、粗暴、令人绝望。在这里，在我们的父辈到来之前，自然界的意志挫败了人的意志，使它类似于一块人类的禁地，拒绝人的闯入、拒绝人在其上留下自我的痕迹。

我们在这块禁地，在这块小小的空白上长大，既无历史滋养我们，亦无历史禁锢我们；既没有地域文化熏陶我们，亦没有地域文化限定我们，我们真的像草一样，在荒野里随风摆荡、恣意疯长，皮肤焦黄、性情干燥、背影急促。如果曾有一段历史和文化左右过我们，那么，它们也只能是父辈们被流放之后的不甘和怨愤情绪。

小镇里到处都是沙地。沙地上，除了芦苇只是一些野荆棘，没有绿地，树荫极少，太阳旷日持久地悬挂着，天空响亮而耀目。没有人看得清更远一些的事物，因为稍远处的事物都在热气里扭动、变得虚幻；没有人听得见更远的声音，因为被太阳晒烫的空气如同绷紧的弓弦，在风中铮铮作响。那些远离故乡的知青、右派、逃难者、士兵分布在小镇里，他们或高贵或寒酸的出身都一无幸免地遭遇了同一种命运——在沙丘之间的平地上屯垦，他们曾经因为地理、风俗而不同的长相都不约而同蒙上了一层干渴而疲倦的色泽。不过，他们还算是幸运的，因为或多或少，相同的境遇使他们彼此能够谅解旁人的抱怨、暴躁、孤立和傲慢，允许他们在这片一无所有的沙地上怀念故乡，使用彼此陌生的方言。西方上帝用来挫伤人际关系的语言计谋在巴别塔悄然得逞，却在这里滋养了人的心灵。因为彼此不同，他们因而相互包容。因为他们的到来，沙漠不再是一无所有。

初中毕业时，我听到一种奇怪的歌声。站在歌声前，最初我只是觉着吃惊，后来又腼腆地笑了很久。歌声结束时，有人告诉我，那是京韵大鼓。

唱歌的人来自天津，一位慵懒的家庭主妇，除了为孩子和丈夫准备一日三餐，她几乎什么也不做，后来，当她的姑娘们都长大了，她甚至连饭也懒得打理了，一天的大多数时间里只是靠在床铺上，怀里抱着一团永远也织不完的毛活。夏天，我常见她光着上身躺在床上的样子，丰沛的阳光照着她丰腴的身体，一对丰乳热烈晃动，让人诧异这荒茫的沙地上还有如此肥沃繁荣的事物。此人是陈小得的母亲，她操一口天津腔，嗓音细如蚕丝，我们因此总说“陈小得的妈妈要把调子拐到天上去呢”。她是大院里最闲的女人，被男人养着，被四个孩子宠着。但我们只能私下里鄙薄她是最懒、最笨、最骚的女人。但她的姑娘们，尤其是陈小得，却觉得她们的母亲惯于袒胸露怀是一件令她们骄傲的事情。

暑假里的一天，我刚走近陈小得家的门前，就听陈小得在屋里叫着："快来快来，我妈要唱戏了。"我慌里慌张关上门，进了里屋，就见陈小得的妈妈站在床前的一片阳光中。她依然光着上身，耷拉下来的乳房浸泡在光线里，白亮刺眼，而肚皮上的脂肪因为站立的缘故鼓出裤带，那一块的皮肤微微泛黄，好似一块又松又软的发面团。我忍不住为见到这样一副从成熟走向衰老的女性躯体感到意外，便只顾盯着看了起来。见我这副模样，陈小得的妈妈扑哧笑出了声："小丫头片子，没看过你妈啊？"边说边穿上了一件旧军服。接着她正过身，清了清嗓门儿，左手端着一只白瓷碟儿，右手拿起一根细竹筷子，抿了抿嘴儿就唱了起来。

我这才知道那碟儿和筷子都是她的道具，没有鼓，她便以碟代鼓。她连说带唱，时不时用筷子击下碟儿，眼神儿随着筷子的起落甩来甩去。我听不懂歌词，也不觉着这歌声有多么好听，只是因为它的奇怪而瞪大了眼睛。这歌声如此鲜明，像清晨叫醒我的鸟雀声，就是在收音机里我也没有听见过。

那一刻，陈小得的妈妈因此也变得陌生，不像平日那般懒散、庸常了。她的每一句唱词都变得振振有词、有板有眼，声音忽而紧张，忽而平缓，忽而又激越起来。我呆呆听着，心里惊奇不已，莫名地认为这是一种来自远方的事物，在那里，人们欢喜与担忧的模样是那么与众不同。

在一句极高的唱音前，她突然停了下来，再一次扑哧笑出声来，我们几个娃娃听众才都像醒了似的也跟着嘿嘿笑起来。

这次之后，我开始知道陈小得妈妈嘴里哼唱的曲调儿了，多数时间它们不再像我第一次听见的那样沉着有力了，而是轻松与诙谐的，俏皮地眨着眼睛，有时候，会把自己和旁人逗得一起笑起来。

之后的时光里，我陆续从日常生活的缝隙中听到了与京韵大鼓不同的曲调和声音，京剧、花鼓戏、俄罗斯民歌、沪剧、豫剧、二人转。每一次，这些走在我身前身后熟稔的人影，都会因为那些生疏的唱腔令我感到陌生、遥远。我深信沉浸在这些歌声里的他们，一定与我熟识的他们迥若两人。在这些歌声里，他们撤除了平素裹在脸上的僵硬面具，还原了那些与生俱来的软弱、敏捷和丰富，如同回到了一个自在而明亮的时空。

这些曲调和声音并不响亮，大多时间显得模糊、黯淡，只是悄悄或者偶尔回旋在院子的某个角落，像一块柔软的滑板，载着歌唱的人，滑向他们各自思念的故乡；也像一些细碎的小花，稀疏地、断断续续地开在广阔、荒芜的沙漠中。

许多年里，这些用来点缀沙漠沉闷与苟简生活的异乡文化，既无缘壮大，也不至于消泯而尽。缓慢爬行的时代，病态的沉默，以及沙漠浓烈的尘土气息，既是这些小花的避难所，也制造了足够窒息它们的阴影，而身临其境的我们，也就如同听到了一个隐隐约约的故事，仅仅记得故事的一个漫漶缥缈的影子，谁也不曾真正地靠过去，感知它真正的脉动和体温。

我不是来看电影的

夜幕降临后，这个只有四五千人的沙漠小镇就更加寂静了。一种类似于蛮荒中的黑暗让人们不自禁地担心着什么。没有月亮的夜晚，那些白天供人行走的灰色碱土路重又回归混沌，在漆黑里自由又无限地伸展；寒风叵测难料，忽而穿过水井旁的芦苇丛，忽而狠狠撞向某户人家的后墙，不只这户人家，几乎每户人家的外墙墙面都因为土坯返碱开始大块大块地脱落，风吹在裸露的土坯上，耳尖的人一定会听到松散的沙屑又被掀落的沙沙声；人们守在土坯砌就的矮小平房里，就着昏黄的灯光小声说话或者发呆；院门是用弯曲的柳木或者胡杨木做的，虽然漏风也要紧紧扣住；窗户封上了硬邦邦的白塑料，但是长夜漫漫，凛寒难挡，因此还要放下钉在窗户外的棉窗帘……

这里是二十世纪七十年代末塔里木盆地东北边缘上的一块戈壁绿洲，是塔里木河下游东岸的一个屯垦农场，冬天过去之后，这一年的春天，团部发生了一件令人奔走相告的喜事——工人文化宫和露天电影院建成了。这两座白色的建筑物犹如戈壁滩上的两座神殿，意味着一个新的时代，意味着被禁足的欢乐将如雪水融化、如烟花绽放，意味着一些虚幻而遥远的事物被允许来到我们的生活进入我们的心灵。

这两座白色建筑物矗立在团场的核心位置，前后左右分别是医院、学校、团部机关、国营商店和家属区。它们之所以引人注目还有一个更显著的原因，它们是白色的，雪的白色，在周遭的破败与萧杀里，它们的崭新与洁净让人莫名地激动和亢奋，一种终于拥有一件向往之物的激动，和未来即将改变的亢奋。家、学校、团部机关、卫生队、商店、修理铺……我所见过的房子都是土黄或者土灰色的，那不仅仅是戈壁滩的颜色，也是那个就要过去的时代的颜色——衰败、破旧、压抑、枯燥。连同露天电影院一起建起的还有工人文化宫，它们相互紧挨，隔着一条通往家属区的巷道，呈直角而立。事实上，比起那些土黄色的旧建筑——团部机关、商店和学校，新建起的文化宫和电影院虽然有着崭新的雪白色，但从建筑艺术的角度上来看，它们确实是缺少创造力的。那些旧建筑都带着苏联风格，大门两旁有对称的罗马柱，门梁上有浮雕，讲究左右对称，有长而阴凉的回廊。而电影院和文化宫，则仅仅是新、白、大，并无特色可言，尤其电影院，今天看来简直平庸到极致。一圈刷得雪白的围墙，有进出的两个大门，围墙一端搭起一座舞台，舞台上有一面高出围墙当作银幕的白色墙面；银幕的对面，是封闭的放映室，同样刷得雪白，高耸的墙面上开着两只小窗，放映机的光束就从那里熠动着射向前方银幕；在银幕与放映室之间，是由低而高呈梯形排列的水泥凳，左右中三列，中间隔着过道；然而地面是不可能硬化的，都是踩下去半脚灰的碱土路，过道上因为走得人多，路面稍微硬实。座位下面可不一样，没几天就返了碱，虚泡泡地浮起一层盐碱白；而围墙的四个角落，因为少有人去，那些没有砍断根的芦苇没有几天又噌噌噌地长了起来。

但是这一切根本没有妨碍或者减少我们的亢奋，对于欢乐和改变的渴望，对于那个光影世界的想象——粗鲁地就把物质的简陋撞翻在一旁。我们根本不理会夏天的蚊子，那些戈壁滩的蚊子，像飞向吸力巨大的磁铁，前仆后继扑在我们身上，一巴掌拍下去，便是满手黏糊糊的热血；也不管冬天的寒冷，新电影都是附近几个团场轮流放映，常要等到上一个团场放完，我们团等在一旁的放映员才能拿到胶片，再匆匆赶回三五十公里外自己的电影院，这期间，我们坐在冰冷的水泥凳上无怨无悔地等。水泥凳寒凉入骨，必须垫着厚厚的硬纸壳，否则无法下坐。但是没多久脚会冻疼，脚指头像是给钳子狠狠地又夹又扯，于是有人站起来在过道上缩着肩膀走动，坐着不想起来的人便开始跺脚，先初只有一两人，很快旁边的人跟着跺，接着左右前后跺脚声连成一片。片刻，等到跺脚声震动全场时，电影院雾蒙蒙的已经腾起半空高的尘埃。人们一边笑着说着，一边吸下去半口灰尘，有孩子就咳起来，接着大人咳起来，接着是乱成一片的清嗓子的吭吭喀喀的声响。这时候跺脚声已经轻了，陆陆续续响着一些，旁边的人会说——别跺了，嗓子疼。因为土尘里一半是盐与碱。要等好一阵儿，尘土才能完全落下，才能看清楚前方只是一片暗影的银幕。所以，这天晚上，看完电影回到家里，每个人从头到脚都会蒙着一层银白色的灰尘，衣褶、嘴角、睫毛、鞋带扣……都长了一层白毛，啊，每个人都白茸茸毛茸茸地回到了家里，看起来都轻飘飘的，恍恍惚惚的，意醉神迷的，就好像一场电影，真的让每个人都脱胎换骨了。

有了露天影院，但新电影总是太少，远远够不上我们的翘首企盼。周末到了，若是还没有放电影的消息，心急的某位大人，会对孩子说，去，快去商店看一眼，今晚有没有电影。电影预告一般写在两个地方，一个是国有商店正中间的外墙黑板上，一个在电影院售票口上方。多数时间，放学回家的孩子会顺路跑去电影院，瞅一眼售票口上方的黑板有没有粉笔写好的影片名。此外，孩子也会围着大人问，这个星期有没有新电影，若有，大人就笑眯眯地瞅过来一眼，说，赶紧做作业去；若没有，大人们就嫌烦似的挥挥手，去去去，哪儿有那么多新电影。有时候，我们几个孩子会在一场电影还没开映前，合伙跑到放映室，挤在门口，不敢进去，探头看放映员在做什么。放映员总是那么傲慢，见我们畏畏缩缩的，脸上就更加严肃。他一边调试机器，一边做出生气的样子。嗐！不好好坐着，上这儿来干什么？把门关上！放映员是个大男孩，个子大嗓门儿也大。大哥哥，我们战战兢兢地问，下周有没有新电影？新电影，什么新电影？新电影在北京呢，你们看得着吗？快走，把门关上。尽管从来问不出任何消息，我们仍不死心，直到放映员烦透了我们，直到放映室的门再也推不开一丝缝隙。

那些在内地大城市上映的影片有一些是经不起远途颠簸的，它们只隐约传来一个片名，就消失在时间里。不过这也许正意味着一个考验，传播距离的长短如同时间，能够检验艺术品的价值。所以，那些最终抵达茫茫戈壁的，能够让我们痴迷又顽强地坐在露天电影院的电影，必然是那个时代的经典。《巴山夜雨》《戴手铐的旅客》《第二次握手》《庐山恋》《神秘的大佛》《被爱情遗忘的角落》《七品芝麻官》……虽不能完全理解其间的故事与人物，但这些影片的名字从此铭刻在我的心中。

夏天晚上，天一黑，暑热即刻消散，但凡有电影，团部附近的住家，每户都全员出动。行前，母亲要给孩子们抹花露水，全身抹下来很浪费，也不见得管多少用，有的就马虎地在头上揉一圈，算是抹了。戈壁滩的夜空清澈而沉寂，这时候已经没有人在乎头顶闪烁的繁星同样具备另一种令人遐想的品质，譬如正在经历的人生将如何汇入繁星之间、再消失于渺茫的穹宇，这些想象过于遥远，几乎甚于没有边际的夜空，怎样都比不上眼前正在上演的人间悲喜，比不上这些人间悲喜为他们带来的弥补与抚慰。星空是冰冷的未知，电影是他们拥有、幻想却无法表达的情感和心灵，是将他们从吞吐万物的星空中扯拽出来，印证他们存在着——爱过、痛苦过和失望过——的一种魔术。放映机的光束在人们头顶滚动，蚊蠓和飞蠓在光束中飞舞，一条神不知鬼不觉的时空隧道在星空下显形，被禁锢的大脑与语言，便循着这条由光与影构成的隧道进入无边的遐想和探险。

而孩子们现在还感受不到这一切。电影看到一半，我们一帮小屁孩便已得知一行伙伴各自坐在什么位置，于是就着半空中明暗相继的光束，一边扑打身上的蚊虫，一边猫着腰挨个将每个伙伴从父母身边喊出来，声音虽然压得极低，却仍然招来大人们的呵斥。我们要做什么呢？其实就是东游西晃，去售票窗口看看售票室都有什么东西，爬到影院墙外的老柳树上俯望墙内黑压压的人头，走上舞台站在放映机的光束中让自己的身影映上银幕，或者，挤在影院一角玩一次“电报得救”游戏。这期间，若声音吵到一心看电影的旁人，难免又被猛吼两句，如此，周而复始，直至电影结束。

新电影越来越少，《巴山夜雨》《戴手铐的旅客》《第二次握手》《庐山恋》《被爱情遗忘的角落》……这些都是看一遍无法满足的影片，但总是放映一结束拷贝便被下一个团场匆匆带走，重复放映绝无可能。能留下来的，我记得只有《神秘的大佛》和《七品芝麻官》两部电影，前者重映两次也不见了，唯有《七品芝麻官》，似乎陪伴了我们整整一个夏天。我大概把这部电影看了七次或者九次，并非这个唱着“当官不为民做主，不如回家卖红薯”芝麻官的正义感多么感染了我，或者整部影片还有别的什么吸引了我。没有，什么都没有，一个九岁女孩，我关心的既不是正义，也非艺术。团场有许多河南人，他们在团场建设之初就来到这里，有复员老兵，也有河南支边青年。豫剧《七品芝麻官》放到第九遍，电影院里的观众恐怕大多数就是这些河南籍人士了，他们来此是为了重温乡音，家乡的豫剧被拍成戏剧电影，他们一遍遍地看，一定缘自有关故乡的早年记忆，和身为河南人的自豪感。我显然不属于他们。但我也像他们一样将这部影片看了七次或者九次。我记得父亲一再阻止我，他比我记得更清楚，这部影片我看过几次。父亲说出那个数字时，连我自己也吓了一跳。你都看七次了！有什么好看的，唱戏的，你听得懂吗？夕阳淡红色的残照就要退出院墙，父亲坐在小院的矮凳上抽烟，听到我说要去看电影，斜了我一眼，绷着脸说。我心里一惊，将已经拿在手里的小椅凳放在门边。书读了吗？作业做了吗？父亲看我一副不甘心的样子，就拿功课的事情敲打我。书没有读，作业也没有做，电影已经看过七次，但是我仍然要去，即使解释不出要去的原因。大概因为是暑假，大概也因为父亲累了，或者他正为别的事情烦恼，总之，我在外屋顽固地沉默片刻之后，又再三央求了父亲几句，最终，在天黑之前，我还是扛着我的小椅凳顺利出门了。但是当院门在我身后关上，当我迈开脚步踏入灰蓝色的暮色中时，我却没有丝毫赢得胜利的快乐，反而因为孤单，心中升起一缕不为外人所知同时也会遭人嬉笑的忧愁。

一个九岁女孩的忧愁是什么？父亲是通情达理的，知道无法把我关在家里。然而当我一个人扛着小椅凳走在空寂的暮色中，猛然认识到自己要去做的是一件毫无快乐可言的事情，独自去看一部看了七遍却根本不喜欢的电影，有什么意思呢？但是我必须去，我不能只和父亲待在灯光昏暗的家里，土坯平房的屋顶又矮又黑，没有人跟我说话，父亲只会闷头抽烟。

天完全黑下来，电影一定已经开始，往电影院去的路上有两个水塘，一个蓄存人的饮用水，小而深，四周种着高大茂密的垂柳，禁止闲人和孩童靠近；另一个是给家禽和家畜喝的蓄水池，浅而大，四周都是芦苇，间或有几棵沙枣树，人们叫它鸭子坑，水坑周围到处都是鸭子脱落的羽毛，我们在此找到的欢乐比鸭毛还多。我扛着小椅凳在鸭子坑边上侧耳倾听，水面亮亮的，月光到处都是，爬在每一条水纹上，月光有许多小爪子，它们弯弯的，伸得又长又细。草丛里不时传来一阵急躁的骚动声，有不知何物的细小尖鸣，更多是稀里哗啦水的碎响声。我其实不是在欣赏鸭子坑的夜景，我在做最后挣扎，家属院的小伙伴，谁最有可能和我一起去看电影？接着我扛起小椅凳拐头去了她家，她是我的同班同学，我们玩得不错，关键是她的爸爸妈妈都是温和慈祥的人，她如果愿意和我一起去，她的爸爸妈妈那里就好说话了。我敲开门，她站在门前听我说完，转身进屋征求父母意见。门开着，里面的话听得很清楚。都演多少遍了，有什么看的，不许去！她的爸爸口气又严厉又烦躁，我从来不觉得他会是这样一种人。

我扛着小椅凳独自去了电影院，电影已经开始，人必然不多。不少人完全是闲逛到此顺便看两眼的架势——挎着腰手插在裤兜，或者一只手夹根烟，连凳子都不坐，就那么游手好闲地立在那儿。因为人少，也不再一排排按规矩坐在水泥凳上，除了前两排，后面的人都上前站着，围着舞台凌乱地站成一个半圆。我来到舞台侧面，在几乎与银幕呈一百二十度角的一个空处放下小椅凳，然后摇了摇凳子，保证让它的四条腿在一踩半脚坑的碱土地面上扎稳，这就坐了上去。家里原本没有这种儿童靠背椅凳，我与妹妹经常为争抢同一只矮凳而打闹，父亲索性做了两把靠背椅，漆成深褐色，为了不搞混，靠背样式稍有不同，从此我与妹妹一人一把，家里和平了许多。我非常珍爱我的这把椅子，不仅不允许妹妹碰，连爸爸妈妈坐上去也会让我感到不安，只要在家，即使不用它，我也会用眼睛紧紧盯着它。

坐在小椅凳上开始看电影，由于角度过斜，没有一个画面能够看清晰，但没有关系，因为我根本不是来看电影的。这真是一种奇怪的状态，至今连我自己也感到惊讶，一个九岁女孩为什么会有如此顽固又怪异的举动？难道不害怕，不觉得孤单，或者不怕被别人取笑吗？我肯定是害怕的，一定也会觉得孤单，一定一百个不情愿被人取笑。但这些都没能让我待在家里，或者阻止我独自前往和坐在电影院。一定是有什么在吸引我的吧！说它是一种可能性似乎是可以的。那么，是什么样的可能性呢？望着那些看电影的人的脸，他们的脸被辉映其上的银幕光芒照得发亮，活像涂了一层金粉，或者裹了一个来回变色的金属面具，每个人的眼睛都熠熠发光，为此我立刻想到了家里的大黑猫，一双透明的铜色玻璃眼在夜里摄人魂魄地盯着黑暗里的响动。这样的一张张脸，与白天和平常都大有不同，有些简直陌生得让人感到担心、奇怪得让人害怕，许多神情是我无法描述、更无法理解的。那些脸可以并开始了变化，像天空中的云，像孙悟空七十二变，变成另一种形态，另一个人或者动物；更像姥爷在锅里熬制的糖稀，柔软黏稠发亮，在每一分的热量中扭动翻滚咕噜，顷刻凝固，顷刻又融化。这件事真的十分神奇。电影，或者银幕上的光芒让他们变得陌生，或者成为另一个人，这种变化带来的陌生感让我担心，却又使我莫名地兴奋和满足。我无可避免地想到了爸爸妈妈，想到我从来没有见过他们在看电影时的脸的表情，我总是坐在他们身边，或者电影看到一半就和伙伴们找乐子去了，因此无从观察他们的脸。这种联想令我十分激动，想到最熟悉的爸爸妈妈的脸可能也有的变化，可能出现我从来没有见过的奇怪的模样和神情。那模样虽然有可能让我觉得吃惊和害怕，但无论如何，这是一件极其有趣的事情，就好像无意间知晓了他人的一个秘密，无意间窥探到我所熟悉的这些人、身边事物的背后，还潜伏着一个更大、更多未知的世界。这都是因为半空中那根翻滚着向前而去的光束。我的视线从人脸往上移，移到人头之上、半空中的那束光，那条一边闪动一边变幻色彩的光束，只需稍加凝视，就会发现它意味着比正在放映的电影故事更多、更大的东西。首先它发光，能够穿透黑暗，它和我的眼睛不同，我的眼睛是摄取，它是投射，一个向内，一个向外；还有，它看起来和隧道没什么两样，那些蚊虫可以钻到它的里面，上上下下地飞来飞去，那么，人可不可以想想办法，钻到它的里面去呢；还有，那些光，到底怎么回事，它是怎样通过闪来闪去就把光变成了一个个的人了呢……这次观影经历如此强烈，以至于掩盖了那个年月我对更多优秀电影的感受与印象，我记住了《戴手铐的旅客》中的歌曲，记住了《被爱情遗忘的角落》里女主角在一间破屋子里脱掉外衣的镜头，记住了张瑜和刘晓庆的脸，和她们其中的某一位系在脖子上的红纱巾……但只有在看《七品芝麻官》的时候，我记住了自己的内心，记住了那些越出电影飞向可能与未知世界的遐想。

火之吻

这是谁都想不到的事情，就是事情发生后也没有人想到什么，若非多年后一个局外人的闲言碎语，我们没有人将这两件事联系起来，因为两件事本无丝毫关联，更无心理的暗自积存。但是，被说破的话，就像那两块疤痕一样，永久地留在了我们的眼皮底下，即使不看、不说，它也不会再消退了。时间过去这么久，忽而一想，它会使我感到害怕，忽而再想，它又会让我生出更多疑惑——世间万般，真的是于冥冥中相连的吗？

父母亲在我出生之前就来到了这里——塔克拉玛干沙漠东北角上的一个绿洲小镇，但说它是一个沙漠或者戈壁小镇也毫不失实。因为直到二十世纪五十年代，这里还是一片近乎无人生存的戈壁荒原，放眼望去，天际苍黄，四野枯犷。土地倒是平坦，有土质优良的泥炭地，也有白花花不宜种植的盐碱地，间或还有一些沙梁和沙包，生长着一些数得过来的荒漠植被——胡杨、红柳、铃铛刺、罗布麻、苦豆子、芦苇、胖姑娘草……往南走，那条从西而东沿着沙漠边缘流动的塔里木河河水还在默默吞咽着河道两岸的沙土，再于悄然中，或左或右地摆动着自己的身躯。二十世纪五十年代末，茫茫荒原开始有所改变。一大批转业复员官兵和内地支边青年来到这里，在塔里木河中下游沿线垦荒修渠造林打鱼养殖，建起一连串的垦区团场。又过了十几年，情况好转许多，人们可以吃上自己种的水稻、瓜果和蔬菜，简陋的医院可以基本医治那些常见的疾病，除了简单的农作物加工工厂、机械修配厂、农作物科学研究单位，也有了电影院、商店、托儿所和中小学校。但情况又着实好不到哪里去，因为那些来自全国各地，尤其是内地大城市譬如上海、北京、杭州、广东的支边青年和知识青年，无论怎样用荣誉和理想的话语劝慰自己，也仍然无法填补两种天地在心中留下的巨大落差。不过，这时候他们还很年轻，还无法更深刻地体会命运这件事——在因为时代所需而被迫改变的命运与自然形成的命运之间，哪一种更有价值或者更具悲剧性，哪一种更能使他们感到此生无憾或者时运不济。所以，更多时候，他们只是感慨物质与环境间的天壤之别，感慨故土之远思乡之切，再为此流下一些灼烧眼眶的泪珠。

这是一九七二年冬日里的一个寻常夜晚，大概九点钟的样子，男主人给铁炉添上煤块之后就出了院门，不一会儿，女主人进了门，她的怀里抱着托管在邻居家的一岁大的女儿。女主人奶水丰足，但是因为白天无暇照顾孩子，只好每月花十五块钱，把女儿交给隔壁河南籍复转军人的妻子喂养。复转军人的妻子没有工作，并且安于自己止于生儿育女操持家务的身份，所以面色总是白润又喜悦。这多少让把女儿交给她哺乳的隔壁女主人感到一丝不快和妒意，间或也有一些心酸，同在哺乳期，却让自己的孩子躺在对方的怀里吃奶，再把自己沉甸甸的乳房挤空，这件事在每个女人那里，都无法平静自如。还有更严重的后果，这是女主人不曾想到的，这个吃过复转军人妻子的乳汁的女孩，此后一生都对其念念不忘，甚至比对她母亲的记忆更加温暖。进门后，女主人把孩子放在床上，转身给铁皮水壶灌上水，再打开炉盖，将水壶坐在火炉上。这是一户三口之家，这对年轻夫妇都过了三十岁，他们原本是兵团二师机关里的干事，动乱年代被下放到团场连队劳动，几经辗转，终于从连队调到团部机关工作。他们住在这排土坯平房的把东头，房子是里外两间，里间住人，外间做饭洗衣待客，在老人到来和另一个女儿出生之前，还算宽敞。女主人浓眉深目异常美艳，这一年她胖了许多，女儿出生不久，为了让奶水充足，她托人从二师机关所在地库尔勒市买来了许多炼乳，几罐喝下去，她的奶水多得吃不完，但是产假结束，她不得不在白天把女儿交给别人喂养，只在夜晚，让女儿吃空她憋胀一天的乳房。等待水开的时候，女主人先给躺在床上的女儿换了尿布，之后便急匆匆解开衣襟，将乳头塞进女儿嘴巴。抱着女儿在床边坐了片刻，女主人感到冷，便拖过一只矮凳，坐在火炉边。炉火渐旺，烤得她一侧的脸颊发烫，她移了移凳子的方向，好让热气均匀地散布在脸上。等到铁壶里的水开始嗞嗞作响的时候，女主人已经被炉火烤得熏然犯困，这时她站起来走到方桌跟前，一只手抱着女儿，一只手掂了掂暖水瓶，意识到水是满的不用再烧开水，便回到火炉旁，把炉上的水壶提到一边，盖上了炉盖。

也没有别的事，她的丈夫去看电影，《红灯记》，在团部礼堂，这样的冷天，坐在冰窖般的礼堂里看电影，要比在家里待着受罪许多。丈夫倒是喜欢样板戏，看完后没准还会哼两句，五音不全的人，竟然也能哼出个样子来。而她对样板戏从来没什么兴趣，她听不出其中的滋味，她心里想什么，一般是不能说出来的。她有一半维吾尔人的血统，她熟悉的是另一种每时每刻使人渴望手舞足蹈的音乐。不过在眼前这个被西北风吹得光秃秃的戈壁滩上，还有什么事能够带来些许消遣的快乐呢！也许，像丈夫一样能从样板戏中听出一些滋味，倒不乏是一种麻醉和安慰。

戈壁滩的夜晚过于凄寂，再小的风也会在窗下长久地呜咽不已，即使蜷缩在温暖的小屋里，也能感觉到如同置身于世界的尽头。女主人又在火炉前坐下来，没有多久，暖意和一天的劳累再次袭击了她，也更加强烈。按说她可以去里屋躺下，但炉火的温暖让她舍不得离开。她克制着睡意，将女儿换向另一侧乳房。不一会儿，怀中的女儿松开嘴巴，立刻睡熟了。她低头看着女儿，眼皮像热牛奶上开裂的奶皮子，一次比一次更稀软，她的头跟着往下沉，一次比一次重，一次比一次低，直到几乎挨上女儿的襁褓。一缕奶香飘进鼻孔，瞌睡已经开始麻醉她的各路神经。终于，睡意一把攫走了她的意识。

炉火静静地燃烧，热水壶发出懒洋洋的嗞嗞声，身心的疲惫暂时离开了她，她在暖香醇厚的睡眠中无始无终地飘浮，飘浮。时间不知道过了多久，突然，她被女儿尖厉的哭号声惊醒，身子猛地一震，跟着抬起头来，惊慌中她的视线一片模糊，不知道发生了什么，以为自己把女儿压疼了，但随即她闻到一股奇怪的焦煳味，再一看，女儿的右手不知什么时候粘在了火炉上，连同襁褓的一片拐角也一并搭在了炉壁上。她睁大眼睛，艳丽的面容吓得变了形，痛心地半张着嘴，一把托过女儿的手，只见女儿右手无名指和小指根上的皮肤已被烤煳溃烂。她自然是又害怕又心疼，着急得不知道怎么办，也许还在内疚中掉下了眼泪。

这个被烤煳了手的小女孩就是我，长大后我问母亲我右手的伤疤是怎么来的，母亲如实告诉了我事情的经过，并对父亲当时不在场表示了不满。是的，也许父亲当晚不去看电影，也许团部那天晚上不放电影，也许世界上没有电影这件事物，我就不会被烧伤，我的手就不会留下两条无法消除的疤痕。这当然是根本不成立的假设，但也并非完全没有关系，世界上的事情就是这么奇奇怪怪弯弯曲曲地联系在一起的，你不可能孤立地存在，一些看似毫无关联的人或者事件会在未可知的时空里与你的生命遥相呼应，再潜入你的意识与记忆，甚或左右你的情感与选择，如果细想，这其中的偶然与必然性、巧合与精密度，几乎等同于生命这件奇迹。

手上留下的这两个不起眼的疤痕并未对我的成长或者人生造成什么阴影和不幸，绝大多数时间，我根本想不起它们，只是偶尔听到妈妈的抱怨——《红灯记》不知道放过多少遍，你爸爸还要去看，那电影有什么好看的，不然你的手也不会被烧坏。

欢乐如此稀少，没有或者不被允许，但是欢乐不可少，即使从月亮一般荒凉的现实里，人们也能榨出几缕润泽心房的甘露。如今已经无法知道当年我的父亲坐在冰窖般的团部礼堂看电影的诸般情景，当望着影片中某位有着钢铁意志的人物，当望着那些远离他的生活的人物们的脸庞，再听到他们的话语与歌声时，他的内心有过怎样的波动或者联想。但无论如何，我的父亲一定有他去看这场电影的理由，关于这一点，我的母亲也未必能够说得清楚。

千里之外，时代发出巨响，当雷霆之声传至戈壁滩，难说已经损失了多少力量。这时候我已经十岁了，虽一心只在撒野玩乐，却还是感受到了团场的变化。大片的水稻地变成了棉田，人们开始意识到在沙漠里种植水稻所导致的水资源危机；团里发现了一种蛭石矿，据说矿石卖到了国外；团场收益第一次扭亏为盈，这消息是爸爸带回来的，虽然我并不知道什么是扭亏为盈；许多人开始包地，种棉花，种果树，养马鹿……这其中，最令人激动的，是人们看上了越来越多让他们永生难忘的好电影——《巴山夜雨》《戴手铐的旅客》《第二次握手》《庐山恋》《神秘的大佛》《被爱情遗忘的角落》。

那天晚上，一定是因为有部好电影，露天电影院里才有那么多人，妈妈才带我们来看电影。我不记得是什么电影了，只确定时间是在春节放假期间，天冷得出奇，许多人身披军大衣，脚上套着毡筒。妈妈、妹妹和我——我们母女三人来到电影院时，电影院白色的外墙下，已经一辆挨一辆、沿墙停着一整溜自行车，另外还有几辆从连队开来的拖拉机。为了占上一个好位置，我们来得挺早，谁想有这么多人比我们更早？我最先挤进电影院，眼疾脚快地抢到三个中后排的位置，然后大喊大叫，把妈妈和妹妹招呼过来。

因为是春节期间，满满当当的电影院里，到处是大声寒暄互致问候的说笑声，人人口袋都揣着瓜子、黄豆和糖，所以开映之前，除了叽叽喳喳的说话声、零星的鞭炮声，还有一层均匀地渗透在人声里的切切嚓嚓的嗑瓜子剥糖纸的细密响动，此外又间杂着微弱的跺脚取暖声。

电影开映了，各种声息慢慢小下去，各种交头接耳的动作，和猫三狗四的心理都暂时止住，都听说了这个电影好得要掉眼泪，所以都在等候自己被深深打动。

但是电影开映后我别扭起来，坐在我前排的人在想方设法垫高自己，到了我这里，屁股底下加两块砖头再加一个棉垫子也只能从前排两个后脑勺的间隙里看到银幕，妹妹呢，索性被妈妈搂在怀里站了起来。我够着脖子看了一阵，又累又冷，实在支撑不住，就低下身子，缩在前排浓黑的背影里左右观望。这样来回几次，电影大概步入关键，我瞥了一眼紧盯着前方银幕的妈妈，见她眉头紧蹙、嘴角微微抽动，一副痛苦不能自抑的陌生表情，不禁吓了一跳。我赶快转过头，不去看妈妈的脸，却无法像她那样专注又投入，前排人的脑袋忽左忽右，我就得随着他或她的移动而来回寻找空隙；寒冷像一条条小蛇，死死咬住我的脚指头，不管我怎么跺脚，都甩不掉它们。

除了坚持没有别的办法。已经不是过去，过去和我一起猫着腰在电影院找乐子的小伙伴现在不知道都在哪里，自从搬家，自从升年级调班，我和他们已经疏远了，我有了另外一帮完全不像他们的“坏孩子”朋友——成绩差、贪玩、胆子大、不服管教，他们彼此之间泾渭分明，而我在“坏孩子”朋友之间尝到的快乐、体会到的新奇远远超过了以往。前排人已经完全挡住了我，我把原本放在屁股底下的砖头垫在脚下，整个人站直了身体，这下终于能完整地看到银幕了，这下我终于被电影里的人物吸引住了，虽然故事怎么发展到这一步我并没有搞清楚……

这时，妈妈突然大叫了一声，哎呀——我的手，怎么回事！我立刻从砖头上跳下来，蹲下身去，就着头顶的光，只见妈妈痛苦地举着右臂，而手背中央，一块五分硬币大小的窟窿正在流血，血顺着她的手臂流进了袖筒，为此她必须抬起右肘，顷刻间，黑乌乌的血又顺着她的手指，染红了她的大半个手。我们都吓呆了，都不知道发生了什么事，连妈妈自己也不知道发生了什么事。寒冷的天气延缓了她的知觉，意识到手在流血，意识到手疼，事情大概已经发生了五六分钟。

妈妈的叫声惊动了附近的人，他们凑过来察看伤口，一致认为是鞭炮炸伤，并出主意让妈妈如何先将血止住将伤口包扎住。可是无论怎样回忆，周围人都不记得刚刚响过任何鞭炮声，妈妈自己也说，除了电影里的说话声，她什么都没有听见。先不管事情是怎么发生的，治伤要紧，妈妈草草用手绢将伤口扎住，带着我和妹妹离开座位顺着过道往外走。

过道最末端，零零落落站着几个人，我拉着妹妹着急往大门去，走过两步，回头听妈妈在和一个男人说话。原来是公安局刑侦科科长，他这天正当班，团里放电影，他过来执勤。妈妈简略地说了一下伤情，刑侦科科长让妈妈赶快去卫生队包扎，他这就去现场周围查问，看看能不能找到放炮的人。

我们母女三人急吼吼往卫生队赶，我急得要哭出来，妹妹大概也差不多。迎着风，路上黑漆漆的，妈妈端着手臂快步疾走，我拉着妹妹，尽量跟上她的步伐。碱土路面高低不平，如果有影子的话，我们的背影一定是在风里撞来撞去的。卫生队除了一个看门人，没有医生也没有护士，看门人说人都去看电影了。妈妈捂着手看看我，我便立即钻进黑夜，一路飞奔，跑回电影院，敲开放映室门，请求放映员通过广播呼喊医生去卫生队。那一刻，我的声音一定变了调，因为我真的是急得想大声哭喊哪！等到广播声刚刚响起，我已经冲出电影院大门，这回我找到了一条通往卫生队的近路。夜有多冷我已感觉不到，天有多黑我也看不见，我埋着头往前跑，戈壁滩只剩下风，大口大口地往我肚子里钻。不到半小时，我回到妈妈身边。又一个半小时过去了，没有人来为妈妈包扎，血已经糊黑了整个手帕，糊黑了妈妈的右手腕和右臂袖口。看门人瞧着妈妈痛苦的脸，穿上军大衣，去家属院帮我们找医生。

清理完伤口里的火药渣，再缝完针处理好伤口已近凌晨，我们回到家差不多两点钟。一进门，爸爸就焦急地说，看电影的都回来了，你们三个到哪里去了。刑侦科科长当晚侦查失败，放炮人消失在了黑暗中。万幸火药没有炸断妈妈的掌骨，那个血窟窿愈合之后又化脓，化脓之后再愈合，前前后后折腾了妈妈将近一个月。后来，突然有一天，一个附近建筑连的孩子来向妈妈告密，说出了那晚的肇事者——他的伙伴，一个十二岁的男孩。父母这就去了男孩家里，那孩子听说后一头钻进里屋不敢出来，父母走进屋去，见他吓成一团缩在屋角脸都变了颜色。这个十二岁的男孩，大概以为身穿制服的妈妈要把他绑进监狱吧。

母亲手背的那个血窟窿愈合了，最终弥合成一个撕裂的人字形伤疤，这件事也就坠入时间，成为母亲的过往和我的一串记忆。这以后的许多年里，偶尔，母亲会瞟一眼我右手手指上那两片鼓起来的疤痕，免不了再数落父亲一两句；偶尔，她会摸着自己右手手背上的那个“人”字形疤痕，再次百思不解地嘟哝一句事情到底是怎么发生的。直到一个好事的旁听者半带玩笑地当着我们母女的面说，因因果果，自有报应。母亲听后顿时黑了脸，再奇怪地瞄我一眼，就仿佛刹那间明白了事情的根由全都在我这里。我无法承受母亲含义丰富的那一眼。我们母女的内心一定在那一刻都乱了起来，都不知道该怎么面对这两件毫无关联的事情，该怎么解释这两个分别烙在我们二人右手手背上的疤痕。

因果相袭，从来不是解释人生与世界的唯一路径，从人之伦常的一侧去看，我更不愿这个由若干偶然与巧合——两个同样是在右手手背上、同样是在彻骨寒夜、同样是因为看电影——结聚而成的事件，被什么因果之链悄然拉扯在一起，而宁愿它们各自独立发生，各自存在于自身的时空里，宁愿它们就是因为几百亿分之一、几千亿分之一的概率而引发的随机事件，是百分之百的意外，不含有任何可以被归纳被识别，和被好事者别有用心的指涉。

但是我能相信自己的所言吗？我既不愿意相信好事者的因果循环之说，也不愿意相信自己的纯属意外之辞，那么，我相信什么呢？

一年一度，戈壁滩承应着四时，也接纳和孕育着人的变化，这个看似偏远荒僻的时空，还在给经历着它的人们留下更多的生命困惑。而我，有一天突然也就不再纠结于这两个火的吻痕、两起事件之间的是与非了，反而由衷地感到，至今仍然浮荡在我心中的无法说和不确定是那么的迷人。真的是这样，瞬息间，因为无法说，因为不确定，世界因此而延展，时空因此而更富幻奇，甚至于，许许多多眼前确凿的现实再也不是那么的简单或者粗暴，它们在每一个环节上都长出了纤细弯曲的枝枝蔓蔓，时间因此变成一种可以无限大又能够绝对小的柔软球体，球体内是如人的神经一般复杂的小径，其上来往或者变幻着人的遭际与命运。细细去想，其间所蕴藏的不可胜数的偶然与意外，或许比此刻眼前的我们，不知要精彩或神奇多少倍，当然，同样有可能更加平庸和不幸。

一日之界

沉溺于对水的想象与期冀，在一个于沙漠戈壁间长大的孩童的头脑里是怎样的一种状况？那一天的一切，似乎就是从此开始的。

那个位于塔克拉玛干沙漠东北角的绿洲小镇，即使到了今天，在很多人的眼睛里，仍然是世界的又一个尽头。灰茫茫的戈壁滩上，万物无遮，放眼只是一片空阔和死寂。真的是这样，那时候，我出生于此的小镇四际遭沙漠和戈壁围袭，常年天干地燥，稀疏的草木挡不住尘土的浑黄，反被吹沙层层覆裹。只有一场遥遥无期的暴雨，才能归还它们以本来面目，但这几乎是不可能的。

然而，我的小镇又从来不会没有希望与欢乐，也从来不缺少恣肆的生机。显然，造物主在这里设置了一个从无到有的生命隐喻——必须要挨过漫长的无，才能窥见勇猛和顽强的生。

那恣肆的生机迸现在每年的七、八、九三个月。彼时，遥远的雪山加速融化，阳光下，无数条涓流竞坡而下，它们在砾石与浅草间寻找道路，清越闪亮的身影时而聚拢，时而分叉，时而浮现，时而遁迹，这样几经离合地一路向东，终于在沙滩戈壁之间，汇聚成一匹名为塔里木河的无缰野马。

这条大河，人们说它在戈壁与荒漠里横冲直撞了数千年，说它在旱天烈日下无所畏惧地摆荡着它丰腴又宽阔的身躯，说它在所经之处孕育并唤醒了一个沉静又奇异的世界——黑颈鹤、野骆驼、雪豹、新疆虎、盘羊、猎隼、胡杨、柽柳、罗布麻、大头鱼、裂腹鱼、高原鳅，说这些超然又寂寞的荒漠生灵只在惊鸿一瞥中，才向走近它们的人们传递出时间深处的讯息……而我，对于这条古老又朴素的大河却知之甚少，当这些如梦如幻的消息传至我的耳畔，我简直以为那不过是人们编造的一个故事，不过是大人用来装扮他们无所不知以达到威慑效果的一种花招儿。因为，从他们口中透露出来的那个犹如奇山异水的远古世界，远远不是我眼中的戈壁滩，远非我生长于此的沙漠绿洲小镇。

关于那匹无缰野马，关于由它蕴聚迸发的恣肆生机，当它途经我的小镇之时，已经变成一条秋冬断流的人工灌溉渠，变成夏日里家院附近的一只鸭子坑、一个蓄水池、数根小毛渠和几条排水渠。那时候，我差不多十岁的样子，一个十岁的小女孩是无法见到更大的世界的，她的身体又轻又薄，像一粒刚刚开始游动的鱼秧，随时有被外面的世界吞噬的可能。然而，即便如此，在那些远僻与荒旱的天地里，谁又能阻止一个孩子对世界的眺望与探寻呢？谁又能取消她对那条流入戈壁的河水的想象与期冀呢？连她自己也不能够。

水，让单倍的欢乐翻番为数倍之多，让凝结成一片焦黄的戈壁滩从大地的折褶处滋生出一个数倍于往日繁荣灵动的世界。常常，我需要站在水边好一阵子，才能将四肢里抑止不住的战栗安抚平整。只有在沙漠戈壁长大的小孩，才会这样吧，才能把在伫立在水边的胆怯、兴奋和狂想变成战栗带到这个世界上来。

春夏之交，渠水会在一个黎明突然溢满干得发白的河床。初来乍到的那几天，它总是一副怒气冲冲的样子，混浊的河水一边吐着污黄的泡沫，一边卷起整个秋冬零落在河床上的干草、枯枝、塑料、破衣裳……它真的是气得要命啊，或许为自己姗姗来迟，或许为戈壁滩的枯索萧瑟，也或许是因为大地必然将它吸干的命运吧。它泥浆般的水流在内部翻搅，像滚开的水，在烈日的注视下，恶狠狠向前冲去。因此我既盼望水的到来，又害怕它到来时的这副模样。但没有几天，渠水便平息了怨愤，等到它完全安静下来，便成为我记忆中那条清凌凌为我们带来无限凉爽与欢乐，以及白杨树林带、稻田、棉花、葡萄、哈密瓜的一渠清流。

夏天，无所遮蔽的戈壁滩上，哪里能比得上被水萦绕和覆盖的世界更有趣呢！团部家属院内，不知道为什么会有一个排球场大小的水塘，因为鸭鹅在此游戏，遂名鸭子坑，即由此，我们这些还被禁足在有限区间内的半大孩童，才得以品尝水润世界所蕴藏的丰饶与神奇。鸭子坑五月份才有水，先初，水混浊灰黄，但两天之后，澄清后的鸭子坑就成了一片荡漾着细碎波纹的绿色池塘。于是，围绕着它，我们开始了整个夏天的奔跑、追赶、涉险和戏水，而夏天，也就由此变成为一根波光粼粼的旋律——哗啦啦，切嚓嚓，咕噜噜，咕咚咚，扑噜噜，戈壁滩的荒旱枯寂啊，终于知耻而退，缩在草木的阴凉里，打瞌睡去了。

不仅仅是我们这些孩童，健壮茂密的芦苇，亭亭玉立的香蒲，青绿色的麻鸭、洁白的鹅、浑身灰麻点的水蛇、银灰色的小鱼、褐黄色的水老鼠、蓝蜻蜓、红蜻蜓……这些在春天之前还分散隐没在戈壁天地里的家禽虫豸碧草河鱼，眨眼间就成了鸭子坑的主人。每个夏日，早饭时间一过，便会有一群吵嚷不休的青麻鸭排队穿过小巷，摇摇摆摆游进这片湿气缭绕的金色水面。芦苇丛中，或者腐叶堆积的幽密处，因此时常躺着几枚青绿色的大鸭蛋。秘密不是我首先发现的，但是得知后这就成为一个巨大诱惑。我一次又一次独自摸入芦苇丛中。锋利的叶片划过皮肤先是一星轻痒，待感到疼痛，额头、手臂、小腿已经满是发红微肿的伤口。还有蚊子的叮咬，这些绕在耳边、钻进头发、扑在四肢上的嗜血小母鬼发出的喧嚣吵得人晕头转向。还有一不小心碰上的水蛇，卡在草根里的小鱼苗，一翎长而粗硬的鹅毛……这样不知经历了多少次历险与失败，我终于拾到了一枚沉甸甸的大鸭蛋。

河水所至之处，不只激起童真的欢乐，不只在它繁减着我们这方戈壁天日的巨大魔力，更在于它使想象滋蔓，使意外与未知潜行不止，使眼睛无法穿抵的边界向后退展而去。比如，某个夏日清晨，沿着流入鸭子坑的小渠往上走，就能在分流的闸口处看见一个激动人心的场面。数不清的小鱼，黑压压一片，每一条都长不过爸爸的一根手指头，它们簇拥在闸口处，紧密而有序地一个挨着一个，纹丝不乱，齐刷刷将身体斜成一个唯有它们自身能够感知的角度，鱼头一致迎着闸口流下来的第一股清流。这整肃异常的一幕我无法理解，我只是因为猛然看到这样一群不计其数的小鱼，以同一种形态排列在一起而感到吃惊和兴奋，我不知道它们在干什么，要干什么。顺着它们青灰色的鱼头向上向前望去，闸门只开了一条小口子，闸门的另一边，就是那条水深漫过我头顶的大渠，这些小鱼都是从那里游下来的。现在，它们是在等待机会回到大渠里吗？它们是在想念那条大河的味道和温度吗？它们是想回到从前的水里吗？它们为什么想回到从前的水里去？河水只会不停地往下流，它们知道它们再也回不去了吗？它们知道自己会死在这里吗？它们会在这里给人抓去吃掉，如果不在这里被人抓去，就会在下游的池塘里给另一些人抓去，或者给鸭子吃掉。如果既没有被人吃掉，也没有被鸭子吃掉，那么，它们会躺在干涸的河床和塘底给太阳晒干。反正，它们是死定了。那么，它们这么固执地挤在这里，是因为要等待逃生的机会吗？

任何时候，只要站在水边，那些脑袋里的念头就会像河水一般湍湍向前流去。

河水，跟着春天到来，又随着秋天离开。水至复水尽，戈壁滩一岁一枯荣，我也长大一岁。一个寂静又孤单的夏日午后，三四点钟的样子，我从家里出来。我不能确定自己要做什么，有一些无法道明的心绪牵制着我，或许因为午饭前妈妈的怒容爸爸的沉默；或许因为几天前班级里某个男生一脚踢在我的肋下，此刻仍在疼痛；或许因为疼爱我的邻居姐姐突然搬家，离开前竟然没有与我道别；或许因为猛然听到了时间敲击在杨树叶上的声音，我便以为四下寻觅就能看到时间的模样；抑或许是我长大一岁，那些禁止我走出安全地带的束令反而在驱使我跨越它的疆界。

我从家里出来，身前仿佛跑动着另一个自己，她屡屡回头轻唤着我，往大渠而去。一个人并非任何时候都需要伙伴，即使一个十来岁的孩童，也天生地懂得一些事情只需要自己默默地观看，静悄悄地领会。但是，她将会遇见什么，将会发现和遭受什么，则将是连她自己也无法料到的。

沿着巷道往外走，拐上大路就再也没有阴凉了。正是一天里最热的时间，阳光像融化的油脂撕灼着每一寸肌肤，热空气嗡嗡响，气流火焰般在空气中扭动。我从来不知道一个人走在路上，能够迎面撞上这么多无声的声音和让人眼花缭乱的光线。

距离大渠一百米，又尖又乱的欢闹声已经吵得我心慌意乱。大渠水深危险，爸妈多次说过——一个人千万不可以去啊！而我，则就要独自跑上禁足的边界线。

攀上大渠渠帮，眯眼一望，哦，左手一片闪亮耀目的水面上，男孩子们原来都在这里发疯哪！他们是怎么凑在一起的？足有一二十人！他们翻腾在碧绿清凉的渠水里，活像一条条跃动在水面上的大鱼，将眼前五六百米长的一段大渠搅成了一个水的乐园。

那些刺穿耳膜的又脆又响的叫喊声，都是一些与我年龄相当的男孩发出的，变声还未开始，他们的喉咙里还藏着蚱蜢、春芽和星星。他们蹦得那么高，脱得那么光溜，有的占据在桥头位置，有的站在石头桥墩上，有的站在桥头两边，不知谁做指挥，突然就一起尖叫着跳进了水中。他们不停歇地在河面上扯起一重接一重的水幕，他们的热情有多高，力量有多急，那重重水幕就有多高就有多深。

真羡慕他们啊！但是，他们却是不可接近的。不仅仅因为我不会游水，更关键的，因为我是女孩。很难说得清楚，区别是在我们还是母胎时就已经存在，还是出生之后不论大小的不言而喻的抚育方式。总之，一开始，我们就被外界教导得必须懂得这种区别；总之，这区别里最为重要也最为不可言说的，便是连我们自身也知之甚少的身体。那光裸的赤诚的被天赐的皮肤、四肢、骨头与器官，一边被作为“他”，一边被作为“她”。“他”有什么，“她”有什么，当从大人们躲躲闪闪的言辞里领会到我有什么的时候，我被这种新鲜奇特的区别逗笑了。多么有趣啊，我有“她”这一边的身体，而我从来不知道“她”的秘密。坐在热气缭绕的洗浴盆中，当着妈妈的面，我第一次去找自己的身体。而妈妈，当然一把挡开了我的手，仿佛我要碰触和了解的，不是我的身体，而是一个被禁止触摸和了解的怪物。只需要这样一次抚育和教导，一个女孩便能够领会她作为“她”的基本含义了。“她”的身体，是严肃的，是含带着羞耻的，是要被封闭和包裹起来的，是不允许被轻易地探知和呈现的，连她自己都不可以。而眼前，这些翻腾在渠水里的男孩子，他们像一条条飞跃的大鱼，水淋淋，滑溜溜，他们却可以肆无忌惮地在太阳底下脱光自己，可以大摇大摆地显露和炫耀他们黝黑发亮的小身体，这一切，显然是因为他们与我的不同。而我，因为是“她”，所以绝不可以。不仅不可以暴露自身，也不可以去观看和打量，或者被他们看。每一个像我这样的“她”，都会在半知半解里，在大人们意犹未尽的言辞里，被放入一座半透明的帐幕之内，不用多长时间，这帐幕就成了我们身体的一部分，长进我的舌头、四肢、眼睛和大脑，与整个儿的我一起说话、玩耍、期盼和陷入孤单，以至于我几乎意识不到它的存在，因为我和它已经无法区分，因为我和它加起来，才能够是“她”。能够是“她”是非常重要的，因为除了成为“她”，不会再有别的能够。所以，若是做了不像“她”的事情，那么，一定是羞耻的。

已经站在灰白色的渠帮上，已经成为“他”的乐园唯一的闯入者，已经被男孩们掀起的水幕吸引，已经被他们自由的身体逗乐……所以我，站在瘦短如枯木的杨树树荫下，似乎只能继续眯缝着眼睛，半是惊讶半是痴迷地观看他们。

不知道是谁最早给了他们在太阳下脱光自己的特权，是谁允准他们可以这样无所顾忌地制造欢乐。他们从来用不着为此躲避外界的眼睛，也根本不必为此感到羞愧，反而是，他们得到所有人的鼓舞和激赏。即便是一辆过路车的司机，他坐在驾驶室里，浑身散发着汽油味，当驾车驶上大桥桥头，当看见男孩子们光溜溜的小身体，脸上就会生出溺爱和心知肚明的微笑，还会揿响喇叭，让汽笛的长鸣声把他们的欢乐送上更高的云霄。即使是我，这时候也已经领会，他们两腿间的那只小揪揪是可以拿出来炫耀的，他们甩荡着它不仅可以使自己开心，也能让所有人开心。而他们自身，也自小就懂得了这种心知肚明的微笑，就悟出了将小揪揪在太阳底下甩来甩去的骄傲。

在太阳下裸露身体，是这些还光滑如鱼的半大男孩的骄傲，即便这种骄傲已经掺进成人世界的狡黠，但依旧是如此纯真。我不敢走得太近，但也没有捂住眼睛，或者慌乱地逃走。四周一片刺白，隔着五六十米的距离，我独自站在树荫下，望着这些在桥头制造水国欢乐的男孩，既为他们戏水的本领而心生羡慕，也被他们的叫嚣和疯癫而感染。这一切丝毫没有让我讨厌或者害怕，反而更使我沉溺在他们的欢乐中，与他们一并感受着水的清凉、丰饶和神奇，体会着一种无边无际的快乐。

可是我被发现了。我先是听到一声又尖又亮的叫声，接着惊叫声串联成片，连成一片比水花更混乱更喧腾的大笑和起哄。这些无法无天的男孩们发现了一个竟然敢窥视他们的小女孩，这个闯入者多么意外多么可笑，也多么不自量力啊！于是，他们更加亢奋更加激动了。有人大惊小怪地喊叫，有人爬上岸捂着他两腿间的小揪揪，有人干脆在对面渠岸上抬起两臂正对着我扭动起腰胯来，有的则转过身去朝我晃动他精瘦黝黑的光屁股……

惊颤中，我清醒过来，劈头而下的羞耻感让我立即转过身去，快步离开了男孩们。被一个同龄女孩观看，不知道男孩们是真的感到慌乱，还是故意显得慌乱？我也更不知道他们是希望被观看呢，还是一点儿也不介意？不然，他们为什么那么兴奋呢？我无法回答这些问题，但是我知道自己在想什么。羞耻感在男孩们放出尖叫声的第一时刻就紧紧攫住了我，紧接着是他们那种古怪而亢奋的身体语言——那种骄傲无忌地扭动下身的动作。他们真是熟练啊！他们似乎是知道如何对待一个观看他们的女孩的。他们那么兴奋，但他们又明显地想赶我走，不许我观看。真羞愧啊！应该一走上大渠渠帮就掉头离开的。我为什么要看他们呢？我其实根本没看清他们两腿间的小揪揪，我只是感到有个东西在那里像刚从水里捞出来的小鱼一样活蹦乱跳着。我埋着头越走越快，越想越羞愧。这些男孩里有我的同班同学，他们一定认出了我，他们一定会去告诉班里的其他同学——男同学和女同学，说我一个人跑上大渠去看他们的光屁股。真丢脸啊！连老师都会知道的，老师知道了，那么，爸爸妈妈也会知道的。

我越走越快，再抬头，发现虽然已经听不到身后男孩们胜利和挑衅的大笑声，却又来到一个更加令我紧张的区域。因为一心只顾逃走，慌不择路中，我没有离开大渠，而是掉头沿着光秃秃的渠帮，一气奔向上游，因此再次成为一个不自量力的闯入者。

这里仍然是男孩子的地盘。他们是高年级的男生，有的生着满脸的粉色青春痘，有的嘴上浮出一层毛茸茸的黑色唇髭，而每张脸上，则是一律的茫然和阴沉。他们人数不多，顶多七八个，每个人都穿着肥大的深色短裤。他们或三两个无声地坐在树荫下，或独自一人来到一个僻静的渠段，站定，深呼吸，而后甩起手臂一个猛子扎进水里，再露头时，又回到了原处。我认不出这些让我感到害怕和羞怯的面孔，并非因为陌生，而是他们一致的沉默让我害怕。那些脱光自己与我同龄的男孩会把内心的欢乐喊叫出来，而他们，则更像是——要把脑袋里的想法死死地按进肚子里。他们看起来没有一个是开心的，不是冷漠地紧闭着嘴巴，就是阴森森地皱着眉头，就好像来大渠游水是一件被逼无奈的事情。没有人对我说过什么，但是他们——这些十五六岁或者更大一些的男孩，平日里，他们的目光总是黏在那些已经有了女人味的女孩和漂亮女人的身上，仅仅这一点，就让他们在我眼中成了一种避之不及的怪物。和那些光溜溜的男孩不同，他们裸露在外的身体传递出另一种气息，危险，生硬，蓄满力量，像电焊铺里横七竖八的生铁，腥气冲鼻。他们阴沉着脸是因为什么呢？什么事让他们感到生气或者不快乐吗？我没有兄长，因此只能听从直觉带来的这些毫无根据的闪念。幸好他们大多坐在渠岸的另一边，但即便如此，当穿过他们的领地，尽管我极力闪躲，还是碰上了其中一个。他正好皱着眉头打量着我。那是一种什么样的眼神呢？厌恶的、鄙视的，仿佛在说，你这个又瘦又小的黄毛丫头，就跟一只掉毛的小病猫一样招人讨厌，竟然敢上这里来！

碰上这样的目光，我的心里只剩下恐慌与羞愧。真是这样的，不需要语言，只用这种无声的注视，他们就能禁止我嘲笑我，就能用一种强者的姿态告诉我我的不自量力和越界。而我，竟然顺理成章地认同了他们的暗示与驱逐，因为那一刻，我第一次因为自己长得瘦小、是个女孩而生出一股比恐慌与羞愧更为强烈的自卑感。

除了快步离开，我什么也做不了。我越走越快，直到以为自己完全躲开了他们。但我还在渠帮上，因为四际里没有路。太阳大概已经晒肿了我的眼皮，汗水流下来，蜇在眼眶上，又疼又痒。这时候我已经走了太多路，戳在凉鞋外面的脚趾缝里全是黑乎乎的泥巴。我想洗洗脚，于是再朝身后望望，确定看不见任何人的影子，才放心来到渠边，找到一个可以洗脚的平缓坡岸，小心地蹲下身去。平静又碧绿的渠水离我这么近，水波轻轻一摇，刺眼的光线全都碎了。只看一眼，就能想象出水里有多么凉快。稳稳身子，我先洗了把脸，然后伸出一只腿。脚洗干净了，真舒服啊，水的清凉眨眼间流遍全身，要是能像男孩们泡在水里那该多好呢。想到这里，我朝经过的渠面望过去，远处，有个皮球大小的黑脑袋虽然在水面上晃动，但已经威胁不到我了。

心里一阵轻松，恐慌、羞愧、自卑也随着四周的静寂撒开腿跑出我的胸腔，消失在狠毒的日头下。真好呀！终于可以放心地待在水边，终于可以大着胆子摸摸大渠的水，这可是我从未来过的地方，更是我不敢去做的事。抚摸着清凉的渠水，开心之际，我差不多忘记了刚刚经历的所有不快。然而，就是眨眼间的工夫，不知道哪里出了问题，我的脚下突然一滑，连一秒钟的挣扎都没有，整个人就掉进了大渠里。

清醒过来是在水下，一片迷乱中，我睁开了眼睛，眼前是一片旋转的灰绿色，水流声在我耳边轰鸣，四面八方涌来急剧的压力，手和脚什么都碰不到，只能无力地抗拒着水流。接着是呼吸，当意识到自己无法呼吸，不会游水的我本能地憋住了气。但是慌乱随之而来，无法呼吸的憋胀感随之而来。水流压着我，推着我，不知道已经把我卷出多远。恐慌中我的手拼命划动，这就碰到一抹滑腻的渠壁，但随即又什么也摸不到了。我不知道自己在渠的什么部位，只感到瞬间碰到的渠壁滑得像抹了油，一根草都没有，我什么都抓不住。一阵乱扑又让我碰到了渠壁，这一次，不管能不能抓住什么，我的手指死死抠抓着渠壁。大概就是这微弱而强烈的求生意愿，将我拉向了渠岸。随后，我的脚尖碰到了什么东西，它也是光滑的，但它突然又顶在了我的脚掌处，我的脚尖本能一点，人跟着往上一蹿，头露出了水面。

终于上了岸，半趴在滚烫的渠岸上，我痛苦地咳着肺里的水，咳得眼泪糊住了眼睛，咳得鼻涕挂在了嘴唇上，咳得五脏六腑都要吐出来。我一边咳水，一边害怕得想大声哭出来，但是吭吭两声，却又哭不出来。因为这难道不是自己闯的祸吗？难道不是不听爸妈话导致的下场吗？戈壁滩这时候像个大火炉，空气烫得无法呼吸，但是恐惧却让我浑身发冷。哭不出来，我就赶快换个姿势，抱着双膝坐在太阳下，好让打着摆子的身体抖得不那么厉害。

片刻，恢复过来的视力迫使我看向对岸，但是，这一看又吓了我一跳。水中有位大男孩，他站在齐胸深的渠水里，半张着嘴，露出两颗透着宽缝的方方正正的前门牙，正带着鄙夷的笑容阴森地盯着我。他是另一个大男孩，他什么时候游过来的？他看了我有多久呢？不知道。也许从我落水到冒出头来再到伏在岸上咳水，他从头到尾看了个遍，看了个一清二楚。这一刻，他一边看着我，一边用双臂划水，当我的目光与他相撞，一阵沉默后，突然，他恶狠狠冲我说：淹死你！

我吓得一抖，只是呆望着他，身体再次打起了摆子。这个大男孩是谁？他为什么这么恨我，或者讨厌我？他为什么想让我被淹死？我从来没有见过他，但他——为什么诅咒我被淹死呢？

水让我尝到了恐惧，但是这个大男孩更让我害怕。他不仅恨我、讨厌我，而且还蔑视我，因为说完那句诅咒我的话，他就一个跃身，像条大鱼一般漂亮又悠闲地游进了大渠中央，他先是挥动修长的手臂，埋着头向前游了几米，猛地来了一个令我眼花缭乱的翻身，身体便仰躺在水面上，然后抬手蹬腿，不急不徐，让自己变成了一只逆流而上的风轮，自由自在地游弋在碧绿平阔的水面上。

我怔怔地看着他，看着他在我面前炫耀他的游水本领，看着这个诅咒我被淹死的大男孩，这个见我落水却站在一旁默默欣赏的男孩，就像不知道自己怎样掉进水中一样，不知道他为什么会这样？我默默地看着他，没有让晃动在眼眶里的泪水流出来，尽管我想放声大哭，尽管我怕得要死。

真是让人伤心啊！太阳这么大，天空这么晴朗，我不过是因为和男孩们一样向往水中的欢乐与神奇，却莫名其妙地遭到了他们掷给我的——鄙视与驱逐。害怕，委屈，以致不解，但我如何也回答不了自己，这一切是怎么发生的。难道仅仅因为没有听爸妈的话吗？顾不上想清楚这件事，我赶快从地上爬起来，浑身滴着水，逃开了这个诅咒我的大男孩。我继续往前走，脑袋里嗡嗡直响。阳光更加狠毒了，戈壁滩又大又空，脚下的路白得发亮，我能够看见的、确定的，只剩下眼前这条渠岸上的小路，它像一只掉落的白线球，一头在我的脚下，另一头不知滚到了哪里。

如果不是因为碰上一座桥，我想我会一直向前走到大渠的尽头。

时间不知过去多久，等到下意识认为自己逃出了被诅咒的危险，我发现自己站在爸爸常带我捕鱼的排水渠边。这时，回头再望自己走过的路，它从大渠拐下来，一路起起伏伏，歪歪扭扭，像条死蛇苍白地摊开在狠毒的太阳下。难以置信啊，这条长路竟然是自己一步步走过来的。一定是吓傻了吧，好半天，我只是站着发愣，两只脚陷在淹到脚背的浮土里，一丛铃铛刺开着粉红色的小花，长枝钩住我的裤管，我气急败坏地踢了它好几脚。

回家，只有回家做一个听话的女孩才能甩开那些鄙视、驱逐与惩罚，羞耻也就不会再像这根开着粉红色小花的铃铛刺一般，死皮赖脸地黏着我。我认得这条路，晓得从这条路回家，需要经过一座涵洞桥。那涵洞桥足有三十米长，它高高地架在排水渠上，水从半圆形的桥洞里流向下游的棉田，人要过去，得一步步跨过桥身上的水泥横栏。以往爸爸带我捕鱼，说这桥下面的排水渠水深草多，水下的淤泥不知深浅。

来到涵洞桥边，望着桥洞里焦急地扑向前方的水流，我傻了眼。桥洞水深至少到我前胸，说什么我都没法在里面站上一分钟。而桥上的水泥跨栏，每根的间距似乎比我的腿还要长，我怎么能够迈得过去呢？再往桥下看，足足有十五米到二十米的悬空，而桥下方的排水渠，虽然渠水清幽，但一眼望去全是腐烂的草茎，每一根都可怕地挂着一圈毛茸茸的淤泥，仿佛一条条扭动的长蛇。

怎么办呢？不能回头走来时的路，因为那条路上的男孩们比眼前的涵洞桥要可怕更多倍。想到这里，我求救般地朝四周望了好半天，也没有看到半条人影。小小心心，我移到了第一根水泥跨栏上，这才真正意识到眼前横着的这一长列灰白又坚硬的跨栏并不比走回头路更容易。但是，突然间，我被自己吓出满头冷汗，因为就在一片混沌不清的犹豫中，我已经迈开腿，吸气一跳，整个人落在了第二根水泥跨栏上。接下来，尽管吓得头皮发麻，我的双腿却根本不在大脑的指挥下已经惊险地跳过了下一根，下一根，再下一根。

我一口气跳到了桥中央。

如果不是因为需要换口气我是不会停下来的。但是已经来不及了，就是在停下的一刻，那些伏在横栏上的妖魔鬼怪便迫不及待地一拥而上，紧紧地扣住了我。它们扯着我的眼角迫使我往下看——我看见自己像走钢丝一般孤零零悬在近二十米的半空里。我越看膝盖越软，越看心里想得越多，我想我一定会从桥上掉下去的，一定会一头栽下那个深渊般的排水渠里。到那时，先是水草缠住我，然后是水蛇，再后来是淤泥，它会张开无边无际的大嘴，悄无声息地、心满意足地吞掉我。而四面八方，戈壁滩一个人影都没有，连条狗连只苍蝇都没有，所以，根本不会有人知道我去了哪里，不会知道我已经死了、怎么死的，爸爸妈妈就永远都找不到我了。天哪，怎么办啊？我怕得要哭出来，怕得膝盖里没有一点力气。但是，我又被自己吓了一跳，突然间我中了邪般迈开了腿，一步跨了出去，而且一步比一步快，一步比一步急。那些瞬间，谁也不能为我做证，只有我的恐惧与我为伴。

咚的一下，我一脚踩空，掉了下去。

和之前一样，没有任何意识，我一头栽进了水里。露出头来是在至少一百米之后的灌溉渠里，水流很急，我连滚带爬被冲到一个稍浅的地方。水流过我的前胸，我半坐在水里，任由渠水冲刷着自己，咯咯打战的牙齿几乎要把我的牙床都震碎了。我想闭住嘴巴咬紧牙齿，但是做不到，因为连这一点的力气我都没有了。我在水里坐了好一阵子，似乎在确认自己到底在哪里，到底死了没死。

真是万幸，我栽进了涵洞里，而不是二十米之下的排水渠。

这之后，我是怎么爬出渠水，又是如何一步步回到家中，这一段记忆在进入家门之前，全部被恐惧吃得一干二净。

回到家里，换下一再湿透一再被晒干的衣服，我一个人躲在里屋用清水清洗了头发和身体，再换上那件淡米色的连衣裙，而后像个听话的孩子，默默地坐在床边发呆。

那一天，我一直一个人坐着，直到天黑爸妈回家，直到这一天结束，直到妈妈拉下垂在五斗橱上的灯绳，直到爸爸抽完最后一根烟从院子里回到他的小房间，家里没有人知道我今天去了哪里，经历了什么。

我不知道自己是怎么做到若无其事地让全家人不曾有所察觉，怎么做到不流露出一丝的委屈或者受惊之后的失魂状，或者，怎么做到在经历了两次死里逃生的历险之后却不向爸爸妈妈寻求任何安慰和温暖，怎么做到拒绝从父母家人那里获得爱与安全感的补偿。当然，爸爸和妈妈，他们在这一天不知道我经历了什么，就意味着他们永远不会知道了。

那天晚上，躺在黑暗里，一种被惩罚的羞耻感让我大睁着眼睛无法睡去。一个不听话的孩子大概是没有权利再要求温暖与爱的吧，尤其还是一个更应该懂得顺服的女孩，纵然一切不过是因为受到水的诱惑。这莫名占据我身心的羞耻感不知道是天赋如此，还是有谁通过什么办法将它悄悄塞进了我的大脑和心灵，总之，确实是它让我闭住了嘴巴。被惩罚从来都意味着一种过错，而过错则意味着羞耻，还能有别的原因吗？如果有，我也无从知晓。如果不受水的诱惑，如果不走上大渠，如果不去向往那些翻腾在水中的男孩……如果做一个听话乖巧的女孩，那就不会发生这些可怕的事情，也就不会有羞耻，不会受惩罚。但是，我如何才能做到那些“如果不”呢？我如何才能知道哪一些“如果不”将会带给我奖励，哪一些“如果不”将会带给我惩罚和羞耻呢？这些从黑暗中冒出来的问题，在十来岁的我那里，如何能找出它们的答案呢？

许多年过去了，我依然会不时回想起这凶险而又万幸的一天，回想起那一天天空的明亮、太阳的狠毒和戈壁滩的空寂，以及渠水的清凉和男孩子们的恣意欢叫，当然，一并卷起的，还有那些混杂在一起的自卑、恐惧与羞耻感。而每一次回想起这些已经附着着种种隐喻的迹象，我都会问自己——为什么仅仅是这一天，是谁往这一天里塞进去如此众多的庞然大物？是为了让我快速长大，还是——它早已暗中看出了我的什么本性，因此特别择出这一日，要让我看见自己或者试试自己？许多年里，无论我回想过这一天有多少次，也从未有过一次的清晰回答——为什么仅仅是这一天。沉溺于对水的想象与期冀，在一个出生于沙漠戈壁间的孩童的头脑里是怎样的一种状况？那一天的一切都是从这里开始的，但是，那一天的一切看似早已结束，却始终没有消失。

第三辑

时间的底片

小石桥记

一

小石桥架在一条七八米宽的排水渠上，桥两端一大一小各有一个水池，池边砌着供人歇脚洗脸的水泥台阶。小石桥四周郁郁葱葱，有菜园，有水稻地，有棉田，有闻风而歌的白杨树林带，有密密匝匝的芦苇与蒲草。夏天的戈壁滩，中午寂静又悠长，家属院里一个人影都没有，明美往我家窗台上一趴，我们俩便拽上隔壁的小秋，三个人急吼吼一起往小石桥跑。他们不会在那里吧，明美问。他们晚上才在那里，我跑得气喘吁吁。晚上蚊子会吃了他们，小秋听了傻笑。他们才不怕蚊子，他们只想着亲嘴，明美边跑边跳，不时揪一把路边紫盈盈的甘草花。前面三十米，再拐个弯，小石桥就到了，不管他们在不在，我们都会放轻脚步，首先听一听流水的声音。叮叮叮，当当当，着火的天空下，只有小石桥还在唱着歌！暑假刚刚开始，要不了几天，这里从早到晚都会溢满我们的尖叫与呼喊声。除了吃饭和睡觉，没有谁愿意离开它，我们每个人都仿佛要和时间争夺夏天，生怕淌过小石桥的流水带走本该属于我们的欢乐。

二

明美，小石桥是谁修的？我问。这谁知道呢？明美说。赵卓的爸爸兴许知道，他家是水工团的，小秋说。我才不会去问她，明美说。明美和赵卓是死对头，明美嫉妒赵卓长得比她好看，又比她会打扮，我和小秋嘴上不说，心里都清楚。我站在小石桥的水泥台阶上，明美下到深及小腿肚的水池里，小秋站在桥头卷裤腿。大中午的，我们来小石桥做什么呢？我们要赶在赵卓之前占领小石桥，只有站在小石桥的清流中，只有与小石桥厮守的时间越长，只有让戏水的声音飞得越高传得越远，我们才能作为一个胜利者从骄傲的赵卓面前骄傲地走过去。真奇怪，这件事从来不用多说一个字，我们却全都心知肚明。流过小石桥的渠水不管多么清澈，几分钟过后，也会在池底留下一层薄薄的泥沙。我们接连走进水池，开始用脚底板擦洗水泥池底。一脚下去，泥沙漂起来，水立刻混浊了，又立刻被冲走；接着洗下一片，再下一片，直到池底变得乌青，露出水泥的原色；然后是水泥台阶，这是要用手洗的，我们三人一捧一捧地将水掬上去，哗啦，哗啦，很快也洗干净了。青灰色的台面亮晶晶的，水泥里那些青色的咖色的白色的小颗粒都看得一清二楚。不一会儿，三个人的衣袖和裤腿全湿透了，脖子和脸上鼓起一个个红扑扑的蚊子包，痒得忍不住，就用清凉的渠水抹上几把。清洗干净的水池台阶眨眼间就被太阳晒干，我们坐上去，脚在清凉的水中晃来晃去，嘴里开始喊喊喳喳，一会儿说赵卓的坏话，一会儿计划晚上几点出来偷看亲嘴的男生女生。太阳把自己都晒化了，我们却毫不在意地坐在被太阳晒得滚烫的小石桥边。如果没有小石桥，我们和其他生长在戈壁滩的小孩就没有什么区别了。如果没有小石桥，时间放进我们心中的小秘密就会因为没有水的润泽而失去那些恣肆和葱茏。我们都说不清楚小石桥的水到底是从哪里来的，就像我们不确定自己到底是哪儿人，出生在内地的父母把我们生在戈壁滩，你说我们是哪儿人呢？小石桥的水来自恰拉干渠，恰拉干渠的水来自恰拉水库，恰拉水库的水来自塔里木河和孔雀河，再往上，我们就一概不知了。在塔克拉玛干沙漠的东北角上，我们这个沙漠小镇，就凭着这两条水量逐年减少、水质急剧矿化的内陆淡水河，延续着它作为一个水源频频告急的沙漠绿洲的命运。但我们才不管这么多，在小石桥的清流仍然叮当作响的日子里，在我们三个小女生站在小石桥的流水里忙忙碌碌的时候，我们从来不会怀疑小石桥的水会永远地流淌下去，会永远地发出琴弦般悦耳的流水声。在我们的沙漠小镇，像小石桥这样的灌溉渠纵横连贯，它们到底有多少条，我们同样也说不清楚，它们沿着棉田、果园与林带的边缘，一路伸向戈壁滩的四方八野，仿佛一丛丛开枝散叶的神经或者血管，勾连起一片又一片的荒野，浸湿那些沉睡又孤寂的尘土，唤醒埋在土层下的种子与根芽，而我们的小镇，也就由此一岁一枯荣地在时间里艰难又顽强地向前行走。我们三个坐在小石桥边叽叽咕咕的时候，我没有告诉明美和小秋，背着她俩，我其实早晨已经单独来小石桥逛过一遭。我一个人来做什么呢？早晨的小石桥最安静最明澈，七八点钟的样子，当她们还像一群羔羊，被父母关在家里、流着口水躺在拥挤却温暖的床铺一角时，我已经站在了小石桥的桥头上。不需要经人提醒，我十二岁的身体里已经因为小石桥长出了一只新的钟表，它与小石桥遥相呼应，会在小石桥的每一个特别时刻向我发出急切的响铃。那些清晨，我根本不知道自己是怎么醒来的，是谁从梦里将我一把拽起。跑上桥，先是站在桥头看水，水纹像被梳子梳过，霞光从沙漠那边移过来，穿过一旁的芦苇丛和沙枣林，瞬间照亮了半个水面。那些青灰色的小鱼就从桥洞与植物的阴影里游出来，急匆匆跑到阳光照亮的一侧水面，没头没脑游上几个来回，等到发现并没有什么大不了的事情发生之后，就甩甩尾巴爱上哪儿去哪儿了；这阵子蜻蜓特别多，多得一挥手都能碰到它们沉甸甸装满受精卵的身体。谁知道它们整天都干了什么好事，反正那些日子渠帮上到处都是它们的尸体。有人说蜻蜓生完宝宝就死了，但是这堪称壮烈的行为对于我来讲毫无意义，顶多生出一点兴致，拾几只回去扔给家里的大公鸡，听它享受这美餐的声音，活像嚼碎一嘴骨头，咔嚓咔嚓的，吃得真带劲儿。一天里只有清晨，小石桥发出的声音才会无比清晰。清亮的水声从最细的一根波纹上响起；芦苇因为一只沙扑扑的蹿动突然嚓嚓嚓地剧烈抖动；蜻蜓在一片接近水面的洋甘草的叶子上产卵，用力的声音像炸开的肥皂泡；有一种蜜蜂不知在做什么，像是磨牙一般，咔巴咔巴啃着一根干木棍，啃过的地方留下一道道口水印；几步之外，小石桥下面的排水渠响动更大，一条金光闪闪的野生鲤鱼会猛地从草丛里跳起来，张口吞下一只飞过水面的大蚊子。晨曦中，静立在小石桥边，独自看见初升的阳光在水面上制造的阴影，独自聆听昆虫的细语、水的歌吟，再跳进水池中央，让清凉的水打湿挽在膝上的裤管……似乎就比别人掌握了更多小石桥的秘密。这份快乐是自私的，独霸的，我真的丁点儿都不愿意与人分享。一个人与小石桥待上半小时，再仰起额角浸上一头带着露水的阳光，摇一摇满耳朵的虫鸣、草嘶和水的歌吟，我这才心满意足地回家吃早饭、做作业，然后——等待院门外响起小伙伴们的呼喊声，和他们沓沓沓跑向小石桥的脚步声。

三

大概四点钟，午睡时间一过，小石桥就不是我们三个人的了。那些泥猴般小男生的喊叫声才刚响起，眨眼间人已经冒着烟跳进了小石桥的水池里，一直要到太阳落山，他们的叫嚣声才会渐渐消失。整个下午，那些尖呼声飞过炽烈的阳光，飞过蒲草汹涌的排水渠，飞过望不到头的棉田与荒野，最终落脚在沙漠边的防护林里。小一些的男孩只是玩水，穿着背心裤头，躺在小石桥的涵洞里，一个人或者两个人抱在一起，让水流将自己冲进另一端的深水池。大些的男孩则专挑我们在的时候做恶事。明美，你瞧，“愣头刚”又在欺负小猫，小秋皱着眉头推了推明美的胳膊。我们转过头去，精瘦黝黑的“愣头刚”站在桥头，手里提着一块砖，砖头上绑着一根黄麻绳，小猫缚在砖头上，喵呜喵呜地嘶叫。“愣头刚”在等我们看他。只见他慢慢放开系着麻绳的砖头，右手捏住绳头，慢慢抡高手臂，一圈又一圈，突然，手松开，砖头带着小猫，流星般嗖地飞出去。白惨惨的阳光下，传来小猫刺穿天空的惨叫声。明美，你干吗喜欢“愣头刚”，他这么坏，我问明美。明美转过脸瞪我一眼，低下头去，玩自己的手指头，不理我。明美，你跟“愣头刚”说一说，不要让他欺负小猫了，小秋说话的口气比小猫还可怜。“愣头刚”连老师的话都不听，还能听明美的？我说。小猫飞出去没有摔死，被“愣头刚”捡回来，他一声不吭将刚才的动作重复一遍，又将小猫摔了出去，这一次，小猫再也发不出任何声音。“愣头刚”高兴地收了手，带着胜利又傲慢的神情，走到我们对面，蹲在水泥台阶上洗他肮脏的脸。明美害羞地看着他，他若无其事用眼角瞟明美。“愣头刚”不是我们“公检法”大院的子弟，因为住得近，平常就和我们一起玩。“愣头刚”比我们高一级，是班里人见人嫌的差生，但若是听说伙伴里谁给别人欺负了，他准会出头为我们找回去。“愣头刚”似乎不大喜欢明美，流言不知道从谁的嘴巴里传出来，说“愣头刚”嫌明美牙黄、脸上雀斑太多。明美本来不刷牙，听到有人这样说，开始天天刷牙，但是门牙上的暗黄色斑点怎么都刷不掉。“愣头刚”洗完脸，带着一帮小喽啰呼啦一下不见了，明美神不守舍，一个劲儿地啃指甲，啃得十个手指头都露出了粉红色的嫩肉。“愣头刚”去哪儿了？小秋不安地问。好像钻下面排水渠了，我说。排水渠岸，生着茂密的戈壁植物——罗布麻开着铃铛似的粉色小花；洋甘草刚刚结出淡红色的荚果；黄耆的紫色花序高高耸立；骆驼刺深紫色的花朵正在变成一根根坚硬的锐刺；苦马豆椭圆形的荚果上长满扎人的白色茸毛；黑枸杞一边开花一边结着黑紫色的浆果，那些短刺阴险地藏在浆果下面，凡人靠近都会被它扎得苦不堪言龇牙咧嘴；还有浓密的小香蒲，我们管它叫“毛蜡”，“毛蜡”刚刚开始结果，越是嫩小的果实越好吃。他们肯定去摘“毛蜡”了，小秋说。明美，别啃指甲了，血都快被你啃出来了，我说。啊，小秋惊叫一声。我和明美吓得肩头一颤，天哪，“愣头刚”和他的小喽啰们，人手一条丑陋的还在蠕动的水蛇，从排水渠边走了上来。他们每个人脸上都油晃晃的，有人边走边嗷嗷直叫。“愣头刚”举着一条锹把粗细的花蛇走在前头，暗红色的蛇身夹杂着黑色斑纹，圆滚滚的蛇身缠绕在他糊着污泥的手臂上，让他突然变成了一个比蛇更可怕的怪物。“愣头刚”亢奋极了，一边走一边挤眉弄眼，脸都变了形。我们吓得呼啦一下全从水里跳出来，往后缩在一株柽柳的阴影下。小秋已经哭起来，啊——走开，走开！不要过来！小秋边喊边哭。我也害怕，就是没哭出来而已，倒退着往后躲，忽地一脚踩空，从渠岸上掉进了浓密的杂草丛中。明美低头拉我，急得脸色煞白，却猛地转过身去，大步迎上去。只见明美歪着头，捏紧两只拳头，恶狠狠冲着作恶的“愣头刚”扑打过去。“愣头刚”全没料到，头上脸上白白挨了几只粉拳，怔在原地，面红耳赤地盯着明美。烈日下，四周安静得令人不安，即便是叮当悦耳的流水声也消失了，谁也不怕的“愣头刚”终于被明美给制伏了。

四

又是一个酷热的中午，小秋透过我们两家用葵花秆扎成的栅墙，小声在我耳边说，我们去水稻地抓鱼好不好？不要叫别人，人多了会给发现的。我们各自提了一只铁皮水桶往小石桥走，我的水桶提手生了锈，吱吱嘎嘎响得叫人心烦。你吐口唾沫在挂钩上就不响了，小秋说。我吐了两口，水桶果然安静了。我们沿着小石桥的渠水往上游去，很快望见一片绿油油的稻田。青翠的稻田真是好看，像一块平坦洁净的绿绒毯，温顺地平铺在戈壁滩上。你是怎么知道水稻地里有鱼的？我问小秋。水稻地一灌水就有鱼，我妈告诉我的。小秋妈是四川人，人瘦得像根柴火棒，却任劳任怨力大无穷。小秋爸身体不好，肝上有病，火气大得吓人，两年前病发，不到一个月，人就走了。小秋上面有两个哥哥，下面有一个弟弟，四个孩子，书都念得好。小秋爸去世之后，四个孩子的学费和生活费倒是有小秋爸的单位照应，但家里的活儿就都落在小秋妈身上。小秋妈种了几亩棉花地，喂了几只新疆细毛羊，每年能从这两项上面攒些零碎小钱。上学或者放学路上，小秋妈常常背着一座山——青草捆、棉花袋，或者引火用的干柴枝，从小石桥上下来，一步一晃往家移。小秋妈背上的东西像座山，她就像压在山脚下的一块石头。小秋妈怎么压不垮啊？这是我每次见到小秋妈时心里的疑问。小秋心疼她妈，下了课我回家做作业等饭，她则天天钻进狭小昏暗的厨房洗菜做饭，周末大多数时间，也是做饭割草喂鸡洗衣服。小秋今天要去抓鱼，一定是家里好久没有吃到肉了。站在稻田的田埂上，潮乎乎的热气先是黏在腿上，接着糊上了脸。热空气在这里停止了流动，它们显然被稻田里的水分子抓住了手脚，怎么都挣不脱。四周的静谧也沉甸甸的，呆头呆脑坐在树枝上、藏在草丛里，跟个傻瓜似的吮吸着水分子。就是蚊子太多，雨点般落在头上，我朝小秋头上看了一眼，哟，毛茸茸的，像落了一层灰。我们在田埂上走。嘘，慢一点儿，你听，小秋回过头对我说。噼噼啪啪，噼里啪啦，先是右手边的一小片，跟着左手边也响起来，噼噼啪啪，噼里啪啦。眨眼间，整个稻田都在噼噼啪啪地响。原本纹丝不动的稻子跟着摇晃起来，先是一小簇像过电似的猛地跳几下，然后向前蹿去，四周的稻子跟着也被电击了，惊慌乱跳起来，拨剌剌噼噼啪，整片稻田随着都抖起来、扭起来，真跟中了邪一样。一时间，嚓啦啦，咕当当，滴沥沥，草叶声、鱼的翻腾声、水花声，各种声音混在一起，像大雨，像鞭炮。鱼疯了，小秋说。稻子也疯了，我说。

五

热空气在小石桥上嗞嗞作响，排水渠边的蒲草密得走不进人，欢腾的渠水流过小石桥，日日夜夜，一去不返。夏天过去一半，这个月也剩下一半。我们从月圆之夜等到月亮缺了半个，他们却一次也没有出现。月光乌蒙蒙的，月亮躲在我们身后的柳树梢里，十点半，天已经黑透，小石桥上还是不见人影，流水似乎也觉得没意思，奏出的叮当声越来越小，排水渠的水汽倒是越来越腥，热一阵凉一阵，拍击着我们的鼻翼。他们怎么不来小石桥了？小秋问。一连几个晚上，我们都守在小石桥边的菜地里，等着看那些大我们几岁的男孩女孩的亲嘴表演。肯定是发现我们了，我说。肯定是躲到别的地方去了，明美说。也许他们互相生气，两个人不好了，我说。明美，“愣头刚”亲过你没有？小秋问。上一次抓蛇吓唬我们，“愣头刚”挨了明美的打，反倒在那之后，对明美有意起来，不是领着他的小喽啰，聚在明美家屋山头耍宝，就是跟在明美屁股后面，明美去哪里，没多久，他就会像从地里冒出来似的出现在附近。我才不要他亲呢，明美撞了一下小秋的肩膀。快看，快看，来了，他们来了，我说。呀，远远的，他们一前一后，往小石桥的桥栏上走，一直走到小石桥另一边的水池跟前，才犹犹豫豫站住了脚。月亮这时候爬出树梢，成心要给他们照亮似的。但我们看不清他们的脸。他们是谁呢，说实话我们当真不知道，附近有学校、公检法、水工团、加工连、大修厂……好几家单位，一茬又一茬的“兵团二代”，大大小小，亲亲疏疏，我们哪里能知道他们是谁呢？一定是刚刚好上的，明美说。一定是听到了小石桥的水声，我说。他们始终笔直地站着，不靠近，也不离得太远。女生偶尔甩一下胸前的大辫子，男生也只是侧过身朝女生说句什么话。我们等待着，水声突然大了，我们心急火燎地拍蚊子。他们到底什么时候亲嘴啊？小秋忍不住嘀咕。话一落我们哧哧哧笑出声来，声音越来越大，那边听见了，立刻转过身子往这边望。我们互相一搡，索性从草丛后跳出来，嚓嚓啦啦，故意要把声音弄得更大，然后放肆大笑着，吧嗒吧嗒地朝马路上欢跑回去。

六

夏天就要过去，流过小石桥的水会突然混浊不清，渠水里那些神气活现的鱼群也在一天天减少。小石桥的水量不像从前那么稳定了，忽大忽小的，家家户户的自留地于是都等着大渠放水。突然一天，小石桥来了满渠的大水，家家户户就排队排到深夜，地头靠后的一些人等得不耐烦，会提着砍土镘气冲冲上来质问，脾气大的二话不说，抬手就把别人家淌水的口子一把堵上。为浇地吵架的人多起来，有一天，妈妈竟然也和别人嚷嚷起来，真丢脸啊！一天早上，起床后天就成了黄色，风把沙子吹到了云层之外。家属院里，爱美的阿姨和大姐姐用纱巾包住了头和脸。我觉得奇怪，抬头看天，片刻，沙子沙沙沙掉了一脸。风把沙尘卷得太高，高得感觉不到风，只有沙子不停地往下掉。天越来越黄，越来越暗，戈壁滩成了一只被扣在一块污黄色的布罩下的猎物。空气里都是土腥味，下午四点钟，家里黑得像是夜里十二点。菜地里的蔬菜都耷拉下叶子，棉花刚刚结起核桃大的棉蕾，大批大批地往下掉，妈妈心痛得眉头抽巴成一只秤砣。那几天，小石桥断流，风与沙尘将我们与外界隔绝开来，家属院里却没有笑声和喊声，房屋里即便开着灯也像坟墓。我去院子里走了一圈，地面、水泥桌、葡萄叶、压水井的手柄，全都落着一层新鲜的黄沙；警犬露露枕着前腿，缩在狗窝里，狭长的两颊落了一层灰土，鼻孔两边脏兮兮的，它翻着眼白看我，仿佛挨了一顿我的猛揍；鸡也没有声息，蜷缩在鸡圈的旮旯里，有一两只稍微精神些，也只是轻手轻脚地扎扎翅膀，决不会像往常一般无耻地跳上跳下。每个人都在担忧，狗儿和鸡比人似乎更忧伤，但除了等待风暴过去，谁都没有办法。

七

沙尘暴过去之后，小石桥流过两天两夜的浑水，重又变得清澈明亮，我们又跟从前一样围坐在它冲洗一净的水泥台阶上。一个清晨，蓝天无云，起床后我照常往小石桥跑。天哪，深水池里，半个水池都是“新疆棒子”的鱼秧秧，一条挤着一条，一层压着一层，在水池周围围成了一堵厚实的“鱼墙”。最上一层靠近池边的，笃笃笃，小嘴一致啄着水池侧沿上的淤泥。泥巴有什么好吃的，它们吃得那么起劲？我的手伸进水中，轻轻一捧，呀，满满一捧。从没见过这么多的鱼儿，我激动得要发疯，一溜烟跑回家。小秋正在剁鸡食。小秋，快拿脸盆，满池子都是鱼，我着急得声音都变了调。不到两分钟，小秋与我各自举着一只洗脸盆冲出家门。下到池中，水深到大腿根，我俩弯着腰，一捧又一捧，几下就捧出了半盆鱼秧秧。小鱼们被我们惊动了，哗地四向散开。要是带条毛巾就好了，小秋说。纱布最好，我说。鱼比小拇指还小，啥渔网都网不住，我们同时想到了身上的衬衣，幸好里面都有背心。但是衬衣的料子都是的确良，漏水慢，小鱼眼见着都跑没了。一番折腾，鱼差不多跑光，我和小秋已经各自收获了大半盆。“新疆棒子”学名叶儿羌高原鳅，是名副其实的新疆土著，没有鳞，内脏少，几乎是蛇的变体。“新疆棒子”长得不讨人喜欢，从哪个角度看，表情都像是在嘲讽与鄙夷人。听说新疆的土生鱼类都不喜欢像人一样去进化，所以它们又古老又稀少。“新疆棒子”和从内地引进的鲫鱼不一样，它们喜欢成群结伙地聚在一起，黑压压一片，凑在某个凉爽的地方待着。关于“新疆棒子”，我们听到过一个传说，传说是一位浙江来的叔叔讲给我们听的。他讲，唐僧取经过了火焰山之后，走到了铁干里克附近，消息传到青海湖，青海湖有个蛇精，想吃唐僧肉想疯了，就带着徒子徒孙，一路扬沙走石，一夜之间赶到了铁干里克。早晨，唐僧吃过早饭，打开城门一看，呀，里三层外三层，全是密密麻麻的蛇。这么多的蛇，怎么办呢？还是孙悟空办法多，它揪出一把猴毛，一吹，变成无数只刺猬，刺猬滚来滚去，不一会儿，蛇都给扎死了，蛇精也束手就擒。怎么处置蛇精呢？唐僧想了一个办法，他对蛇精说，你回青海湖少不得又要兴妖作怪，不如就在这里变成鱼类安家吧。这就是“新疆棒子”为什么没有鳞长得像蛇的原因，也是新疆水蛇为什么不咬人的缘故。抱着半脸盆“新疆棒子”的鱼秧秧回到家里，我立刻将自己对家里做的巨大贡献呈在妈妈眼前。全是小肉丁丁，吐吐泥，用鸡蛋面粉一裹，油炸！妈妈高兴地说。第二天，家属院里的小伙伴都知道了这件事，于是，从这天开始，每个清晨，那个五六平方米的深水池里，就站满了懂事听话的我们——一心要为家里创造幸福生活的女孩子。我们高低不一站成一圈，拿着各种自制的捞鱼工具：扎出小洞的旧布片、洗脸毛巾、医用纱布、纱窗网兜，一下又一下，一天又一天，不嫌胳膊酸，不怕水凉，一个个全都陶醉在激动人心的捞鱼劳动里。有人低声交流，有人全神贯注，每个人都又高兴又紧张。家长们也前来观赏，他们蹲在桥头，看我们忙得抬不起头，满脸都是赞许的笑容。这样，一盆又一盆，一桶又一桶，半个来月，“新疆棒子”的鱼秧秧就在小石桥附近绝了迹。小秋见再也捞不到“新疆棒子”，就担心地说，“新疆棒子”都给我们吃光了，我们把“新疆棒子”的娃娃都吃光了。小秋的话没说错，那个夏天，我们吃了太多“新疆棒子”的鱼秧秧。所以，当下一个夏天到来之后，我们再也没有在小石桥见过它们。

八

“新疆棒子”消失后，小石桥附近连常见的鲫鱼也难再抓到。水稻地不见了，越来越多的菜地因为浇不上水改种棉花。小石桥的水量越来越小，水流开始混浊，这比抓不到鱼更让我们失望和忧伤。没有小石桥清澈的流水，我们那些声嘶力竭的欢呼声真的嘶哑了许多。又经过一个夏天，小石桥猛地荒芜了。混浊的渠水匆匆穿过小石桥，水量有时候会出人意料得大，有时又会突然断流。水池两旁的泥土小路因为少有人去，已经泛起一层虚软的白色碱花。水池池沿肮脏不堪，落着枯草和结了块的泥巴。羊只肯定来这里喝过水吃过草，因为黑色的粪便同样留在了台阶上。植物们疯长，有的倒在路边，有的爬进水池，排水渠两岸的香蒲，竟然长得和桥身一般高。小石桥不停地变化，我们不停地长大。

上了初二，我和小秋一起分到重点班，明美从此与我们疏远，见了面，脸顿时冷下来，再斜过来一眼，就傲慢地走过去了。“愣头刚”经常逃学，有一天猛然撞见他，他的嘴唇上面已经长出一层黑茸茸的胡髭，声音也粗得吓人，看我们的眼神又陌生又不耐烦。清水潺潺的小石桥现在流淌着一种让人嫌弃的灰色泥水，一开始我们都不适应，但渐渐地也都无所谓了。混浊的渠水既不能清洗衣服，更无法濯洗我们的皮肤，连那些还可以脱光自己的小男孩都不愿意将自己泡在浑水里。我们首先从身体上疏远了小石桥，接着是心理上，像是失忆一般都不提起它的过去。这个夏天，小石桥的水流啊流，但是已经和我们没有多少关系了。戈壁滩上，倒是热闹了许多，我们听到一些新鲜的名词——“蛭石矿场”“地膜棉”“香梨园”“鹿茸基地”……大人们整天唠叨着这些新鲜事儿，却没有人提到两公里外的沙漠悄无声息地又向我们移动了几大步，数十米宽的防护林已经被沙漠吞噬掉一半，那些沙枣树、柳树、杏树、桑树……眼睁睁被沙丘埋掉了半个身子。一个初秋的下午，六点来钟的样子，我和小秋相约一起复习历史，我们都不愿意待在家里，就你提问我回答一来一去地往小石桥的方向走。小石桥两边，原先鲜绿馋人的菜地都种了棉花，棉田一望无际，田埂齐整得像被刀切过。站在桥头，小秋和我都闭住了嘴巴，我们怔怔望着桥下的水流，不知道该怎样表达心中的诧异。水小得可怜，好些地方渠底都像死鱼肚子般翻浮而起，从前戏水的水池已经被泥沙填满。水流被泥沙劈成几缕，全没有手腕粗，像一条条泥鳅，懒洋洋往桥身里拱。我和小秋互相看看，都从对方眼里看到了那些水光熠动一去不返的快乐与美好。那些人在干什么呢？小秋往桥的那头望。桥的另一端，不远处有块空地，空地里站着一群年轻人，头发理得很短，每只脑袋都乌青乌青的。好像是看守所的犯人，我说。看守所在两公里外的沙漠边上，那里是一片禁地，即使路过去沙漠里玩，我们也得绕着走。我上前两步，走到桥中央，盯着那群人仔细看。我越看越蹊跷，越看越惊慌，等到看明白那是一群正在脱土坯的少年犯，并且旁边站着两个端枪的警察时，小秋也站在了我的身旁。那不是"愣头刚"吗？我的心咚咚狂跳。不会吧，呀，真的是他，小秋说。他干什么了？小秋接着问。明美要是看到他这样会说什么，我反问小秋。"愣头刚"在学校的大会上被点名批评过，我们都知道；"愣头刚"后来退学去社会上找工作，我们也听说过。但是，"愣头刚"怎么会突然成了眼前的少年犯？那个和我们一起长大，一起呼喊、奔跑、胡闹的男孩子怎么会成了桥那一头的罪犯？我们这样望着"愣头刚"的时候，他也看见了我们。他把木匣里的土坯扣在地上，提着空木匣边走边朝我们望，一个端枪的警察走过去，跟他说了什么，他立刻低下头，再没朝我们这边看一眼。小秋难过得要死，拧着眉毛，嘴巴半张着，像咬烂了自己的舌头，疼得不知道怎么办好。我也难过，眼泪几乎掉出来，"愣头刚"虽然老做坏事，但在我们心里他从来不是一个坏人，他只是喜欢恶作剧，喜欢用恶作剧显示他比别的男孩本事大。"愣头刚"好可怜啊，小秋说。回家我要问问我妈，他们干吗要把他抓起来，我说。就像小石桥的流水变少变混浊一样，我们既搞不清楚这是怎么发生的，也无法阻挡这些变故的到来。"愣头刚"藏在那群少年犯里，不让我们再看到他。那天，历史书被我和小秋卷在手里，再也没有打开过。那天下午，似乎见到的每样东西在驱赶我和小秋。我们无法再在小石桥待下去，这就一前一后，慢吞吞地朝马路上走。灰色的马路空荡无人，一头通向虚蒙蒙的地平线，一头扎向沙漠边缘的防护林带；踏上马路的时候，戈壁滩的夕阳在我们身后猛地掉下一截，我们各自的影子跟着拉长了许多；不用看，渠岸两边的芦苇、枸杞、甘草、罗布麻、骆驼蓬、泡泡刺还在我们身后胡乱生长着，有的快要枯萎，有的横七竖八地趴在地上；渠水也还在我们身后有气无力地流淌着，只是听不见一丝水声。我和小秋，我们一前一后慢慢地往前走，谁都不说话，谁也没有回头再看一眼小石桥。

捕鱼者

一

戈壁滩的夏天来了。周末清晨，后窗外一群麻雀啾啾唧唧叫个没完，那种乱七八糟的激烈，就像一群胡作非为的小屁孩在撒欢儿争抢着什么。我被它们吵醒，睁开眼朝窗外望去。天空一片湛蓝，亮晶晶的阳光爬在我家院子的西墙头上，爸爸坐在西墙下，两只手上下不停，正忙碌着什么。我的眼睛糊着眼屎，迷迷蒙蒙的，惊讶中以为自己看错了什么。真新鲜！爸爸在织渔网。一只绿色的渔网垂挂在他身前的晾衣竿上，已经有一米多长。爸爸一只手握着一根挺粗的钩针，一根手指上绕着绿色尼龙线绳，左右穿梭，一下又一下，我在他身后站了好半天，他都没有注意到我。太阳照在爸爸黝黑的脸庞上，他的手指看起来无比有力和灵巧。

二

之前我见到的渔网都是白色细尼龙绳编成的拉网，每当夏季来临，爸爸会在每个周末将拉网放在一只铁皮桶里，然后戴上草帽，一个人骑上自行车便出门去了。爸爸去哪里抓鱼？一个人怎么将拉网放在水里？我什么都不知道。爸爸不爱说话，下班后做完家务，多数时间都是一边抽烟一边发呆，独自坐上整晚，仿佛有想不完的心事。偶尔，爸爸也会贪杯，酒一下肚，眼光与神情会像被泡发的海带，完全变了形状。但爸爸又是一个异常灵敏的人，春天，当小草刚刚发芽，白杨树嫩黄的新叶刚刚挤出树干，他会在第一场毛毛细雨之后，带着我先是穿过一片盐碱荒滩，再走过两列棉花田，来到沙漠边上的一片防护林里。爸爸是带我来找蘑菇的。他教我怎样在沙土里发现蘑菇，怎样在摘除蘑菇之后不要破坏土层更深处的菌种，怎样分辨有毒和可食的蘑菇。有一次我们在林带里碰到一摊牛屎那么大的一个蘑菇，爸爸也头一次拿不准了，他蹲在蘑菇一旁，瞧了又瞧，边看边咕哝，戈壁滩怎么会有这么大的菌子呢？最后，他摇摇头，说不捡了，万一有毒可就坏事了。但是背着手走出去不远，爸爸又说，回去捡上它。为什么，我问。你看，这里也有一个，给牛啃了一半，说明它没有毒，牛比人知道得多，爸爸说。爸爸带着我找蘑菇，却一直不带我捕鱼。那可不是好玩的，戈壁滩里，连块树荫都找不到，太阳会晒脱你一层皮，蚊子多得吃人，你哪能受得了！爸爸说。周末，爸爸总是一个人出门，妈妈虽不满意爸爸这样终日逛荡，而当爸爸提着半桶活鱼回来，再为全家人烹烩出一盆鲜美异常的鱼汤与鱼肉，妈妈就把不快扔到墙根脚儿了。爸爸提着盛鱼的铁皮水桶回到家里，再将鱼倒入洗衣大盆的时候，我会激动得眼睛发光。我蹲在盆边打量它们，听它们嚓嚓嚓簌簌簌吐着水泡，一边戳着鱼的脊梁，一边问爸爸，这是什么鱼，那是什么鱼。这样，我就认识了鲫鱼、鲤鱼、草鱼、鲢鱼、“五道黑”和“新疆棒子”。“五道黑”，“五道黑”最好吃，妈妈说。哼，你光知道好吃，不知道“五道黑”最凶狠，这种鱼是北疆来的，塔里木从前没有这种鱼，它吃小鱼，吃了不知多少“新疆棒子”的鱼苗苗，爸爸站在院子当中，一边擦洗腿上的泥点子，一边扭过头来对妈妈讲。听爸爸这样说，我就探下头，拨开挤在盆边上的鲫鱼和“五道黑”，朝盆底去找不多的那几条“新疆棒子”。“五道黑”的鱼鳞真硬啊，轻轻一碰都粗糙得扎手，怪不得爸爸要用铁刷子才能去掉它身上的鳞。“新疆棒子”是当地人的叫法，爸爸是南方人，拿它跟长相近似的泥鳅相比，所以只告诉我那是一种鳅鱼。贴在盆底的“新疆棒子”是灰褐色，脑袋比一般鱼宽，像个躺倒的三角形，身上光溜溜的，没有鳞；和其他鱼比起来，它似乎不容易长大，也不喜欢抛头露面，不像别的鱼儿，挤在盆边吐泡泡，它看起来又孤僻又倔强，而且脾气相当大，当我用手指戳它时，它会一甩尾巴哧溜一下滑到别处，小眼珠满是被打扰的愤愤不平。妈妈喜欢吃“五道黑”，我更喜欢吃“新疆棒子”，因为它没有刺，它的肉细腻绵软，真的是入口即化。爸爸不带我去捕鱼，但如果爸爸捕鱼回来，一定是我最早知道，一定是我第一个蹦到他盛放活鱼的水桶边。爸爸捕鱼回来一般是傍晚太阳下山前，有时他不直接回家，他把自行车停在鸭子坑边，先去水边洗干净腿脚上的泥巴，再蹲在岸边空地整理挂着水草或者枯刺的白色拉网。这时候，我会像闻到鱼腥的猫一样，哧溜就蹭到爸爸身边。渔网腥气冲鼻，但我不在乎，蹲在爸爸对面，看他一掀一掀清理叠整拉网，不时也伸出手去，帮爸爸摘去一段腐烂的草根或者弯曲的细铁丝。这时候，往往有路过的男性长辈来聊天，遇到有经历的人，他们的话题就会在鸭子坑暖热的潮气里，沿着戈壁滩悠长的黄昏，探入那些我从未去过的时间深处。从前塔里木的大头鱼和尖嘴鱼再也见不着了，更吃不上喽，一个叔叔说；自从上游打了水库，那些鱼就少了，另一个叔叔说；不打水库水就白白跑掉啦，你们不晓得吧，塔里木原来哪里有鲫鱼、鲤鱼、草鱼的，都是从口里引进来的鱼种，“五道黑”是北疆来的，这些鱼繁殖起来要比“新疆棒子”和尖嘴鱼快多了，你说的大头鱼，从我来塔里木就没见过，又有人赶快说。这时候，爸爸只听不说，黝黑的脸只是挂着心满意足的微笑。

三

阳光移向这只垂挂在晾衣竿上的绿色渔网。爸爸的圈脸胡已经冒出头来，像光秃秃的泥土长出连绵的小草。爸爸慈祥地眯着眼睛，见我过来，放下手中钩针，点着烟，美美地吸了一大口。我伸手去摸渔网，它又光滑又温暖，尼龙线绳因为刚刚结起，握起来还有一种蓬松感。我将渔网拉开来，发现它的形状和我的裙子一样，但是这怎么能网住鱼呢？底下有一圈小口袋，网住的鱼会钻进那圈口袋里，等渔网织好你就明白了，爸爸说。一天又一天，挂在院子中央的渔网在阳光下、在戈壁滩里的风中长长、长大，爸爸抽空就坐下来织几圈，看着他或平静或沉峻的脸，看着他粗黑的手指头灵巧地绕着那些绿色的尼龙线，我总觉得爸爸不仅仅在结线，不知道还有多少看不见的东西被爸爸编进了渔网。偶尔，爸爸会呆坐在垂吊于他眼前的渔网对面，双手撑在膝盖上，默默盯住渔网，半天不动一下，脸上全是我看不懂的冷漠或者哀伤，似乎渔网根本不是他所爱，似乎他是无可奈何才要这样一圈圈地织下去，就像太阳每天会落下又升起来一样。这时候，我是担心爸爸的，并因为他满腹心事的神色而不敢靠近他。但大多时候，爸爸脸上的神情是专注的沉迷的，在我们都没有注意到他的时候，他已经独自坐在院落当中，背对太阳，穿针引线手挥目送，俨然已经忘记了周围的一切。

四

经常来看爸爸织网的叔叔有两三位，看样子他们也是喜欢这件事的人，他们拉只马扎坐在爸爸身旁，一边看一边抽烟一边就说起了往事。他们一说起来我就往跟前凑，那可比小人书里的故事好听多了。一九六〇年那鱼才叫多，那时我在英苏，自然灾害吃不饱肚子，就想办法下湖打鱼，花莫克西波底湖，一条网扔下去，多少人都拉不动，不得不赶来马车，马车也拉不动，就用链轨机车拉。那鱼大啊，每条都五六斤重，你们知道那一网上来多少斤？一万斤啊！我们的命都是鱼救回来的。鱼拉了上来，通知各单位去拉鱼，拉鱼的人每人带把刀子，就在湖边的沙包下，这边剖肚，那边撒盐，撒完盐往沙包上一甩，拣回去的鱼堆在仓库里，食堂一天三顿吃鱼。鱼多好吃啊，野麻根瓜藤做的馒头吃得人想吐，现在有了鱼，那吃得一个高兴。清炖、清蒸、油炸，还有人发明了吃干鱼的办法，大葱加醋凉拌，味道也好。一个叔叔说完，另一个赶快接过话来说，那时候还能见到大头鱼，那鱼最好吃，肉又软又绵，口里没有这种鱼，有人打过一米那么长的大头鱼呢，不知道是条多少年的老鱼精呢。前一个叔叔马上又接着说，水库打起以后就立马少了，大头鱼怪得很，到了季节，要回头往源头上游，要到上游什么地方才能产卵，水坝一拦，那鱼进去出不来，下游又捕得厉害，没两年就少得见不着了。多数时候，爸爸只是笑眯眯地听，但偶尔也会简单地插上一句。当年八连的小宋偷偷下湖抓鱼，鱼太多，回去猛吃一顿闹了肚子，不得不请假在家，被上头知道，立刻抓起来关了禁闭，这事你们不知道吧。我家有箱小人书，附近伙伴要来看还得巴结我，但这些小人书的故事都不如叔叔们围在爸爸的渔网边唠叨出的这些陈芝麻烂谷子好玩。什么冬季织网比赛，什么野麻网和透明交丝线网的不同，哪个海子的鱼多，哪个团场最先开始在水坝里用拦鱼设备……从叔叔和爸爸的闲扯里，我听到了一些从来没有去过的地名——龙口海子、英格海子、毛蜡湖、艾沙米尔海子、卡拉水库、大西海子水库。戈壁滩干涸少绿，我们喝的水里有沙子，鞋子里有沙子，眼睛里有沙子，紧闭窗门桌子上依旧落着一层沙子……我的眼前到处都是土和沙子，但是在这些大人们的嘴里，却另有一个碧波连绵水阔鱼大的世界，他们说什么小湖连串，野鸭成群水鸟成片，四周胡杨林黑苍苍的，几十公里几百公里都走不出去……他们还说，现在各个团场驻扎的地方，所属地的地名都有“海子”的意思，各种各样的海子，什么新海子，大海子，小海子，海子的海子，海子之母……在叔叔和爸爸的讲述中，干涸荒凉的戈壁滩变成了一个到处都是亮晶晶蓝莹莹的海子的世界，到处能看到鱼跃鸟飞，到处是胡杨树的阴凉，到处是又高又粗的芦苇丛……啊，蓝莹莹的湖水里，还有数不胜数的鱼，现在我又知道了另一种叫作大头鱼的鱼，它是什么样子呢？它竟然能长到一米来长！这些故事听起来那么诱人，戈壁滩的过去——在我还没有出生的时候——听起来似乎比现在好玩得多。那么，那些海子在哪里呢？爸爸织好渔网以后，会不会就是要去那里呢？光秃秃的戈壁滩里原来深藏着一个又一个大鱼潜行草木茂盛的海子，想到这些，我激动得几乎要叫出声来，并且暗下决心，等到渔网织好，一定要让爸爸带我去捕鱼。

五

一个初秋的清晨，一只挂满了银色铅坠大概五六米长的渔网新崭崭地挂在我家的院子当中。爸爸还是坐在渔网对面的方凳上，嘴里噙着烟，一只手扶着渔网上部，另一只手掀动着渔网底端的网兜，嘴边的笑容像水波一般一圈圈地荡开去。跟随着爸爸手臂的节奏，底部打开的渔网就像一片蓬松的绿色云团，在空地上悠然浮动。我两脚跳到爸爸跟前，又一次为他总是悄无声息地做好一件让我觉得不可思议的事情而惊讶和惊喜。我绕着渔网走了一圈，然后蹲下提起渔网一角。爸爸，这网能捕多大的鱼，我问。要等用了才知道，爸爸诡秘地看了我一眼，眼睛里像是撒了一把星星。周末，拿起新渔网，我和爸爸出发了。爸爸为什么会突然同意我做他的小跟班，同意我跟着他在酷热的戈壁滩里四处转悠的呢？啊，不需要为什么吧，因为我是他的女儿啊。碧空无云，阳光亮澄澄的。攀上大桥，爸爸急于试试他的新网，四向瞅瞅，将车停在桥头。我伏在桥栏上俯望河水。水比夏天要小一些，碧青而安谧，像一个长大并懂事许多的小孩，手脚稳重了，眼睛里一天天多了些深幽幽的含义。再看爸爸，他已经喜滋滋从水桶里拎出渔网，而后抖展摊开，再分握、提起，然后两腿微弯，双足紧紧扎稳，接着侧身运气，猛然振臂间，绿莹莹的渔网便“唰”地飞在水面上。一个漂亮的圆圈，眨眼间沉入水中。我伏在桥栏上，瞧着运气撒网和屏住呼吸小心收网的爸爸，瞧着他的快乐和投入，心里无比惊讶：这是另一个机敏、自信和无忧无虑的爸爸，他的眼睛直勾勾地盯着水面，四肢灵巧有力，半躬起身体的样子像是随时可以腾空而起，整个收网的过程，脸上一层层荡开着一些忽明忽暗的表情，它们一闪而逝又此起彼伏，就好像水面上那些摇晃的细小波纹。平常的爸爸嗜烟、嗜酒、老实、胆小、笨嘴笨舌，但当他站在水边，对着这个空阔浑黄的戈壁滩，那些日常里的沉闷与拘谨都闪在了一边，他眨眼间成了一个和孩童一样贪玩和忘乎所以的人。看见一个变了样的爸爸，我真是太高兴了。

六

撒网和下拦网的水域是不同的，撒网对水域要求比较高，水面最好开阔，水要足够深，水速要缓，水底要没有扎人挂网的木桩和水草。但是除了自然形成的野海子，戈壁滩适合撒网的地方简直没有。野海子都在沙漠深处，汽车开进去来回都得两三天，爸爸凭着一辆永久牌自行车，最远只能在方圆十来公里的地盘里转悠。之前，我总是想象爸爸捕鱼的地方是一片又大又深的水面，比家门口的鸭子坑还大，水面被粗壮茂密的芦苇丛所环绕，附近有连片的树荫，树荫底下，有在田地里劳动的农场职工或者路过的行人和爸爸打招呼，当爸爸坐在树荫下就着凉开水吃冷馒头的时候，水面上会跳出一条又一条银光闪闪的鱼。成为爸爸的捕鱼伙伴之后我才知道，根本没有比鸭子坑更大更深的水面，没有树荫，没有路人，甚至没有凉开水和冷馒头；大多时候，只有满天炽热的阳光，满眼焦黄的沙地，满身的泥点，满脸满头的蚊子，满手是被野草划破的纤细血痕。但我一点儿也没有后悔或者退缩。先初，爸爸多在大渠撒网，因为只有大渠拥有适合撒网的开阔水面。大渠地基高于两旁的农田、马路和人家，因此站在渠帮上，我可以望见两岸景色，因此跟着爸爸走得越远，我渐渐看到的戈壁滩就越广大，也越荒凉。孤单的土坯房、始终飘着尘雾的218国道、稀疏的胡杨树、光秃秃的戈壁滩，再往远，就是连绵起伏的沙丘了。走过长长的大渠，我们的收获并不多。鱼都到哪里去了呢？走得越远，渠帮上的土就越白，四周也越空阔，空气很烫，烫得我的脸先是发红，接着又痒又疼。每个周末都是如此，爸爸在前面撒网，我提着水桶跟跄跟上，这样走出一段路程，我放下水桶，回头去推自行车。爸爸撒网收网，我们走走停停，水桶里总是不多的几条一拃长的鲫鱼，连常见的“新疆棒子”也几乎见不到了。多么让人失望啊！以前爸爸去排水渠拉拦网还能见到筷子那么长的鲤鱼和“五道黑”，大渠的水这么深这么多，鱼都去哪里了呢？河水缓缓流淌，鱼鳞状的波纹闪着刺眼的白光，这条从几百上千公里之外流过来的河水下面，到底藏着什么秘密，发生着什么样的变化呢？

七

爸爸只好带着我去排水渠侦察水情。连着好几个假日，我们沿着团部附近大大小小、长长短短的排水渠，先是从团部出发，挨个往下面的连队跑，再由连队前往沙漠防护林。若不是这样，我根本不会知道自己到底生长在一个怎样的世界，戈壁滩到底有多大有多荒凉。排渠一般在农田或者林带旁边，越是面积广大的农田，侧旁的排水渠就越深越宽，灌丛与杂草也越茂密。排水渠几乎没有像样的渠帮，渠岸上部多是深及脚踝的碱土，被草叶划破的伤口沾上这样的土会有剧烈的蜇痛感；因为排水渠地势低洼，坡岸也就相对潮湿，麻黄、芦苇、画眉草、骆驼刺、甘草、棘豆、苦马豆、野麻、蒲草……塔里木盆地的野生植物竞相在这里抢夺地盘。排渠跟前有时连人走的路都没有，被太阳晒得打卷儿的杂草生长在开着碱花的虚土里，一脚一脚如同踩在气泡上。爸爸这时候会心疼我，说让我待在原地，他一个人往前走走看。但我不答应，四面都是望不到头的农田或者荒地，没有树荫，更见不到半个人影，戈壁滩会用它又大又白的寂静吃掉我的。所以我宁愿跟着爸爸走在没有路的碱地里，让带刺的杂草在小腿上割开一条条口子，宁愿被蚊子追咬，也不敢一个人留下来。多数排渠水浅得大概只到爸爸膝盖，因为是农田的排碱水，水倒清澈，但渠底都给排碱水浸成黄色，真不知那些只有我手指头那么长的小鱼儿是怎么生活在里面的，难道它们要喝这种又咸又苦的水吗？但它们可真是机灵啊，乌青的小身体很早就觉察到陌生人的到来，而后一起拐头向上游游去，越往上游，带动的鱼儿就越多，鱼苗苗、鱼秧秧……大大小小，一群跟着一群，奋勇又着急地往上游，眨眼间，沟里或密或稀的杂草就被它们精灵般的小身体撞得东摇西晃。先初，只是近处的一片，窸窸窣嚓啦啦，很快，向前去的整条渠都抖动起来了，那些翠绿的草尖儿在白辣辣的阳光下过电般颤动着，似乎大地深处传来了一股难以描述的力量，使得它们为之惊异和战栗。阳光刺眼，空气烫人，我在渠边的杂草间快步穿梭，跑得比爸爸还快，草尖扎上脸颊划过手背，混合了碱土味的汗水从太阳穴流到我的嘴里，渠沟里带着鱼腥气的潮气将咸晶晶的汗水变得又滑又腻，接着渗进皮肤的小伤口里，顷刻间，我的脸又红又肿，双手又痒又疼，但即使这样，我也没有停下脚步。我太开心了，和爸爸这样走在戈壁滩里，还有一渠精灵一般的小鱼在和我赛跑。如果不是爸爸在后面喊我，我想我会一直跟着小鱼们跑下去的。

八

家里总会突然迸发出争吵声，那些刺耳的声音令我害怕，也让我感到羞耻，爸爸妈妈，他们是我最爱的人，但是他们却经常像仇人一般相互喊叫。事情的尾声，多在妈妈一个人的哭诉中落幕。我从来弄不清他们争吵的起因，败下阵来的永远是爸爸，永远是他无话可说，或者有口难言。他忍气吞声地坐在离妈妈最远的角落里，埋着头，一根接一根，凶狠地抽烟，直抽得唇干舌燥脸色发青，脚前扔满烟头的残肢断骸，仿佛那些被踩扁的、被掐断的、被摁弯曲的白苍苍的烟头，就是他内心烦恼与痛苦的形状。而我，每每在望着这一片丑陋又狼藉的烟头时，都会心惊胆战地退在一旁，都会忘记呼吸，都会无比地同情爸爸可怜爸爸。争吵过后，爸爸有时也会喝闷酒，他坐在黑漆漆的厨房灶台边，或者有气无力的火炉旁，端着一只倒满高粱白酒的玻璃酒杯，一杯接一杯，直至眼神迷蒙、语无伦次以及一个人哑然失笑、自言自语。这种时候，我对爸爸的同情又化为恐惧。我甚至会被他脸上的那种像井水一般摇晃扭动的神情吓哭，那种神情怪异得我无法理解，它使爸爸的脸变得像鱼、像猫、像狗、像羊、像鹰、像牛……就是不像他本人。这种时候，我绝不敢多看爸爸的脸，倘若不小心瞅去一眼，定会吓得远远躲开，缩在里屋大床一角，或者院门外的电线杆下，必须要花很长的时间很大的力气，才能让扑腾在嗓子眼儿的心落回它的原处。这期间我会想，如果没有烟，没有酒，爸爸要怎么办呢？所以，我打心眼儿喜欢带我一起捕鱼的爸爸。爸爸怎么这么好呢！这是坐在爸爸的自行车上时经常萌生的感动。他眉头舒展开了，嘴边总是挂着温暖的笑容，眼睛看到哪里都乐陶陶的，阳光白云，草木水土，即使是戈壁滩的荒凉，没有一个不使他轻松和快活，仿佛我们的家真的是个牢笼，一旦出门行走在天空下，他就脱胎换骨成了一个浑身是胆、满身是力气、满脑子是智慧的爸爸。这一天，爸爸带我来到一条水深河宽的排水渠边。很少有人胆敢在排水渠撒网，因为水下布满暗桩和丛生的草根。来回查看多次，爸爸决定在这里冒险。太阳西斜，整条渠半明半暗，又腥又热的水汽裹上来，沾在皮肤上，又黏又滑。这里和普通排水渠明显不同，它两岸的芦苇与蒲草被人割了一茬又一茬，仍然又密又高；水面甚至比大渠更宽，水极其清澈，每条波纹都闪着玻璃似的光，因此可以看见水下累积着多年腐烂的水草，它们一根根毛茸茸的，边缘挂满灰暗的污泥，随着水流软弱无力地摆动着。这里有一种与众不同的岑寂、阴森和蓬勃，有一种含着巨大未知的危险和惊喜，我那么害怕，又不明所以地激动。哗——啦，水中央突然翻起一道水浪，只见渠边茂密的水草一片东倒西歪，接着半条渠都晃动起来。爸爸和我都兴奋地睁大了眼睛，水声印证了爸爸的想法，这是只有大鱼才能搅出的水浪。爸爸沿着一段湿软咸腥的水线来回察看了好几趟，终于万般谨慎地选定一片水面。撒出渔网，静待片刻，爸爸开始收网，渔网被水下的沉重拽得紧绷绷的。最让人担心的事情发生了，渔网被什么东西紧紧挂住。思谋片刻，爸爸将手绳交在我的左手，又帮我缠在我虎口处。哪，这样，指头扣在网洞里，千万记住啊，要往后拖，不要往水跟前走，爸爸不放心地对我说。爸爸说完慢慢往渠里走，渠底不知有多深的淤泥，每迈出一步，身子就会微微一斜。先初，爸爸走得还算平稳，渠水渐渐没过膝盖、没过大腿，突然，爸爸猛地一沉，刹那间水淹到了他的胸口，他身子一斜几乎倒下，一只手靠着一簇半腐烂的草根刚要站稳，但又软又沉的淤泥又把他拉了下去，就是眨眼的工夫，眼睁睁地，水面上只剩下他的半张脸和他前后扑动的双手。我当即大哭起来，回过头朝岸上望，希望见到半个人影，能来救救我的爸爸。我大概哭得撕心裂肺，脑袋也被自己哭晕，等到听清爸爸的声音，他已经脱离危险，安然站在一旁齐腰深的水里。哭啥啊，傻丫头，爸爸浑身湿淋淋的，轻柔地说道。从此，这片水域就成了我和爸爸常来的地方，我们围绕着它，每一次既意犹未尽，也满意而归。

九

爸爸，今天我们上哪里？我问。去四连排水渠看看，爸爸说。出去捕鱼的次数越来越多，我与爸爸的话越来越少。最初的兴奋与探奇随着又一个夏天的逝去，变成我们父女之间的一种仪式。家里督促我好好读书的人总是爸爸，但是他从不会以学习为理由不带我出门捕鱼。我也根本没有想过这个问题——爸爸是否需要我的陪伴，我这样撵都撵不开地黏着他，是否能给他孤闷的内心带去一缕温暖与安慰？或者，他是怎样看待我的，怎样评价我的贪玩和固执？我还小，还游不进他人、即使是爸爸的内心。但是我晓得自己在想什么——我要跟在爸爸身后，陪伴他，寸步不离，因为越是与爸爸走过越多的路，越是看过戈壁滩的荒凉，我越是害怕。我害怕爸爸陷在排渠的淤泥里淹死，更怕他因为烦透了家里的争吵，有一天会踏入戈壁滩的野草与荒径，永远地离开我们。大渠、排水渠可以撒网，偶尔，我们也在两三米宽的灌溉渠里下网拦鱼。除了交代我该做什么，或者咕哝几句鱼越来越少、渔网又失落了两只铅坠，爸爸几乎不再和我说什么，他的沉默似乎将我带到一个比戈壁滩更广大的时空里。而我，无论坐在爸爸的自行车上，还是站在密生着芦苇野麻的排水渠边，嘴里从不叽喳，更不会因为枯燥而发出一声怨言。自小习惯于爸爸的沉默，现在又与他共同经历着荒天旱日下的空僻与阒寂，沉默如同蔓生的根须，已然替代了那些多余的语词，以及一切未可言明的心绪。一月月，一年年，我在长大，鱼却越来越少，空网越来越多。我倒不曾感到多么失望，但我开始担心爸爸。撒网捕鱼时，爸爸会挽起裤腿光着脚板，殷切地一次次将渔网抛向水面。而我，望着他黝黑精瘦的侧影，总会惊诧于他此刻的形象——他不再是我的爸爸，不再是一位机关后勤保管员，不再是妈妈的丈夫，不再是小镇任何一位长辈的朋友和熟人，他成了一个陌生人，一个只和水、鱼儿、太阳、天空、荒草、尘土和孤寂打交道的捕鱼者。我看着他收网时的姿态——两腿微弯，脖颈前倾，目光扎入水下，双臂像捕食前的豹子，屈伸间蓄满一触即发的力量，就是这个姿势，他在一日之间至少要重复上百次。所以，越是后来，我越是不关心网里有没有鱼儿，反而在望着他的一刻，心中会无端地升起一缕忧伤，仿佛已经预知那即将到来的落空。空网带来的失望，谁能比一位捕鱼者体会得更真切呢。空网越多，捕鱼者的希望就破灭得越多。如果戈壁滩上再也捕不到鱼，爸爸就再也不能成为一位捕鱼者。而除了这个捕鱼者的身份，还有什么事能带给爸爸更大的快乐呢？所以，我与爸爸的结伴而行，越到后来，在于我就越发变成了我对他的担忧和守候。我在想，也许自己这样跟着他，陪伴着他，即使一条鱼也捕不上，爸爸也不会完全地失望吧。爸爸却是平静的。网中鱼越来越少，跑路的时间渐渐多过捕鱼的时长，我们赶在最后一抹灰金色的落晖消失之前回到家中，铁桶里屈指可数的几条活物会令我不敢面对妈妈的一双怒目。爸爸却是平静的。又是一兜空网，他叹口气，安静地弯下腰身，拣起拇指大小的一根鱼秧秧，扔进渠水，而后摘去挂在网眼上的枯枝杂草，再将渔网拎起，提抖齐整后放在岸边，这就蹲在一旁，或者坐在附近的一片阴凉下，取出香烟，咬在泛起干皮的嘴唇间，划火点着。之后，便是长久的默然，那一缕缕从他口中吐出的烟雾，几乎还未飘起，便消失在戈壁滩的热风里。落空太多，失败太多，大概他早就逆来顺受惯了吧，大概他心里早已堆满比捕不到鱼更加令他失望的事情吧。唯有一次，爸爸坐在树荫下的一个土包上对我说，要好好念书啊，我就是吃了没念书的亏。爸爸所说的吃亏，具体是指什么，他当然不会细说，而我也不懂得如何去问。

十

那个夏天之后，爸爸收起他的渔网，不再去捕鱼。或者他背着我，悄悄地独自去了，再悄悄地独自回来，谁也没有惊动，我就当他是不想再让我与他一同经历空网的失落吧。这之后，我先是成为一个初中生，接着是高中生。六年过得很慢，许多看似更重要的事情接连闯进我的脑海——为功课和成绩而烦恼，为阴晴不定的友谊而烦恼，为被老师疏远而烦恼，为长得又黑又瘦而烦恼，为电视剧里的女主角而烦恼，为妈妈的偏心而烦恼，为家里的争吵声而烦恼……它们替代了我与作为捕鱼者的爸爸的相伴而行，那些美好的记忆我只是偶尔才想起。高考结束，到了九月底，录取通知书迟迟不见影子。时间空荡而充满悬念，爸爸虽然不说，但我清楚他对我的期望很高，我呢，多半则会让他失望。一天中午，我躺在床上读武侠小说，爸爸推门进来，他先是盯着我手中的书，若有所思地停顿片刻，接着脸色一变，露出一个神秘的笑容，再开口道，大渠今天停水，我们去看看有没有鱼。我一骨碌翻起来。爸爸拿出了那只绿渔网，我以为他早已扔掉了它。准备就绪，我们父女出了门。还是和从前一样，爸爸骑车载我。但也有更大不同，在我跳上自行车的一刻，车身猛然一晃。上一次跟随爸爸去捕鱼是在六年前，那时我的身体那么轻盈，跳上车，爸爸说就跟只小猴子一样，几乎没有重量，现在，还有一个月，我就要十八岁了。大渠剩下半渠水。我们一路往大渠的上游走，一个多小时后，爸爸在那段栽着两株老柳树的地方停下了自行车。我不解地望望爸爸，我是知道的，柳树下的这条河段是片老河床，从前住在这里的人家为了蓄冬水，将这片河床掏出一个深洼，为了禁止偷渔，又埋下了许多树桩。以前爸爸是从来不在这里撒网的。但眼前的爸爸如此坚决，大概是半渠水让他多了许多自信，大概是他不过想带我出来轻松一下，有鱼无鱼，挂不挂网，全都无所谓。我又见到了六年前的爸爸。爸爸十分小心，来回估摸了一下水下深坑的大小，便提着渔网站在了岸边。他挽着裤腿光着脚板，精瘦又结实的小腿在经过了一个夏天之后，已经黝黑发亮；他的光脚板敏捷地在湿地上移动，吧嗒吧嗒，响声是那么的干脆和快乐；还有他的目光，灵活又闪亮，就像当年坐在织了一半的绿渔网前。只瞧了爸爸一眼，我的眼泪差点掉出来，这是陷在生活中的他极少露出的一面——喜悦、自信、果决，我多么希望这些表情永久地刻在爸爸的脸上啊。爸爸沿着大坑边缘连续撒网，我们这一天的运气真不错，几网下去，不仅没有被挂网，又提上来几条一斤左右的鲤鱼。爸爸的手脚越来越麻利，仿佛担心鱼会跑掉，有时候竟然在突然之间改变方向，像是得到什么启示似的，从大坑的这一边快步跑到另一边，未及站稳，手臂便迅猛挥起。只见刺目的白光下，张开的渔网漂亮地飞出一个饱满的圆，眨眼间迅速沉入水底。收获意想不到的大，没过多久，一条真正的大鱼在爸爸的渔网里翻腾，它沉重的身躯翻起的水花令我几乎想扑入水中一把把它抱上来。爸爸屏住呼吸，小心地收网，每往上提起一寸，大鱼就在水中拼死挣出一波水花。我的心提到了嗓子眼儿，怔在岸边不敢发出一丝响动，就在这时，爸爸双手奋力一提，渔网连同大鱼一同被甩到了渠岸上。下午七点左右，戈壁滩的夕阳仍然烤得人脸发烫，我和爸爸一路推着自行车走回家。大鱼几乎有我的胳膊那么长，像个娃娃一般，被我们装在蛇皮袋里架在后车座上。真是难以置信，六年前，在戈壁滩的鱼量远比这一天品类繁多的时候，在那些更辛苦更殷切的一次又一次捕鱼经历里，爸爸却从未有过如此巨大和丰厚的捕获。回到家，爸爸仍然将鱼倒进那只比我年龄还大的洗衣盆里，听着鱼在水里噼噼啪啪的翻腾声，闻着自己满手满脸的鱼腥气，我的脑袋仍然没有从狂喜的晕眩里醒转过来，我真的以为自己飘进了时间的隧道。这是时间放置在我们父女之间的一个奇迹吧，也许爸爸从来没有淡忘过我们曾经的相伴，也许他知道我们相伴期间我的一切心迹。所以，这一天，就在我快要离开戈壁滩之前，他神奇地预感到了什么，于是一贯逆来顺受的他，返回身去，重新成为那个最使我欢喜的捕鱼者，然后馈赠我一个——连他自己也不敢相信的一次满载而归的收获。几天后，我收到了大学录取通知书，从此我离开了戈壁滩，再也没有回到那里生活过。而作为捕鱼者的爸爸也从此彻底消失，没过两年，爸爸妈妈沿着尘土遮天的 218 国道，把家搬到一百六十公里外的库尔勒市。再往后没几年，爸爸得了癌症。又过了两年，爸爸去世。而我，直到爸爸临终之前，都没敢张口去问，那张渔网去了哪里。

魔盒

又到了下一年的春末，戈壁滩干燥的空气里全是沙枣花的花香，那味道不怎么好闻，仿佛一位又傻又粗野的姑娘，拿她开玩笑的人多，真正喜欢的少。可是我还是会试着想象它的美好，因为从小大人们就教育我，它是戈壁滩的功臣，戈壁滩的水土保护没有它就会完蛋。我们的戈壁滩在哪里呢？在塔克拉玛干大沙漠的东南角，一个叫作乌鲁克镇的地方。有一天，我学着那位从焉耆城来的大学生姐姐的模样，从离家最近的水渠旁的沙枣树上折了两枝正在绽放的沙枣花插在了罐头瓶里，做这件事的时候，我挺为自己的变化得意了一番，瞧，姑娘们都应该喜欢个花啊草啊头绳啊发夹啊悄悄话啊什么的，现在我也慢慢和她们一样了。把罐头瓶搁在窗台上我就去上学了，中午回来没顾得上看，下午放学想起，凑上去一瞧，妈呀，整束花都蔫了不说，最吓人的是，瓶子周围，还有倚窗而放的方桌边上，密密麻麻落了一层干死的小黑虫。哪来的虫子？爸爸回说，全是小苍蝇。苍蝇怎么在这里呢？大苍蝇把卵下在花里头了呗。蜜蜂采蜜，苍蝇吃屎，怎么它们上花里面来了？苍蝇管你香臭，闻到味儿它们就来了。“闻到味儿它们就来了。”这句话说得顶好，没想到一向笨嘴笨舌的父亲说了一句这么漂亮的话儿。是的，父亲说的正好是我们，正好是我们这群半大孩子对于欢乐和新鲜事物的穷追不舍。这一年春天开始，真的又有一个好东西吸引了我们，它真的就像戈壁滩五月的沙枣花香，不管蜜蜂还是苍蝇，都冲着它扑了过去。它出现得那么突然，又如此恰当。正是我们的身心开始像个饿狼般寻求食物、贪吃又胃口大开的时期，正是我们向成人世界迈进的加速阶段，正是自我意识如同野草一般开始冒芽的时刻——电视来了。

一

这个立体四边形的方匣子，里面沉甸甸的像装着一块大石头，高级和神奇得我们一窍不通，我们目瞪口呆地望着它，只当它是个魔盒，不管这玩意儿意味和即将带来的是什么，我们就是要打开它，就是要围绕着它犯傻、争夺、打架和模仿。三医院有电视，每周六晚上都有电视连续剧！伙伴里总有一个消息最灵通的人。三医院有三医院的地盘，我们公检法大院也有自己的地盘，两边的孩子谁都不服气谁，但是我们听都没听说过电视。什么叫电视连续剧？我问。就是一次放不完，下次接着再放，就是欲知后事如何，请听下回分解。连续剧演的是什么？我问。日本的，《姿三四郎》。演多久了？刚开始。在哪儿演？大门口。走，去看看。大中午，戈壁滩热得能把皮肤烤出油来，我们几个小屁孩往三医院狂奔。路上差不多得半小时，赶到地方，一看傻了眼，什么也没有，就是医院大门旁的一片空地，扔着几块烂砖头。阳光下，四周围就我们几个，转着圈东看西看，看完再瞧地上，地上白花花的晃眼睛，直瞧得眼冒金星，也没醒过神。我焦躁起来，这当上得可够大了，镇上的露天电影院虽然破烂，起码有水泥凳、有白色的幕墙，眼前这里，只有看我们笑话的一团团热空气。这怎么看啊？我差不多气急败坏地问，电视在哪儿？有人指了指对面的一面山墙，说，到时候推出来一个木架子，电视机就搁在上面。电视多大啊？这么大。那人把双臂张开，然后又缩小了几乎一半。这么小，怎么看得清啊？所以要早点儿来，早点儿来才能坐前面。坐哪儿？地上吗？这又不是电影院，自己得扛凳子。那好吧，礼拜六，礼拜六谁来得早，谁就帮大伙儿占位置！怎么占？捡砖头，把自个儿的地盘围起来。三医院同我们“公检法”相似，由农二师师部直接管理，驻地在乌鲁克镇，所以从院长到下面打开水扫地的门房都认为自己高人一头，不把镇上的团场职工放在眼里。不过，就三医院放公开电视这件事来讲，人家可真是牛，比镇上牛，比我们“公检法”更牛，整个镇上，有那么多的单位，人口加起来五六千人，没听说哪个单位买了电视。买了就买了吧，还要公开放电视连续剧，大摇大摆地嘚瑟，真是太让我们高兴了，否则，我们到哪能看到日本电视连续剧呢！眨眼就是星期六，下午我就开始忙乎，从院墙角的一堆杂物中找出那只久已不用的靠背椅凳。大概三年过去了吧，我的个子长得不快，但是爸爸当年为我们姐妹做的小椅凳明显更小了。在院子里风吹日晒，它的漆皮掉了许多，斑斑驳驳的，像一个受了委屈的小孩。看着它，我不知道为什么感到了忧伤，这就蹲下来，抱着双膝望着它发呆。也许我又想到了当年我扛着它一个人去看电影，一个人走在黑漆漆回家路上的满足与恐惧吧；也许我感到吃惊和不解，一件已经被扔在身后的旧物，在我认为自己已经长大了之后，却仍然和我在一起。它明明被我丢弃了，却又像是一直和我一起在时间的跑道上跑，直到我一伸手又抓住了它，这时候我才意识到其实小时候并没有过去，小时候还在我的身边，小时候其实在和我一起在长大。我抱着双膝蹲在院子中央发呆，直到爸爸在我身后问了一声，又把它找出来做什么？看电视，晚上我要去三医院看电视。那么远？整天瞎跑，功课做了多少？不准一个人去啊！我去压水井压了桶水，拿块抹布，给椅凳彻底洗了个澡，洗完澡晾干，漆皮又掉下许多，当年光滑精巧的深褐色小椅凳眼见着成了一个花脸老太婆。等不到晚饭时间我们就出发了。我们“公检法”大院的七八个小屁孩背着自己的凳子，长长短短高高低低，火烧火燎往三医院赶。离天黑还得四五个小时，我们都对是否能够占到好座位没有把握。但我们不可能来得更早了，我们得结伴，得凑够一个足够人数的小集体。各家情况不一样，越是孩子头越是麻烦多，他或者她统治着我们这个小王国的思想和行动，我们出出进进都首先受制于他或者她的家长，而家长的意愿或者喜怒我们根本无法判断和预料。等待作为孩子王的他或者她是必要的，我们去的是三医院的地盘，我们曾经用自己的大狼狗欺负过连队住校生，所以当然明白前往别人的地盘所意味的风险，而孩子王则是我们的定海神针，或者是主心骨，但凡意外出现，我们必须听从他或者她的指挥，必须团结在他或者她的周围，才能保证自己不被别人欺负。我们穿过学校食堂，然后抄小路往北走。从小路开始就是水工连的地盘了，这条路好走又惬意，因为它就是一条长长的小渠渠帮，渠边青草葱茏泥土湿润，野慈姑、莎草、马齿苋、骆驼刺、甘草、棘豆……杂乱而稠密地挤在一起，它们见水疯长，我喜欢它们扑打在脚踝上轻微的刺痛感。渠两边是长得望不到边的棉田，棉花正在初蕾期，个子和叶片也像得了失心疯，每天噌噌猛长。事实上，这条小路并不比百米之外与它平行的那条马路路程更短，相反，它窄细不平，不时需要跨越横穿而去的灌溉渠，一路又蹦又跳，而每个人都背着椅凳，不仅无法加快速度，反而更耽误时间。但即便着急，我们也不会走大路，是的，我们急着去看电视，却没有人愿意放弃走在路上的诸多乐趣。还没到地点，只远远望着，我们已经失望得要死。简直无法让人相信，几天前探查过的那个白得晃眼的空地，已经乌泱乌泱围满了人。走近细看，不仅是娃娃，竟然还有大人笑眯眯地坐在凳子上抽烟。我们抱着凳子手足无措，不甘心坐在最后，也根本不知道往哪里见缝插针。更气人的是，那些占据了前排最好位置的三医院的小屁孩们，看到我们抱着凳子发呆，竟然大呼小叫起来。有一个光脑门脸上黑油油的男孩这就站起来，手一挥，大声喊道，外头人来了，看好座位，别让他们抢了。顺着他的手势看去，我们简直要气炸了，超出一半的场地都给他们圈了起来。看看他们怎么干的吧，用高低不一的长凳短凳先把四周围起来，围起来的地盘里，又用各种形状的砖块石头分出了不同的区域，大概是各家各户的位置；大一点凶一点的孩子坐在作为围墙的凳子上气势汹汹地瞅着我们，小一点不懂事的娃娃坐在地上玩耍看都不看我们一眼。霸占了大半个场地，且不允许一个外来人进入，这种赶尽杀绝的狠劲儿让我们目瞪口呆，但是气红了脸，也没有人敢上前一步。连孩子王也没敢轻举妄动。我瞅了一眼我们这边个头最高的男孩，他的牙齿咬得咯咯响，拳头也攥了起来，胳膊上的青筋跳来跳去，双眼死盯着那个光脑门的黑脸男孩。看见被人盯着，黑脸男孩更加猖狂，从自己的座位上站起来，在围出的地盘上走来走去，把表示占领点的砖头石块用脚尖码得更齐整。这样肆无忌惮的挑衅我们还真是头一回见到，不免愣在原地。我们这边的孩子王是两个大女生，不知什么时候，我再回头，她们中的一个已经死死抓住我们这边个头最高的男孩。君子报仇十年不晚，我听见她低声说。之后她侧过身，冲着我们这群矮她一头的跟屁虫说，往后站，靠右边挨着坐，到时候看不见，都站在凳子上，谁也不许闹事。她一发令，我们心中烽烟四起的恼怒与胆怯都安稳了，个头最高的男孩被孩子王推着往一边走，但男孩的弟弟显然不愿意，他无法无天惯了，哪能忍得下这口气，死活不退，孩子王扯着他又骂又哄，全被他一把甩开，直到高个男孩——他的哥哥——上去一脚将他踹倒在地，这才罢了休。但他气哼哼的，横下一条心，从地上爬起来，一边揉着被擦破了皮的胳膊，一边红着眼眶骂了一句脏话，又朝电视吐了口唾沫，而后头也没回，飞跑着离开了。这天晚上，确如孩子王所说，电视一开始我们就不得不站在凳子上。黑白电视最多十七寸，即使站在凳子上，我也无法看清那些小得可怜的人影儿，好在电视声音调得极大，模糊的人脸并不妨碍情节伸出它们纤长柔韧的指爪将我紧紧缠住。要说电视本身，它并未激起我多大好奇，顶多是比电影更高级的技术，我没有兴趣去弄懂这个方匣子的内部机密，此外，它近乎倒退的室外观看方式连镇上那个破烂的露天电影院都不如。但我和我的伙伴们还是为这只魔盒着了魔，这当然是因为电视连续剧本身，它莫名地使我们兴奋，叫我们念念不忘，它一集接一集的连续播放形式，让日常散碎单调的时间聚拢成一根由七彩光线构成的空中轨道，我们像猴子一般沿着它行走、攀爬、打转儿、跳跃……等到电视连续剧结束之时，每个人的身心都不知不觉起了变化。关于《姿三四郎》，第一个晚上，我并没有记住什么难忘的情节，令我心潮难平的是每集开始时播放的主题曲。它与我所听过的音乐全然不同。天哪，它完全是日本式的狠巴巴，拐腔拐调，又那么动情动听，似乎是咬牙切齿地在唱，似乎痛苦又真挚得要把心肝肺都掏出来。它的感染力如此之强，瞬间便可将人掳走，这种感受是如此猛烈持久，以至于回到家躺在床上我仍然认为自己还在另一个世界游荡。《姿三四郎》每周三集连续往下演，我们“公检法”与他们“三医院”——类似两拨“江湖派系”——的关系时有缓和，也时有恶化，但越到最后，更吸引和左右我们的，已经是电视剧里那个更富于想象的世界，至于没有座位的现实，无论再危急，我们也能想出办法化险为夷。那些日子，当身边的男孩被《姿三四郎》里的柔道迷得在院落里开始踢沙袋练打桩时，十一岁的我在一遍遍回想剧中的两个女子——早乙美和高子，这对双胞胎姐妹长着同一张娇美的脸蛋儿，一个是天使，另一个却是魔鬼，她们与三四郎的三角恋关系比之前我所看过的有关爱情的电影都复杂，因此我的感受也复杂得多。一个善良，一个邪恶，可是她们无法用好坏两重标准去判断，无法叫我喜欢谁不喜欢谁，从服装到声音到神情，再到内心与性格，两个人都有让我喜欢的地方，甚至于，有时候我更偏爱那邪恶一边的激烈与极端呢——因爱生恨，其中的惊险刺激简直让我无法呼吸。缥缈，无形，满是惆怅和甜蜜，一触即散，有关爱情的幻想、有关两性关系的启蒙，不是通过身边人或者书本得来的，而是因为一部日本电视连续剧，就这样来到了一个十一岁女孩的大脑中。

二

《姿三四郎》剩下最后两集的时候，传来一个令我发狂的好消息，学校某老师家买了电视。消息是在学校工作的爸爸带回来的，他说，以后就去某老师家看，三医院那么远，又那么乱，女孩子家，不要随便去。听到这个消息，我激动得在爸爸面前来了两个旋转跳。家里买电视，这件事真让人羡慕得眼睛发红！能够成为第一家买电视的人，这家人的胆量该多大！他们简直一点不在乎自己成为众人的眼中钉肉中刺！那些想买电视机的家庭总算松了口气，总算有人买了，总算自己没有当“出头鸟”的可能了。某老师家与我家离得不远，扛着椅凳走过一座排水渠桥，再穿过夹在“公检法”办公楼和菜地之间的一条弯曲的小路，七八分钟就能到。这个消息令我为之发狂还在于前往三医院的看电视经历，其间的屈辱感让我们这帮小伙伴都懂得了“自己人”与“外人”的区别，三医院那帮小气鬼和二流子之所以欺负我们，就因为我们是“外人”。现在，某老师与爸爸都是学校职工，那么，我对这家人来讲，就是“自己人”了。公共放映场地虽然条件差，但有一个最大好处——可以提前占位置，可以用占位置的明争暗斗缓解等待电视开播的焦急，可以撒野，可以吆五喝六大声嚷嚷。改去某老师家看电视则首先要脱离原来的小团伙，要“背叛”那些一起玩乐、打架、吵闹、偷东西、两肋插刀若干年的小伙伴，因为说什么都不可能十来个小屁孩一齐挤进某老师家窄小的房间。这是尤其令我不安的一点，“背叛”意味着我从此会被小团伙排除在外，意味着为了看电视我放弃了其他和小伙伴在一起的少年欢乐，而我不确定自己能否承受住这些沉重的打击。还有，去某老师家得收敛正在身体里乱窜的顽劣本性，得像个女孩子，得有礼貌，吃瓜子啃香瓜这种事情就别想了。这些都是从公共放映场地转战来到作为家庭的私人空间看电视所需付出的代价。我该怎么办呢？当然是说什么都要去的，还有比看电视更紧要的事情吗？想想吧，坐在某老师家里，不论座位再偏、再后，也比在三医院大门口看得清、看得带劲儿。真是伤脑筋啊，既不愿背上一个“背叛者”的骂名，又渴望坐在某老师家不再忍受蚊虫叮咬、安静而舒服地看电视。偷偷摸摸地去看，一定是行不通的，须知那些小伙伴全是千里眼顺风耳，为了欺骗大人躲避家长，我们从未间断过磨炼自己的间谍功夫，并且一再在实战中将这种功夫升级换代、修补漏洞。“背叛”一定会被迅速发现，一旦败露，必然会招致严厉的驱除，恶果会立竿见影，第二天，你就会成为一个没有人搭理的大傻瓜和可怜虫。我想到了一个办法，把某老师家有电视的消息告诉了小团伙中的核心人物，这个核心人物只要不动怒，小团伙就不会孤立我。说出这个消息的同时，我讨好地对她说——我可以带你一块儿去。而她，先是看着我的目光吃惊地跳了一下，接着垂下眼睑抠手指上的肉刺。想了一阵，她答应了我，但一再说明要带上她的妹妹。这样，加上我的妹妹，周六傍晚，我们四人来到了某老师家的院门外。深褐色的木头大门紧紧关着，不敢贸然推门，我们踮着脚尖往里瞧。怎么这么静呢？家里跟没人一样。这会儿，三医院大门口的放映场地上，指不定多热闹呢！大人小孩一定坐满了，一定嘈杂热闹得激动人心。按说我们撒野惯了，胆子应该不小，但这一刻怎么怕成这样呢？连敲门都不敢。四个人干等着，各自放下手里的椅凳，心里越发焦急，这就叽叽咕咕起来。她——小团伙的核心人物问我，你是不是搞错了，他家有电视吗？他家是不是不住这里啊？说完我们一齐抬头看了一眼立在院中的电视天线，而后她接着说，有电视干吗不在院子里看，院子里地方不是大多了，肯定是不乐意别人来看……正说着，门开了，是某老师家的大儿子，比我高一年级，长脸、平头，黝黑的脸颊上摊着几个五分硬币大小的皮癣。因为离得近，我第一次发现他几乎没有上唇线，为此我无端想到了一些动物，然而又不确定到底是什么。他什么时候溜到院子里的，抑或一直藏在院子的某个暗角？我们吓了一跳，刚才那番叽叽咕咕肯定都被他听去了。果然，他沉着脸傲慢地扫了我们一眼，沉默片刻，然后指着我和我妹妹，无礼地说，你俩进来，她们不能看。我急出一头汗，赶快说，她们是和我一起的。一起的也不行。就看这一次。一次也不行，你俩看不看？要看就进来，不然我闩门了。这下我更不知道该怎么办了，涨红了脸紧张地看着她——我们小团伙的核心人物，正因为我而遭受别人的羞辱，而同时我又一百个知道自己不可能扛着椅凳和她一起离开，这一刻，与电视的吸引力相比，伙伴的情意无可奈何地退居其后了。你看过枪吗？摸过枪和子弹吗？我爸爸有枪，我可以带你去看。她不慌不忙地说。真是机智又老练啊！不愧是孩子头。某老师家的大儿子眼睛一亮，吃惊地望了她一眼，然后盯着我看。我点点头，说，她爸爸是公安局的，天天揣着枪，就挂在皮带上，我见过，是真的。某老师家的大儿子还是半信半疑，咬着嘴唇想了又想，终于头往屋里一点，嘴里蹦出两个字，进来。小屋里的情景吓了我们一跳，昏暗的房间里坐满了人，黑压压一片圆圆的小脑袋，都是附近的教工子弟。电视机搁在最里面的一个高低柜上，电视关着，对着窗户的鼠灰色荧屏上，浮映着窗棂和逐渐暗下去的天光。靠走廊的墙壁下面，倚墙并排着两张沙发，空着，一定是留给这家的两位家长的。即使有了“带他看枪”这个颇有吸引力的交换条件，某老师的大儿子也没有改变他粗鲁无礼的态度，见我们挤在房间门口，他手往墙角一挥，你们坐那儿去。这场电视——《姿三四郎》的最后两集——我看得别扭极了，某老师的大儿子，要不是依仗家里有了电视，平常都没人搭理，一个在任何游戏中都胡闹耍赖的“二货”。现在，瞧瞧他，坐在屋里最好的位置上，呼来喝去，嗓门儿在大声叫喊中变得又尖又细，又动辄搡一把别人的肩膀；为了招摇，连续走进走出，边走边用身体撞人，嘴里同时不住地嚷嚷，即便他的妈妈喝止过他，依然一副狗改不了吃屎的模样。多么让人羞愧啊！为了舍不下的电视连续剧，竟然要忍耐这个坏小子，竟然要低下头由他指手画脚，竟然要带着讨好的笑不能有一丝不满。不知道挤在这间屋里的其他人有什么想法，我却被《姿三四郎》的主题曲中激发出越发强烈的屈辱感，心中越发愤愤不平，甩手离去的想法几次冲上脑门。去三医院看电视，也常给人欺负，然而那是集体与集体之间的对抗，且凡事都有孩子王出面主持，由此分摊到我们这些小屁孩头上的荣辱感既不会汹涌也不曾久驻于心。不仅如此，那样的对抗虽然也剑拔弩张，却是一种光天化日下的弱肉强食，你进我退之间透明而坦白，即便是那些恶狠狠的敌意也仅限于看电视那一晚，决不蔓延或者升级。但是眼前这位某老师的大儿子，从我们进屋坐下到电视开始，始终想羞辱谁就羞辱谁。他可以随口嚷嚷，却不允许别人哪怕小声地说一句或者笑一声。似乎每个人他都不肯放过，他盯住和创造每一个机会，以便找碴儿拨弄和踩踏一番对方的自尊心，然后从中获得比看电视更大更持久的快乐。他就像一个胡作非为的小暴君，向着屋里的每一个同龄人，任意喷射他心中那些恶毒的念头。因为这种屈辱感，我从未有过地感到气愤，《姿三四郎》大结局的情节也没法儿吸引我，我第一次感受到了有关人的一种极其恶劣的东西，第一次被这种东西深深地伤害。我不知道它叫什么，想了又想也不知道它叫什么，它同时又令我害怕，于是在憎恶它的时候，又因为自己什么也做不了而忧伤起来。

三

紧接着《姿三四郎》的，是另一部日本电视剧《排球女将》。这是一部迄今但凡提起片名仍然令我眉飞色舞的电视连续剧。要用怎样的语气来描述，才能与当年因这部电视剧而生出的疯魔状态相匹配呢？我们五年级教室旁边有个沙池，在《排球女将》播出之前，我不曾关注过沙池中奔跑和跳跃的人影，那是学校女子排球队的训练场地，都是些高年级的女孩，长得又高又苗条，我和她们的距离就像地球与月亮那般遥远。《排球女将》的播放也给女子排球队带来了变化，训练次数明显增加，训练热情一夜之间从奄奄一息变成熊熊大火，燃烧了大半个校园。她们多在下午最后一节自习课开始训练，以往十分平静的她们突然都喜欢上了喊叫和喝彩，跟《排球女将》里的女孩子们一样，嗓门忽地都大起来。这样一来，坐在教室里的我就根本无法背书或者做作业了。下课铃响过之后，班主任一般还要再啰唆几句，等到我背着书包跑到沙池边上时，女子排球队总是正在解散。我遗憾地望着她们被汗水濡湿的脸颊和头发，幻想有一天也成为她们中的一员。沙池上，满是她们跑跳扑打留下的足印，我站在沙池边缘，正好迎着橘红色的晚霞。微风吹来，排球网轻轻晃动，我听了听，感到之前那些清脆的喊叫和喝彩声还挂在球网上，是这些声音而不是风在摇动着它。就是这一刻，我开始盘算如何将电视里的这一幕搬到这片空荡又宁静的沙池上，但是，这首先需要组建一支自己的排球队。回到家我就行动起来，组建排球队当然需要有只排球，但是排球只有学校有，而学校肯定不会把排球借给我。那就自己缝一只排球。我们平常玩一种打沙包游戏，沙包里有装沙子，有装沙枣核、大米或者黄豆，但这些东西打在人身上会很疼，若是不小心打在脸上，半张脸都会肿起来。所以我们发明了一种棉花沙包，用棉花将拳头大小的布袋塞实，用起来十分轻巧，最关键的是，它有了弹性，棉花越塞得紧，弹性就越大。缝沙包对我来讲十分简单，从家里放碎布头的抽屉里找出几块花布，三下五除二我就缝起了一个比平常大三倍的沙包。沙袋缝好了，留条口子塞棉花，这就要小心些了。家里自留地种了些棉花，每年只收那么两三袋，都是用来打网套做被子的，妈妈可是拿它们当宝贝，每只袋子扎紧了口搁在大衣柜上面，谁都不能动。之前我有一个小许多的棉花沙包，被妈妈发现后审问过棉花是哪里来的，我骗她说是别人的沙包，这才蒙混过关。事实是，那个小沙包的棉花是我从家里铺在床上的网套里一朵朵揪出来的，一床网套揪几朵，一个小沙包的分量差不多就够了，妈妈也发现不了。但是要把眼前这个巨型沙袋塞满塞实，至少需要一公斤皮棉，那得多大一把棉花啊！再从网套上揪显然不行，只要换床单，妈妈必然发现，一旦暴露肯定挨顿痛打。于是，只能去袋子里拿。作案过程还是很顺利的，瞅住一个下午放学家里没人的机会，我将一大把白花花的皮棉塞进了沙袋里，我手脚麻利耳听八方，一边塞棉花，一边替妈妈感到痛心，直到那只沙袋被棉花撑成了一只圆滚滚一弹老高的布面排球。“排球”做好之后，我开始组建排球队，“公检法”大院的小伙伴们因为后来我独自去某老师家看电视已经与我疏远，所以只能打班里同学的主意。没想到真有响应的，三女两男，连听话的乖乖女——数学老师的女儿都被我说动了，电视的魔力真是不可思议！难道他们也和我一样，都得了“疯魔症”！训练时间定在每天下午放学之后，空下来的沙池可以让我玩到天黑。训练环节与招式全部模仿《排球女将》，先是热身跑，沿沙池两圈，边跑边嘿嘿哈哈喊号令以鼓舞士气；接着是实战练习，每人自选电视中一位球手的绝招作为自己的招牌，譬如小鹿纯子的“晴空霹雳”，由佳的“流星赶月”，花子的“高抛发球”……击球时每人也要像电视中一样，大声叫喊出绝技的名称。放学后的校园即刻沉寂，而我们汗流浃背忘乎所以，夕阳将我们五个人的身姿斜映在沙池里，狂喜中我瞄了几眼自己的影子，立刻被置身于其中的一种豪迈心理所感染，脚下的步子也就迈得更大了。沿沙池跑圈的时候，我们真的相信这不是游戏而是一件庄严又了不起的大事；为接一个飞来的“高抛发球”而扑倒在沙地上的时候，我们毫不怀疑自己真的就是一位真正的排球队员，必须拼尽一切力量挽救每一个球。很快有人被我们吸引过来，有时候是学校附近的住家户，有时候是被老师罚作业或者做值日晚归的学生。住家户多是闲着没事的大人，瞧热闹似的看我们几分钟，便带着被逗笑的神情走了；那些学生一般先是好奇。他们干什么呢，又喊又叫的？便凑过来看一会儿，有人会张口问，你们是排球队的吗？不是。我们说。那你们在干什么？训练！训练干什么？不干什么，就是训练。对方一般哑然片刻，而后其中一个会说，快走，别看了，一帮神经病、疯子。这种评价会挫伤我们几分钟，令我们从专注与陶醉中暂时醒过神来，然而只要身体一直处于运动中，下降的热情又会重新回到沸腾状态，更重要的，球手是不应该轻易地就被几句话打倒的，我们不就是要像电视里的排球女将一样勇敢与拼命吗！于是，在打出一个球时，每个人的嘴中发出了更大的喊叫声，那只塞满棉花的布面排球，就像歌中所唱的一样，“球儿凌空多有力”，它飞来又飞去，在晚霞灿烂的光泽中旋转或者落地，我们围绕和追随着它，我们跳起来又扑倒在地，我们笑得喘不过气来，我们真是一群小疯子。两个男生第二天就退出了排球队，消息传得太快，第二天上午，班里其他男生大概就在集体嘲笑他俩，都说了些什么，我并不知道，但一定让他们感到无地自容。放学后，剩下我们三个女生，三个人你看我我看你，都想从对方眼中看到鼓励与决心。我们的胆魄并没有自己想象的那么大，头脑里的热情与冲动犹如一根水银温度计，外部世界的冷暖时刻遥控着它的刻度指数。要跳出这个外部世界该有多大的确信与力量呢？不知道是谁说了句“不管他们，我们练我们的”，霎时，三个人眼睛一亮，一齐因为这句话而欢欣起来，说着我们大步跑向沙池，一个追着一个，仿佛要追上快乐巨大的身影。接下来的几天，我们玩得越来越晚，不到天黑决不回家。那几天的天气也尤其好，戈壁滩完全进入夏季，空气里多了几许潮润，草木开始蓬勃生长，一切看起来鲜亮许多。沙池过去，先是一条蒲草浓密的排水渠，再过去是一条胡杨树林带，胡杨树新栽不久，大概也就一人高的样子。每个傍晚，红彤彤的霞光都是被蒲草的草尖和胡杨树的树梢托举着送到沙池上来，我们的脸和影子在这片光泽中浸润得时间越长，腿上的力气和心中的快乐就越大。太阳还没完全落下，星星就已经在天边眨眼了，每天都是那几颗，金光闪闪的，又小又亮，挂在藏青色的天空上，目不转睛地盯着我们，像是看出我们的需要，要来陪伴我们似的。有一天我们玩得更晚，原因是被称为“花子”的女同学老是接不住球，她太胖了，接球时跑不动。天边只余一缕灰蓝色的天光，我们决定惩罚她，罚她再绕沙池跑一圈，她愉快地接受了惩罚，一个人绕着沙池外沿跑。为了鼓励她，我们两个绕小圈陪着她，边跑边大声地喊“加油”。跑完一圈，天也黑透了，“花子”累得一头倒在沙地上，一边喘气一边大笑。我们先是和她一起笑，然后并排躺在一起，这时才发现星星已经布满夜空。我们都放低了呼吸，璀璨星空让我们安静下来。这样一凝神，我们才看出，星星其实比我们还要疯。流星一颗接一颗，有的短短一瞬就没了，像是一头栽下来的风筝；有的远在天边，仿佛没人管的孩子，自由地划来划去；有的就在头顶，这样的星星最吓人，我们都担心它会掉下来砸上我们呢；有几只是最意外的，忽然从一端起飞，之后轻盈地横跨了整个天空，那金色的线条、优雅的弧度让我们看得目瞪口呆，每见到一颗这样的流星，我们都会在屏息后不自禁地惊呼起来。而那些待在原地看似不动的，其实都推来搡去挤作一团，其实都忽隐忽现地不肯老实待着，就像体育课上的男生，老师叫排队，他们总是你挤我我挤你不一会儿就打闹起来。星星让我们忘记了排球，更忘记了回家，那一晚，星星还给了我许多遐想，甚至让我感知到了一些就要临近的和一些无可避免的事物，譬如几天连续回家这么晚，爸爸已经在用不客气的眼神打量我了，譬如班级里已经有其他女生悄悄议论和轻蔑我们……果然，第二天下午，数学自习课上，最令我生畏的数学老师敲敲我的桌子，将我叫到教室外面。你们每天那么晚回家都在干什么？数学老师是个上海人，平常又傲慢又严厉，我的数学成绩不好，从来没给过我好脸色，这几天我把她的女儿拉去撒野发疯，她肯定更要借此数落我。我吓得不敢吭气，瞧见她眼睛往外喷火，赶快低下头去。数学老师等了半天没有结果，只好自己一个人说，马上要期末考试了，马上要升初中了，要抓紧时间好好学习，几个女孩子，疯成那样干什么！再不听话，我告诉你爸爸，叫你以后电视也不要去看了，一点都不学好！数学老师的声音像一根硬生生的棍子，一下又一下地戳着我的肩膀。回到教室后，我瞥了一眼数学老师的女儿——我的同伙，她低着头咬着嘴唇，眼睛红肿，估计昨晚肯定挨了巴掌。我们教工子弟都晓得她妈的厉害，吼一声老虎都得抖三抖，她女儿的耳朵常被她揪得青一块紫一块。三个人的排球队被数学老师一把扯散，我的“疯魔症”也渐渐平息。人清醒过来之后会有一段异常难过的阶段，因为中魔和清醒所在的是两个世界，两个世界分别有不同的快乐与忧伤、不同的尺度与疆域，离开这一个进入另一个之后，再从另一个的视角凝望这一个之时，视线会因为距离的错位而发生奇怪的扭曲。我便经历了这种扭曲。因为数学老师对我们的行为如此嗤之以鼻，因为我的学习成绩的确已经一塌糊涂，因为班级里有人说起我们时用的确实是一种轻蔑取笑的眼神与口吻……所以，连我自己也相信那些行为是丢人的、可笑的、不堪回首的。

四

秋天开始的时候，我成了一个初中生。一个中午，午休后我背上书包，懒洋洋地往学校走。经过家门附近的十字路口时，远远望见大路另一头，一辆大卡车晃晃悠悠朝我们家这边驶来。跟在大卡车后面的，是一条半空高的灰尘带，白茫茫的，那一边的世界就什么都看不清了。我站在路中央，望着那辆车发了一阵呆，很少见这种大卡车开进这条路来，车厢里都装了些什么，那么高那么重，压得车都走不动了，像个老太婆似的晃来晃去。没精打采地望了一阵，什么也没看出来，我转过头，去了学校。下午放学回来，刚刚走过排水渠，邻居小伙伴就从家门附近的小渠边冲到我面前，你家买电视了！我家买电视我怎么会不知道！这么没谱的事情他也编得出来！我认定他在耍什么鬼心眼，没搭理他，走到渠边的一块石阶上，往下瞧水里的动静。排水渠的水就要干了，各种水草的根都裸露出来，乱七八糟地缠在一起，渠里面的鱼和水蛇都藏到哪里去了呢？要等到来年夏天，我才能再次见到它们。你妈说是金星牌的，14 寸。我回头瞪着他，这下惊得张大了嘴，都能说出电视有多大，这就没法不信了。我腾地转过身子，风一般往家里跑。家里一屋人，有大人有孩子，妈妈站在大屋里端的高低柜旁边，笑得又得意又有风韵，她一边极其优雅地克制着内心的骄傲，一边满意地听着满屋子人议论纷纷。爸爸站在妈妈身后，左右调试着电视天线。一直等到关门吃晚饭的时候，我才问，妈，你买电视怎么都不和我说？这种事情，买回来才能说，你小孩子不懂。从库尔勒买的？库尔勒哪能买到！上海，你严阿姨托人从上海买来的，名牌。怎么运来的呀，那么远？在阿姨那里压了好长时间，今天才找到便车。是不是中午那辆大卡车？是啊。这一天应该是载入我家史册的重大时刻，我真后悔没有牢牢记住它的日子。这一天，电视已经够我做梦时都要发出响亮的笑声了，岂料还有更大的惊喜！吃完饭，妈妈朝爸爸投去会意的一眼，又从里屋抱出另一样好东西，一台两个喇叭的三洋牌录音机！瞪着这个稀罕玩意儿，我和妹妹几乎蹦上了房梁。爸爸妈妈简直是魔术师啊，一夜之间，我们家什么都有了，再也没有谁能在我面前踉来踉去了！抑止不住狂喜，我又明知故问了一句，妈，你怎么想到买这些呀？为什么？你们去别人家看电视白眼还没挨够吗？嗬，真是我的亲娘啊！连我想什么都知道。接着，我们一家人凑在方桌四周，就着灯泡的光亮仔细琢磨录音机的各个按键，遗憾的是妈妈没买磁带，所以那天晚上，我们仅仅惊讶地听着录音机空转了一阵儿。录音机按键上都是英文，妈妈像是想起什么，忽地脸上严肃起来，给你俩讲啊，录音机不是用来玩的，买它是因为我要用它学俄语。谁知道妈妈说的是不是真话，反正这台录音机很快就被我们用来听邓丽君的歌曲，至于她学俄语的事，我只听过她捂着喉咙一本正经跟着磁带发出过几个音节，再就没有下文了。电视机与录音机分别有两张使用说明书，我们一家只有爸爸意识到了说明书的重要性，但是他把仔细阅读和学习说明书的任务交给了我。从那天晚上爸爸嘱咐我的神情来看，他俨然将“使用说明书”上的内容视为一种了不起的科学，并与我的未来息息相关，而我作为一个学生，必须要去掌握这样的知识，至少也要对这种知识表示出极大的兴趣。这样看来，一向寡言本分的父亲又是敏锐的，至少在我们一家四口当中，唯有他意识到了“电子技术”的不同凡响，唯有他表现出对掌握这类“知识”的郑重与严肃。而我又一次令父亲失望了，除了按照说明书找出每个开关或者按键的用途，我对说明书上写的每一个字都不感兴趣；除了意识到从今往后时间将会因为电视机和录音机的到来多出许多欢乐，我什么都不愿意多想。和我的考试成绩令爸爸感到无颜一样，我对“说明书”的冷落和不屑让他望着我的目光又一次透出深深的寂寥。但是能怎么办呢？爸爸一定在想——她要是个男孩子的话，也许会好好看一看那上面的东西。有了电视，接下来的大事就是安装一根接收信号的电视天线，妈妈早就打听过，电视天线越高，电视信号就越好。于是爸爸买线杆、找铜丝，花了一周多的时间将材料找齐，又请人指点做了顶端的天线架，然后将一粗一细两根圆木接成一根近二十米高的电线杆，最后在院子一角挖出一个几乎和我一样高的深坑。一切准备就绪，爸爸妈妈定下拉线杆的日子，一个周末的下午。拉线杆也许是一件和盖房子同样重大的事情，加之我家又是“公检法”大院第一家买电视的，所以，那个深秋的下午，我家就像办喜事一样热闹，大人们来来往往挽起袖子准备帮忙，小孩们窜进窜出高声尖叫，狗儿露露被拴得不高兴，一会儿冲着人吠，一会儿呃呜呃呜地小声哭。幸好院子里已经空出大片地方，葡萄枝被爸爸压好埋进土里，蔬菜——主要是萝卜和大白菜——也都收好储藏在地窖里，否则，二十米高的电视天线杆是无法横放在院子里的，那么多人也无法在我家转得开身。那天下午，妈妈交给我的任务是，看好所有拉线杆和安装天线的工具，保证大人们用的时候能找得到。拉线杆之前，最重要的工作是检查线杆头上的天线联结点，电视信号有没有、好不好全靠这个玩意儿；其次是两根圆木接得牢实不牢实，千万不能在竖杆时出现意外，此外还得扛住戈壁滩一年四季的大风狂沙天。将近六点，夕阳彤红的霞光披照我家东墙角上，埋电视天线的大坑恰好在此。坑周围站着六七位身强体壮的叔叔，再往上看，四根有我小腕粗的缰绳已经从四个方位渐渐扯紧，爸爸站在房脊上，望着屋后某个地方，指挥其中一个方向的缰绳再往某个方位移动几步。忽然传出一声号令，房前屋后所有搭手的男人齐声应和，接着又一声令起，众人手脚立刻跟上，一边紧呼一边发力，每张脸片刻间全都挣得通红。电线杆先是颤颤巍巍，接着稳稳当当立在大坑里。突然，不知哪个方向松了力，线杆猛然一晃，霎时惹起一片惊呼和斥责，那泄力的一方赶快回手吃住劲，顷刻间，天线重新笔直地伫立在戈壁滩蓝色的天空下。那一刻，我站在院子一角，胡乱抹了一把快要冻出来的清鼻涕，望望线杆顶端被晚霞映红的铜丝天线，激动得眼泪都快出来了。谁能想到，就在这充满喜悦的一天，就在我家里里外外笑声四起的这一刻，“嘭”的一声，一道沉闷又巨大的爆炸声从我家屋内传出，跟着声音响起的，是从我家屋顶烟囱飞出的一块黑砖和一股一飞冲天的黑色烟雾。浓烟在空中翻滚，比烟雾飞得更高的，是一把又一把黑色的小星星，它们像是刹那间从浓烟中诞生的小精灵，一出生就中了魔，一见光就获得了非凡的生命力，它们开心得要命，力气大得要命，因此比烟雾冲得更高，在空中停留的时间更长，有的像雪花那样轻飘飘地飞，有的像鞭炮一般再一次飞起来炸开。烟雾被冷风一吹，顷刻间散开，而它们——那些黑色的小星星，仍然自顾自地在半空中起起落落。所有人都怔住了，立在原地，不知发生了什么。还是站在屋顶的爸爸反应最快，他大吼一声，火墙爆了！快，进去看看有没有伤到人！！真是乐极生悲。冬天，戈壁滩喜欢用土火墙取暖，我家的火墙是爸爸自己砌的，通风好，散热快，用了多年，从未有过堵烟的毛病。好在无人受伤，但家里惨透了！屋内每个角落和缝隙都铺着一层一指厚的乌黑的毛絮状的黑灰，崭新的电视、水缸、厨具、床铺，连大衣柜顶，都是一层令人绝望的一触即飞的黑絮。屋里屋外一片混乱，幸好家里人多，左邻右舍的阿姨帮忙清扫，天黑前，我家才从一片乌黑中渐渐露出家具原本的一些颜色。见此情景，连最顽皮的小孩也不敢再提晚上看电视的事情，住得近的邻居说了几句安慰话便闪身离去，剩下我们一家的时候，爸爸说，火墙明天再砌吧，今晚先接上铁烟囱，还得烧水吃饭哪！

五

又到了夏天，戈壁滩在塔里木河水的滋润下迅速复苏成一个遍布生机的绿色沙洲，菜地、棉田、瓜果、林带、鱼群、水渠……这些爆发出强大生命力的事物，总是踏着季节的节奏，竭力为人们的内心送上一缕慰藉。也只有到了夏季，人们才会因为这些湿润与绿色，稍稍淡忘那些关于荒僻与萧杀的记忆。不知不觉，团部、学校、“公检法”……越来越多的人家竖起了电视接收天线，傍晚的时候，望一眼灰蓝色的天空，不需要谁再告诉我，我也能够感受得到，戈壁滩的天空已经不像从前，除了月亮、星星、云朵和风沙之外什么都没有，至少那些携带着电视画面的信号，此时此刻就在我的头顶上飞来飞去。这大概是我在少年时代唯一一次，对电子技术产生的诗意想象。这样，有天傍晚，站在小院当中，望着在风中轻轻晃动的线杆，我问了爸爸一个问题，电视信号是从哪里来的？之所以问这个问题，是因为我家的电视接收天线已经被爸爸改装成可以调整方向的活动天线。爸爸真厉害，他在粗大的圆木底部装上了一个绞索，如果某个方向的电视信号不清楚，他就转动这个绞索，让线杆顶端的天线略微改变方面。依靠爸爸的这个发明，我家看到的电视画面要比别人家清晰，偶尔，还能收到另一个发射台的电视信号。爸爸说，电视信号有团部的，有巴州发射台的，有尉犁县的，还有马兰发射台的。这以后我才知道《霍元甲》是马兰发射台的信号，离我们最近的尉犁县虽然有一个功率为三百瓦的蝙蝠翼天线发射铁塔，还是北京天线架线队专门跑来安装的，但因为它只转播巴州电视台的汉语节目，而巴州电视台根本播不出好电视，所以凡是竖起接收天线的人家，都只看马兰发射台（军队台）的节目。那些年，多亏有了马兰台，我们才能看到中国香港、中国台湾和新加坡的武打片。后来，尉犁县电视台不得不增加了发射机，提高了发射功率，并且也开始不时转播马兰电视台的节目。初三暑假，妈妈带我去尉犁县办户口，天太热了，空气烧人的眼睛，我在被烤成一块焦炭的昏沉中记住了两件事：我的瞌睡像石头一样沉重，让我的头不停地往一旁一个维吾尔族男人的肩膀上撞；另一件事是尉犁县的天线杆真多，一个接一个，像在半空中拉起一张灰色的大网。再细看，那一个又一个杆头上的天线架，真的很像一只只张开翅膀的灰蜻蜓，它们让我想起小时候那些在夏日黄昏贴着水面飞翔的红蜻蜓、蓝蜻蜓和黄蜻蜓。真正的蜻蜓是五彩缤纷的，是飞上飞下的，是活泼的激动的调皮的，但是眼前这个如同拉起一张灰色大网的无数个天线架，它们的两翅那么死板，动作那么单一，颜色那么灰暗，但就是这张灰色的大网，这张几乎要遮住天空、网住下面人家的灰色大网，给这里的人也给戈壁滩带来了那么多的快乐。它们长得好看吗？它们远远不如那些真正的蜻蜓好看，但是比之于真蜻蜓，它们带来了更多的热闹，带来了似乎是无可穷尽的快乐，这其中就有我一次又一次的中魔。坐在穿过尉犁县县城的班车上，我还发现了另外一件事，以前，我和伙伴们总是一起看电视，现在，看看这些密密麻麻的线杆就知道，以后，越来越多的人家会有电视，而我不知道是坐在公共场地与大家一起看电视好，还是回到家里自己看电视好。我只是感受到了这个变化，感受到我们的欢乐原来是连成一片的，就像小时候的鸭子坑，任何一根细小的波纹都能够一层层荡漾出去，成为一个又一个同心圆。但是从此以后，那些快乐会变成一小块一小块的东西，像天黑之后的孩子，回到自己家中，钻进每户人家的门，成为每家人自己的事情每个人自己的事。我说不出这其中的好与不好，只是觉得属于我们自己的东西越来越多了，这是一件挺让人高兴的事情。又过了一段时间，戈壁滩有了中央电视台的节目，大人们说天上有一颗叫作东方红 1 号的卫星，能把中央电视台的电视信号传过来。卫星是不是和天空中的星星一样，距离我们同样遥远？这是一件超出我理解范围的事情，所以，我的心思没在这件事上停留。但是，中央电视台的节目是经过录制后再转播，这件事我是知道的，因为那几年的新闻联播和春节联欢晚会，我们要比实际播出时间晚半小时才能看到。电视天线越来越多，这些高高低低粗细不一的线杆伫立在戈壁滩的半空中，一天比一天更多地将它们接收到的信息播散在戈壁滩上，我们由此望见外部世界的新鲜与矫捷，由此备受鼓舞似的渴望了解更多并融入其中。很快，已经有人家买上了彩色电视机，妈妈听说后一边感叹时代巨变，一边将一张彩色条纹贴膜贴在我家的黑白电视机的荧屏上，以此缓解全家人心中的企盼与羡慕。紧随其后，戈壁滩变化加速，塔里木河河水的浑水期越来越长，我们再也见不到那种青凌凌的水色，见不到清澈的小溪里一群群逆流而上的小鱼；从团场发往库尔勒的班车越来越多，人也越来越挤，班车路过我们团场，一般要到第三辆我才能挤上去，挤上去夹在人缝中，此后便被颠簸的车身一路甩荡，到了下一个沙漠小镇，还要再挤上来一批人；出去的人多，进来的人也多，戈壁滩多了许多陌生面孔，他们都是从内地来团场包地种棉花和香梨的；一个大型油脂化工厂建了起来，戈壁滩上相邻的五个团场生产的棉花，都会运到这里来加工……人们似乎繁忙起来，电视里与电视之外的世界似乎都繁忙了起来。

风吹过

我从来不知道风是从哪个方向吹来的，我甚至搞不清楚晨曦与夕阳的位置。那段时间，虽然我像一只呼呼旋转着的风扇终日奔跑在那个浑天黄地的戈壁滩上，但是风是从哪个方向吹来的，我真的毫无所知。严冬寒风，春季连天连夜的狂风，夏日白昼的热风与夜晚的凉风，它们一阵儿将戈壁滩吹得荒枯无望，一阵儿又吹来浓郁的沙枣花香，一阵儿又躲在葡萄叶子的阴影下偷吻那些一天比一天饱满的葡萄粒。它们飒飒不尽无始无终，来去之间瞬息即变，因此我从未花费心思去搞清楚它们的方向。但是，当有风吹过，当站在每一处有风吹过的地方，即使被风中的沙尘迷住了眼睛，即使风暴遮罩住整个天空，我却能够感觉到风带来了什么东西，风的里面一定飞舞着许多我不曾知晓的事情。

春节过去不久，“公检法”来了许多新面孔。他们来戈壁滩干什么？和我们一起喝西北风吗？在见到他们之前，我问妈妈。小潘开三轮摩托，小孟是神枪手，大个子小赵是大学生，马上就能当助理检察员。还有一个女孩叫有丽，大专生，整天抱着书读，不理人。妈妈说。肯定是嫌弃戈壁滩，那她干吗上这里来？我问。谁能想上哪儿就去哪儿呢！妈妈说。我们住在公安局、检察院、法院和司法局四家单位组成的大院里，前前后后十几排平房，我们看起来像是一个整体，但实际上，每户人家都是走在远乡僻壤上的异乡人，每户人家搁在心头的最大愿望都是离开这个被风沙裹罩的戈壁滩。

四月，一个星期天的早上，起床后我胡乱洗了把脸，来到院子里悄悄解开了警犬露露的铁链。前不久团部电影院放了一部印度电影，青春漂亮的女主人公命运十分悲惨，但是她养的一条家犬能够多次救她于危难之际。在为女主公流了好些眼泪之后，我决定开始训练警犬露露，这是因为露露像极了电影里的那只狗。有朝一日，我想，谁再敢欺负我，就让露露替我报仇。露露至少有百分之八十的德国黑贝血统，除了我家人，谁见了都吓得发抖。每天放学回家，只要推开院门，露露便会一甩链子朝我猛扑过来，再呼的一下一跃而起，两只前爪就搭在了我的肩上。它立起来的个头比我都高，没等我站稳当，它又臭又长的大舌头已经冲着我的脸舔过来，亲热得我躲都躲不开。对我如此，对外人可就不一样了，连大院里揣着枪的老公安进我家门，都得绕着走，都吓得脑袋缩到了肩膀里，真是又可笑又痛快。所以露露一直给铁链拴着，爸妈不敢随便放开它。轻手轻脚，我带着露露出了门，还好，走到巷口，路上没有见到半个人。已经四月底，戈壁滩的杨树仅仅长出指甲盖大小的叶片，柳树的枝条倒是绿了，但芽头仍贴着枝条不肯打开。又是个大风天，走出巷道，我回头望了一眼道路的尽头。风把四野的尘土一帘帘地掀上天空，又一鞭一鞭地驱赶它们，那些飞腾在半空中的沙尘就一股股地成了一群受惊狂奔的骆驼。道路尽头，除了遮住视线的沙尘，除了给风吹得形销骨立的枯草，什么也没有。我喝了一声露露，朝另一个方向的“果园路”跑去。到底是警犬，出门时我随手在院子里拣了只空药盒让露露叼在嘴里，又嘱咐它不能咬出牙印，一路跑下来，它真就做到了。果园路一边是果园，一边是林带，因为树高草深，风就在这里做起更大的乱子。沙枣、旱柳、杨树，还有遍地的芦苇、碱蓬和野麻，一边张牙舞爪东摇西荡，一边发出无数个疯子声嘶力竭的怒吼声。幸好有露露陪伴着我，不然我说什么都要拐头回家。大风呼啸，草木在我的头顶群魔乱舞，露露叼着空药盒，低头默默走在前面，它明显看出我的犹豫，体贴地放慢了脚步。风似乎更大了，一个劲儿地朝前推搡着我，那些高大的沙枣树咔咔嚓嚓地响着，几乎要被风吹断了腰。突然，露露停下脚步，抬起头盯住前方，喉咙滚出一串雷声。我上前靠在露露身边，手指套进它的皮项圈内，担心它冲出去咬到什么人。我带着露露往前走，一心想看看，前面是何方神圣。一个高个子的女孩，不用多想，我一猜就着，她就是有丽。有丽足有一米六八的样子，即使离她三十米远，我也能看清那件穿在灰色西服下面的红格子衬衫。真让人吃惊，有丽在读书，大星期天的，她竟然不睡懒觉。有丽站在路边一个半人高的石礅旁边，手里捧着书，大声念着一连串的英文句子。风在她的四周咆哮，野草在她身旁痛苦地抽搐，大树的枝条在她头顶疯狂地甩来甩去，各样风声纠缠在一起，大得好比能将人一口吞掉的洪水，而她竟然仍在放声朗读。我隔着马路，站在有丽对面，心想为了远走高飞，她下的力气比风都大哪！露露也真奇怪，它一向是要冲着陌生人显摆一下它的厉害的，这一刻却安静地坐在我的脚边，和我一起眯起眼睛凝望着有丽。有丽看着我们一人一狗这样打量她，撩了撩被风吹乱的刘海，扑哧一下笑开，对我说，我知道你是谁，你家狗真威风。有丽这就成了我的朋友，虽然我根本不了解她，她也从来不和我说什么特别的秘密。我十二岁，有丽二十一岁，相差的九年时光使她成为我的仰慕者。一个勤奋、时尚、骄傲的姐姐，有谁能够超越有丽给予我——一个成绩差性子野因为贪玩闯祸而常常挨骂甚至挨打的小女生——更多关于未来的遐思，以及作为一个女孩的典范之态呢？我讨厌学校，躲避老师，不知道拿什么做自己的理想；不乖巧不听话，耍棒弄棍，不长记性，挨过打就忘。有丽就像一面洁净明亮的镜子，照出我野生的上蹿下跳的还未被规训的原形。任何时候，有丽看起来都又整洁又漂亮，似乎戈壁滩的每一缕风都绕过她，吹到了别人的身上。她的书桌上堆满了法律专业书籍和英语书。下了班，她多数时间把自己关在屋里，学习、读书、写信、发呆。当然有男生追求她，有公安局的干警主动接近她，有学校的男老师打听她，有流里流气的世家浪子挑逗她，也有喜欢揽闲事的中年女人要给她介绍对象，都给她毫无余缓地一口回绝。妈，有丽姐会喜欢什么样的男生啊？我问。有丽才不会在戈壁滩找对象，那些人别做梦了，我妈说，有丽啊，她的梦长着呢！

时间到了第二年春末，有丽因为看不到回城的希望而松了劲，降下身份似的愿意与大院里的人来往了。于是，有一天，有丽答应和我一起去看电影。吃过晚饭，嘴一抹我就往有丽宿舍跑。推开门，屋里芳香扑鼻清凉湿润，她一定是把冲过头发的第二遍清水洒在了砖地上，空气里因此还有一种好闻的属于少女身体的洁净气息。这种味道是那么亲切动人，又那么陌生庄严。我顿时蒙住，屏住呼吸待在门边，不敢让自己沾满尘土的双脚玷污了屋里的清洁。平生头一回，我感到当一个女孩是如此美好，但又同时因为这种美好而感到莫名的担心。傻愣着干什么，进来呀，有丽脸冲着我擦头发，嘴角一扬，笑着说。她的皮肤原本就是粉白的，这一刻浸透了水分，更加灵动鲜美。因为洗头，衬衣领向内掖得很低，露出很大一片脖颈，平常不觉的乳房那么醒目地圆鼓鼓地凸出来。她那么好看又那么好闻，搞得我很难为情，于是闪开视线，踮起脚尖走进屋里，坐在床尾的一只方凳上。擦好头发，有丽开始往脸上抹雪花膏，对着脸盆架前的一面小方镜，她手指轻移，耐心地把脸蛋儿抹得又光又白，又在嘴上涂了一层凡士林，然后将掖在颈椎底部的衬衣领翻出来，一边在镜子里欣赏自己，一边抚拽领子与肩头的褶皱；整理好衬衣，她开始梳头发，戈壁滩空气干燥，她乌黑的鬈发干得很快，眨眼间就蓬松地披在肩上。接着我眼前一亮，有丽从皮箱里拿出了一件驼色风衣，简直跟电影《追捕》里高仓健的那件一模一样。这还不够，转眼间有丽不知从哪里变出一条鹅黄色纱巾，而后一抬手让它轻轻系在颈间。看电影还需要这么梳洗打扮吗？女孩干吗要这么打扮自己呢？我没敢问有丽，我担心碰到她心里的什么秘密。从小，我就害怕秘密，害怕所有人心中的秘密。当我不喜欢那些钻进我心中的秘密的时候，我就跑到不远处的小石桥边，对着任何一片草丛，把秘密丢进草丛里，再看着风把它们吹走。有丽戴着墨镜双手插在风衣兜里快步走，我跟在她身旁甩着手快步走。有丽又高又白，我又矮又黑；她香喷喷的，我乱糟糟的。我俩依次穿过镇中学和学校家属区，然后是一个大而平坦的中小学操场……我们边走边说，说什么我完全没有印象，但从我的角度望过去，她迎着晚霞绽开笑容时的洁白牙齿，以及被黄纱巾裹住一半的灵巧下巴，无比深刻地印在了我的脑海里。我开心极了，能和有丽这样一位骄傲的姐姐一起看电影，似乎比电影本身重要几百倍。一个非同寻常的伙伴，这足够满足我渺小的虚荣心。买票入场，坐下后我四处张望，看看有没有认识的伙伴或者同学。哪知看来看去，没有一张熟悉的脸，反而平添了许多烦恼。电影院真是越来越破烂了，好几处内墙墙皮开始脱落；水泥凳也有倒塌的；地上的虚土里掺杂着瓜子皮花生壳以及糖纸；原本雪白的幕墙已经发黄，下雨留下的浊黄色水印丑陋地挂在上面；舞台上，半大的娃娃们你追我打大呼小叫……我又一次感到羞愧难当，这种破地方怎么配得上有丽这样的观众，真希望她什么也没有看到。还有更让人无法忍受的事情，我瞎看乱瞅的时候，猛然发现许多不三不四的目光落在有丽身上，有和我一样大的同龄人，有男人，更有女人……我顿时明白过来，有丽的装扮果真太招眼，来这种破地方，谁会穿得这么时髦和漂亮呢！而我怎能不明白呢，人们都不喜欢和他们不一样的人，就连我的小伙伴们不也是如此吗？自从我和有丽成了朋友，他们都和我疏远了。刹那间，那个因为拥有一个非同寻常的伙伴的虚荣心荡然无存，我开始不安和担忧。有丽会因为受不了这里的破烂和不友好的目光而离开吗？天黑下来，电影开映。与夜空黑色的幕帘一起降下的，还有突然不知从哪里冒出来的人，这些人进来就往前挤，有的干脆一脚站上水泥凳。没多久，我们便被堵得什么也看不见。走，我们上前面去。有丽说。穿过层层人墙，我们找到一个落脚处，并排站下。不是什么好电影，有丽为什么这么大的兴致呢？看看四周，我似乎比她更确信她不属于这里，似乎比她更讨厌她身旁的那些人，那些戈壁滩的土包子，那些不三不四的视线，那些落满裤管的土，那些围着我们像灰尘一般落下来的蚊子……但是有丽看得却那么入神。光束闪动，银幕上的光芒回映在有丽脸上，我偷偷望了她几眼之后，突然对她产生了一种从未有过的畏惧心理，因为那一刻的她显得那么的陌生和难以理解。难道她要用这种方式表明她接受了戈壁滩，表明她开始和我们一样了吗？可是我喜欢有丽是因为她和我们不一样啊！难道她不希望离开戈壁滩了吗？在戈壁滩上当一个和所有人都一样的人，我简直想象不出那会是一个怎样的有丽。一个年轻人不知何时挤在我和她之间。他默默站了许久，我才发现他的存在。他抽着烟，个头很高，黑亮的脸隐藏在夜色之中。你是哪的？怎么从来没见过你？年轻人瓮声瓮气地问有丽。有丽目不斜视，不理他。电影有那么好看吗？我看你比电影里的人好看。有丽没吭气，片刻，扭头拉住我的手，说，走。我以为走的意思是离开电影院，但有丽拉着我，绕了一大圈，又在舞台的另一端站下。咱们回家吧，我说。别害怕，有丽边说边用力地握了握我的手。那条黑影又挤过来，这一次，他站在了有丽那一侧。交个朋友吧，他说。我已经有朋友了，有丽说。有了也没有关系，多交个朋友总有好处。年轻人死皮赖脸。我拉拉有丽的手，意思是我们快走。有丽却纹丝不动。你最好离我远一点，不然马上会有人把你铐起来的。有丽一点不慌。哟，胆子挺大，都会吓唬人。年轻人说。那你就试试看。有丽的语气越来越平静。这回年轻人成了哑巴，幽暗中他晃晃身体，转眼没了人影。这段插曲远比电影更惊心，年轻人走后，有丽在我眼中完成了一个谜语。她如此出众，却让自己置身于破烂的电影院；电影并不好看，她被蚊子咬得很惨，但却全神贯注看完了整场电影；她和周围人格格不入，却容忍自己被一个二流子一再纠缠……这到底是为什么呢？直到电影结束，直到夏天过去，有丽也未曾向我吐露过一个字，是因为我太小了吗？但是这些得不到解答的疑问却成了我的心事。了解一个人是那么难，我们看似一对好姐妹，可是我对她的疑问却比对任何一位伙伴更多更加奥妙。我被她这些令我着迷却又让我不解的举动迷住了眼睛。我失去了辨别力，这个大我九岁的女孩到底在想什么？是不是每一个长大的女孩都会变得这样不可理解？将来的我是不是也会这样？疑问得不到解答，疑问就变成了我心中的秘密。我不能把有关有丽的事情告诉别人，更不喜欢秘密，所以我只好一次次跑上小石桥，把它们扔进桥边的草丛里，希望风能够把它们吹走。但是戈壁滩的风从春天吹到夏天，又从秋天吹到春天，它能够带来并带走一些人，却吹不走那些我假装丢在草丛里的秘密，我知道，它们已经长在了我的心里。

长进心里的秘密越来越多，就像戈壁滩的风沙，一年比一年大。有一天，家里突然有了一台金星牌电视，于是，每个有电视节目的晚上，家里都像集市一般热闹和拥挤。一个月色皎白的夏日夜晚，放电视的外屋坐了满满一屋人，都是大院里的邻居与小伙伴，清凉的风在敞开的窗户与纱窗门之间来回穿梭，轻轻拂过每一个人的肩头。真凉快啊，这风吹的，有人发出喜滋滋的感叹。有一阵，风突然大了，窗帘给吹得噗噗噗打在了墙壁上。但转瞬又小了，便又轻手轻脚缠绕在每个人的膝间。我被风搅得有些不安。电视看到一半，猛然发现先是个头最高的男孩小武突然站在纱窗门前，片刻后，一声不响离开了；随后，小霞回头扫了一眼，很快也起身出了门，紧接着是另一个女孩燕子。不知道他们要做什么，我不假思索跟了出去。他们像是要去别处，看到我黏在身后，只能改变计划。穿过庭院，绕到我家葡萄架的另一面。他们在葡萄架后面的菜地田埂上停下了脚步。一阵风来，葡萄架上的藤蔓，厚密的叶片发出一片鸣响，簌簌——沙沙。见我没眼色地站着不动，小武似乎不大乐意，他拉开距离，独自站在一边，一个劲儿地直咂嘴。我一心想知道他们要做什么，所以双腿牢牢杵在原地，并不理会小武的烦躁。一阵令人不安的沉默过后，小武点着了两根香烟，依次递于两个女孩，而后自己吸起来。风明显大了许多，葡萄藤在响，围墙用的枸杞条在响，窝棚里的鸡也被吹醒动弹几下，甚至头顶的月亮，仿佛也被风吹着往前跑了一大截。刹那间，我似乎明白了，原来，自己已经不和他们一伙，已经被他们推了出去。失落中连着一丝模糊不清的羞愧，这是什么时候的事情，又是因为什么呢？我被往日最要好的伙伴排除在外？你回去看电视吧，别跟着我们，不然会学坏的。小霞对我说。我又惊讶又尴尬，一时不知如何对答。他们三个不再出声，垂着头站在菜园的阴影里，像是对一个无法更改的判决久久默哀。那一刻，连一贯肆无忌惮的风都躲得无影无踪，大概它也不好意思看到我这么丢脸吧。被驱逐的感觉真是糟透了。我离开他们，丢了魂似的回到屋里，坐在后排他们留下的空座位上，完全不知道电视里在演些什么，只是感到身后满院的月光像大渠的水，无声又可怕地在往高涨。而一缕又一缕的习习凉风，则从月光之侧潜至我的脚边，变作一根根孤单的思绪，缠绕着我的双脚，一遍遍地提醒我，院子里的小伙伴啊，他们一天天的都发生了变化。但是变化就意味着我和他们的距离，意味着我们之间的分隔与疏远吗？意味着我被他们毫不留情地推开吗？这是什么时候发生的事情？为什么是我被驱逐？清爽的晚风还在我的脚下徘徊，风一定知道他们要去做什么，在想什么，但是风什么都不会告诉我。

堆积在心中的秘密并不会影响夏日傍晚的美好。没有电视的晚上，做完作业我会跑去对面小渠边玩水，会跑到排水渠爸爸放拦网的地方听一听鱼儿蹦跳的声音，然后钻到葡萄架下，摸一摸那串只有我知道位置的葡萄又长大了多少；有电视的晚上，要赶在电视开播之前把作业做完，然后帮妈妈烧两壶开水灌在暖瓶里，再去大院里溜达一圈，问问几个最要好的伙伴今晚来不来看电视。那一天恰好周六，下午我在小渠边洗衣服，小红挑水回来。《四世同堂》演到第几集？小红问我。十三集，我说。开演之前，你来叫我，小红说完，半眯着眼瞧了瞧西垂的太阳。电视剧开始之前会放戏曲节目，大人们喜欢，我们小孩子都不爱看，就凑在院子里玩攻城游戏，直到天完全黑透。小伙伴们浑身淌着热汗进了屋，我一个转身，跑去叫小红。小红家很近，两分钟我就窜到了她家门口。可是院门从里面死死顶住。我啪啪啪一顿猛拍，没人应答。小红家院子大，屋里听不见敲门声很正常，我动手自己开门，院墙烂了洞又没补，我的手正好可以伸进手去拨开门闩。门一开我跳了进去，有间屋亮着灯。我推屋门，屋门也锁着，啪啪啪我又敲，还是没人应。真奇怪，明明亮着灯哪？循着灯光，我凑到窗户跟前，透过窗帘留下的一条缝隙，一看，吓出了一身冷汗。小红红着脸，阿涛从后面抱住她，将她往床上拖。小红表现得又情愿又不情愿，两个人你拉我扯，像是打架一样。站在窗外，我的腿都软了，张嘴愣住半天，然后拔腿就跑，跑出院门，想想不对，又拐头回来，重新将院门从里面闩上。回到家坐在电视前，我魂不守舍等待着小红。他俩在干什么？小红会不会吃亏？阿涛是不是想欺负小红？整个晚上我不停想这些问题。小红的妈妈和妹妹们都在我家看电视，望着她们完全沉浸在电视节目中的身影，我不知道该怎么办。因为不知道怎么办，所以我什么都没说。小红终于没来看电视。第二天早晨，我早早等在小红家对面的小渠边，她每天都会站在渠边刷她的一口白牙。她是我们这群伙伴中牙齿最白最亮的一个。水渠就在白杨树林带的下面，清晨的凉风因为浸上稀少的夜露，要比晚风更加清凉。沙沙沙，哗啦啦，翠绿的树叶在蓝宝石般的天空下迎风歌唱，这是清晨的戈壁滩最好听的声音。我背对着小红家院门等她，或者她的家人。我不知道自己在等什么，最好，别有什么坏消息。没有多久，小红果然出来了。她笑眯眯看了我一眼，然后开始刷牙，刷到一半，她猛地停下。昨天晚上，你怎么没来叫我看电视？小红问我。我怔怔看着小红，想看出任何与昨晚那让我目瞪口呆的一幕有关的任何迹象，但是什么也没有。小红始终笑眯眯的，嘴边沾着一圈白花花的牙膏泡沫。清风卷着杨树叶的味道，将她自己用电丝夹出来的一头鬈发吹得乱七八糟。后来，她把刷牙缸里的水倒在手心，抬起手臂淋在横飞的头发上，这个动作让她顿时由一位刷牙的少女变成了一个懒洋洋出来倒尿盆的少妇，也令我对她产生了极大的不满。见我傻看着她，小红一边慢吞吞刷她的牙齿，一边异常开心地朝我挤眉弄眼。晨风滑下青白色的杨树树干，不依不饶地拨弄着她满头乱糟糟的鬈发，我同样不依不饶地审视着她，这就又发现她的另外一个秘密。因为起得早，小红大概知道不会碰上外人，所以她连胸罩都没有戴。她裸着上身穿了一件月白色的乔其纱衬衣，薄衫之下，胸前春色一览无余。随着刷牙的节奏，一对俏乳一下又一下地，带着使人无比心悸的颤动，一次又一次地轻点着衣襟。因为看见隐现在衬衣下的那对尤物，我立刻想到昨晚从身后强抱着小红的阿涛，当即觉得头晕目眩，便低下头去，不愿再看小红。我的脸发烧，心中滚动着失落。小红和阿涛，这对大院里的少年玩伴，显然已经有了只属于他们的秘密，显然有了不能跟大家分享的欢乐，这欢乐是他们在夜晚背着所有人偷偷尝到的，这欢乐大概很像一种化学试剂，在一夜之间就改变了小红。也许所有的女孩都能尝到这样的欢乐，但是看起来小红首先尝到了。那么，从今往后，他们就会带着这秘密的欢乐在伙伴间走来走去，而我，作为这个秘密的知情者，却要装作对它一无所知。没有男生喜欢我已经够可悲的了，难道我还要为他们义务保守秘密吗？凉爽的晨风轻轻摇晃着翠绿的白杨树叶，小渠前方，水井周围的芦苇丛跟着摆动起它们细长的脖颈，真是心烦啊，这些刚刚听起来十分动听的声音现在全都变成了对我的嘲笑。是啊，风可以把它知道的一切吹遍戈壁滩，我却只能紧闭嘴巴，傻乎乎地看着他俩。我说过我讨厌秘密，这一刻甚至憎恨起小红来，如果不是她让我喊她去看电视，现在的我，说不定还在梦乡里因为什么事而放声大笑呢。燕子曾经告诉过我一个怎样把秘密说出来的办法——把它写在纸条上，然后把纸条埋在土里，就等于你说了出来。我不相信燕子的话，因为这和我把秘密丢进草丛，希望它们被风吹走却从来吹不走是一样的。小红将最后一口漱口水吐在渠边，我将渠边一只长着一对大翅膀的蚂蚁踢进水渠，各自往家走去。晨风轻轻地吹，我的心沉甸甸的。

夏天过去之后，风还是日夜吹拂着戈壁滩。一个晴朗的中午，放学路上，一根细如线杆的龙卷风突然拔地而起，它烟灰色的细长身躯亭亭玉立，在蓝天下悠然旋转着，竟然如此的婀娜美丽。它头一次离我这么近，就在马路斜对面那片矮小的胡杨树林带里，我仰头看它，惊讶于这种凭空竖立在蓝天下的风的身姿是那么的神奇和不可思议。我像个傻瓜似的半眯着眼，龙卷风已经沿着一条神秘的曲线迅速飘移过来，我看得出神，完全不知脚下的尘土已经乱成一片，当意识到龙卷风直冲而来，正要拔腿就逃，风已经一把将我拽进它的肚腹。除了巨大的风声我什么都听不见，除了一片暗灰色的尘土我什么也看不到，无数的沙粒、草屑、虫尸、粪渣砸向我的头、脸、眼睛、手臂，钻进我的衣领、鼻孔、耳朵眼和鞋子。我像个在戈壁滩流浪了几天几夜的小乞丐一样回到了家里，妈妈皱起眉头，看着我洗黑了两盆水，然后对我说，有丽要走了。我垂着头在太阳下擦头发，发梢的水滴掉在脚前，一滴滴洇湿了红色土砖。我看着那一坨坨散开的水印，并没有对有丽的离开感到特别的吃惊，反而像是早就在等待这个消息。这个大我九岁的姐姐虽然跟我要好，我却越来越不懂她；小霞和燕子将我推出她们的小圈子；小红和阿涛也有了只属于他们二人的秘密和欢乐……龙卷风看着婀娜美丽，里面却混浊又可怕。只有被风吹过，才能知道风带来了什么。

一年后，我去看有丽，妈妈说她结婚了，丈夫是她的同事。下午三点，太阳晒得人睁不开眼睛，路边的石榴花在热风的吹拂下像一朵朵舞动的小火焰。真开心，就要见到有丽了，还有她嫁的那个男人，他肯定比戈壁滩所有的小伙子都出色吧。有丽还像从前一样精神焕发，皮肤又白又亮。有大姑娘的样子了，有丽在巷道口接到我，摸着我的头发说。我们进了门，有丽在前，她先朝里间看了一眼，转身冲我飞来一个眼神，是说——她的他在睡午觉，我们得小声一些。有丽家很挤，里外两小间，大概是单位分给他们的临时宿舍，外屋挨墙放了一张圆桌，两只沙发和一个简易灶台，就只剩下中间一个洗衣盆大小的空间了。有丽从折叠圆桌下抱起一个西瓜，切开，又为我冲了一杯橘子粉水，继续洗泡在洗衣盆的衣服。近三个小时过去了，有丽从水房提了三桶水回来，洗完那盆脏衣服之后，又将灶台上的碗筷清洗干净拾掇齐整。这期间，她只是压低嗓门和我聊天，她似乎很想念戈壁滩的老朋友们，一家一户挨着问过来问过去。我们的说话声很小，就是笑起来也尖尖细细的，远远比不上有丽的丈夫在另一间屋里打出的呼噜声，那呼噜声气壮山河，像戈壁滩连天连夜的风声，此起彼伏地捶击着我的耳膜，直到我离开。

图书在版编目（CIP）数据

我不知道我是谁 / 阿舍著. -- 北京 : 作家出版社，2019. 8（2023.2重印）

（中国少数民族文学之星丛书 · 2019年卷）

ISBN 978-7-5212-0599-2

Ⅰ. ①我… Ⅱ. ①阿… Ⅲ. ①散文集 - 中国 - 当代 Ⅳ. ①I267

中国版本图书馆CIP数据核字（2019）第110006号

我不知道我是谁

作　　者： 阿　舍
责任编辑： 史佳丽　李亚梓
特约编辑： 陈　涛　杨玉梅　郑　函
装帧设计： 孙惟静
出版发行： 作家出版社有限公司
社　　址： 北京农展馆南里10号　　**邮　　编：** 100125
电话传真： 86-10-65067186（发行中心及邮购部）
86-10-65004079（总编室）
E-mail:zuojia@zuojia.net.cn
http://www.zuojiachubanshe.com
印　　刷： 固安兰星球彩色印刷有限公司
成品尺寸： 152 × 230
字　　数： 205千
印　　张： 16.75
版　　次： 2019年8月第1版
印　　次： 2023年2月第2次印刷
ISBN 978-7-5212-0599-2
定　　价： 38.00元